【臺灣現當代作家
研究資料彙編】110

黃　娟

國立台灣文學館
出版

部長序

　　文化是一群人思想言行的沉澱，臺灣文化是共同活在這塊土地上所有人的記憶，臺灣文學更是寫作者、評論者、閱讀者經驗交流的最具體且明顯的印記。

　　在不很久之前的 2018 年 1 月，國立臺灣文學館才舉辦「臺灣現當代作家研究資料彙編計畫」第七階段成果發表會，作家、家屬、學者齊聚，見證累積百冊的成果已成當代文學界匯集經典與志業的盛事。

　　時序來到歲末年終，文學館接力推出第八階段的出版成果，也就是林語堂、洪炎秋、李曼瑰、王詩琅、李榮春、吳瀛濤、王藍、郭良蕙、辛鬱、黃娟十位重要作家的研究彙編，為叢書再疊上一批穩固的基石。

　　記憶是土壤，會隨著時代的震盪而流失，甚至整個族群忘卻事情的始末，成為無根的人群。這時候就需要作家的心、文學的筆，將生命體驗以千折百轉的方式描摹、留存到未來。如此說來，文學就是為國家的記憶鎖住養分，留待適當的時機按圖索驥，找出時空的所有樣貌。

　　作家所見所思、所想所感，於不同世代影響時代的認識，因此我們談文學、讀作品，不可能躍過作家。「臺灣現當代作家研究資料彙編計

畫」的精神恰與文化部近來致力推動「重建臺灣藝術史計畫」的核心想法不謀而合，也就是從檔案史料中提煉出最能彰顯臺灣文化多元性的在地史觀，為 21 世紀臺灣文化認同找到最紮實的記憶路徑。這套叢書透過回顧作家生平經歷、查找他們的文學互動軌跡，加上諸多研究者的評述，讀者不僅與作家的文學腳蹤同行，也由此進入臺灣特有的文學世界。

十分欣見臺文館將第八階段的編選成果呈現在面前。這個計畫從 2010 年開展，完成了 110 位臺灣現當代重要作家的研究資料彙編。這份長長的名單裡，雖不乏許多讀者耳熟能詳的文學大家，但也有許多逐漸為讀者或研究者都忘的好手。這個百餘冊的彙編，就是倒入臺灣文化記憶土壤的養分。漸漸離開前臺的前輩作家，再度重新被閱讀、被重視、被討論，這是推展臺灣文學的價值。

這一套兼具深度與廣度的臺灣文學工具書，不只提供國內外關心、研究臺灣文學的用戶參考，並期待持續點亮臺灣文學的光芒。

文化部部長　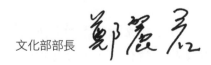

館長序

　　以文字方式留存的臺灣文學，至少已有三百餘年歷史，若再加計原住民節奏韻味的口傳文化，絕對是至足以聚攏一整個社會的集體記憶。相對於文學創作的不屈不撓，臺灣文學的「研究」，則因為政治情境所迫，而遲至 1990 年代才能在臺灣的大學科系成立，因此有必要加緊步履「文學史」的補課工作。

　　國立臺灣文學館，當然必須分擔這個責任。文學，是人類使用符號而互動的最高級表現，作家透過作品與讀者進行思想的美好交鋒，是複雜的社會共感歷程。其中，探討作家的作品，固是文學研究的明確入口，然而讀者的回應甚至反擊，更是不遑多讓的迷人素材。臺灣文學館在 2010 年開啟《臺灣現當代作家研究資料彙編》的編纂計畫，委託臺灣文學發展基金會執行，以「現當代」文學作家為界，蒐羅散落各地、視角多元的研究評論資料，期能更有效率勾勒臺灣文學的標竿圖像。

　　《臺灣現當代作家研究資料彙編》，由最早預定三個階段出版50 冊的計畫，因各界的期許而延續擴編，至今已是第八階段，累積出版已達 110 冊。當然，臺灣文學作家的意義，遠遠大於現當代的範圍，彙編選擇的作家對象，也不可能窮盡，更無位階排名之意。

現當代的範圍始自 1920 年代賴和的世代至今，相對接近我們所處的社會，也更能捕捉臺灣文化史的雜揉情境。當然部落社會的無名遊吟者、清末古典文學的漢詩人，曾在各個時代留下痕跡的文學家們，亦為高度值得尊崇的文學瑰寶。第八階段彙編計畫包含林語堂、洪炎秋、李曼瑰、王詩琅、李榮春、吳瀛濤、王藍、郭良蕙、辛鬱、黃娟共十位作家，顧及並體現了臺灣文學跨越族群、性別、世代、階級的共同歷程，而各冊收錄的研究評論，也提供我們理解臺灣文學特殊面向的不同視野。期待彙編資料真能開啟一個窗口，以看見臺灣短短歷史撞擊出的這麼多類屬各異的文學互動。

國立臺灣文學館館長　

編序

◎封德屏

緣起

1995 年 10 月 25 日，在臺灣師範大學教育大樓的 201 室，一場以「面對臺灣文學」為題的座談會，在座諸位學者分別就臺灣文學的定義、發展、研究，以及文學史的寫法等，提出宏文高論，而時任國家圖書館編纂張錦郎的「臺灣文學需要什麼樣的工具書」，輕鬆幽默的言詞，鞭辟入裡的思維，更贏得在座者的共鳴。

張先生以一個圖書館工作人員自謙，認真專業地為臺灣這幾十年來究竟出版了多少有關臺灣文學的工具書，做地毯式的調查和多方面的訪問。同時條理分明地針對研究者、學生，列出了十項工具書的類型，哪些是現在亟需的，哪些是現在就可以做的，哪些是未來一步一步累積可以達成的，分別做了專業的建議及討論。

當時的文建會二處科長游淑靜，參與了整個座談會，會後她劍及履及的開始了文學工具書的委託工作，從 1996 年的《臺灣文學年鑑》起始，一年一本的編下去，一直到現在，保存延續了臺灣文學發展的基本樣貌。接著是《中華民國作家作品目錄》的新編，《臺灣文壇大事紀要》的續編，補助國家圖書館「當代文學史料影像全文系統」的建置，這些工具書、資料庫的接續完成，至少在當時對臺灣文學的研究，做到一些輔助的功能。

2003 年 10 月，籌備多年的「臺灣文學館」正式開幕運轉。同年五月《文訊》改隸「財團法人台灣文學發展基金會」，為了發揮更大的動能，開

始更積極、更有效率地將過去累積至今持續在做的文學史料整理出來，讓豐厚的文藝資源與更多人共享。

於是再次的請教張錦郎先生，張先生認為文學書目、作家作品目錄、文學年鑑、文學辭典皆已完成或正在進行，現在重點應該放在有關「臺灣現當代作家評論資料目錄」的編輯工作上。

很幸運的，這個計畫的發想得到當時臺灣文學館林瑞明館長的支持，於是緊鑼密鼓的展開一切準備工作：籌組編輯團隊、召開顧問會議、擬定工作手冊、撰寫計畫書等等。

張錦郎先生花了許多時間編訂工作手冊，每一位作家的評論資料目錄分為：

（一）生平資料：可分作者自述，旁人論述及訪談，文學獎的紀錄。

（二）作品評論資料：可分作品綜論，單行本作品評論，其他作品（包括單篇作品）評論，與其他作家比較等。

此外，對重要評論加以摘要解說，譬如專書、專輯、學術會議論文集或學位論文等，凡臺灣以外地區之報刊及出版社，於書名或報刊後加註，如中國大陸、香港、新加坡等。此外，資料蒐集範圍除臺灣外，也兼及中國大陸、香港、新加坡、日本、韓國及歐美等地資料，除利用國內蒐集管道外，同時委託當地學者或研究者，擔任資料蒐集工作。

清楚記得，時任顧問的學者專家們，都十分高興這個專案的啟動，但確定收錄哪些作家名單時，也有不同的思考及看法。經過充分的討論後，終於取得基本的共識：除以一般的「文學成就」為觀察及考量作家的標準外，並以研究的迫切性與資料獲得之難易度為綜合考量。譬如說，在第一階段時，作家的選擇除文學成就外，先考量迫切性及研究性，迫切性是指已故又是日治時期臺籍作家為優先，研究性是指作品已出土或已譯成中文為優先。若是作品不少而評論少，或作品評論皆少，可暫時不考慮。此外，還要稍微顧及文類的均衡等等。基本的共識達成後，顧問群共同挑選出 310 位作家，從鄭坤五、賴和、陳虛谷以降，一直到吳錦發、陳黎、蘇

偉貞，共分三個階段進行。

　　「臺灣現當代作家評論資料目錄」專案計畫，自 2004 年 4 月開始，至 2009 年 10 月結束，分三個階段歷時五年六個月，共發現、搜尋、記錄了十餘萬筆作家評論資料。共經歷了三位專職研究助理，近三十位兼任研究助理。這些研究助理從開始熟悉體例，到學習如何尋找資料，是一條漫長卻實用的學習過程。

接續

　　「臺灣現當代作家評論資料目錄」的專案完成，當代重要作家的研究，更可以在這個基礎上，開出亮麗的花朵。於是就有了「臺灣現當代作家研究資料彙編暨資料庫建置計畫」的誕生。為了便於查詢與應用，資料庫的完成勢在必行，而除了資料庫的建置外，這個計畫再從 310 位作家中精選 50 位，每人彙編一本研究資料，內容有作家圖片集，包括生平重要影像、文學活動照片、手稿及文物，小傳、作品目錄及提要、文學年表。另外每本書分別聘請一位最適當的學者或研究者負責編選，除了負責撰寫八千至一萬字的作家研究綜述外，再從龐雜的評論資料中挑選具有代表性的評論文章，平均 12～14 萬字，最後再附該作家的評論資料目錄，以期完整呈現該作家的生平、創作、研究概況，其歷史地位與影響。

　　第一部分除資料庫的建置外，50 位作家 50 本資料彙編（平均頁數 400 ～500 頁），分三個階段完成，自 2010 年 3 月開始至 2013 年 12 月，共費時 3 年 9 個月。因為內容充實，體例完整，各界反應俱佳，第二部分的 50 位作家，分四階段進行，自 2014 年 1 月開始至 2017 年 12 月，共費時 4 年，並於 2017 年 12 月出版《百冊提要》，摘要百冊精華，也讓研究者有清晰的索引可循。2018 年 1 月，舉行百冊成果發表會，長年的灌溉結果獲文化部支持，得以延續百冊碩果，於 2018 年 1 月啟動第三部分 20 位作家的資料彙編。

成果

　　雖然過程是如此艱辛，如此一言難盡，可是終究看到豐美的成果。每位編選者雖然忙碌，但面對自己負責的作家資料彙編，卻是一貫地認真堅持。他們每人必須面對上千或數百筆作家評論資料，挑選重要或關鍵性的評論文章，全面閱讀，然後依照編選原則，挑選評論文章。助理們此時不僅提供老師們所需要的支援，統計字數，最重要的是得找到各篇選文作者，取得同意轉載的授權。在起初進度流程初估時，我們錯估了此項工作的難度，因為許多評論文章，發表至今已有數十年的光景，部分作者行蹤難查，還得輾轉透過出版社、學校、服務單位，尋得蛛絲馬跡，再鍥而不捨地追蹤。有了前面的血淚教訓，日後關於授權方面，我們更是如臨深淵、如履薄冰，希望不要重蹈覆轍，在面對授權作業時更是戰戰兢兢，不敢懈怠。

　　除了挑選評論文章煞費苦心外，每個作家生平重要照片，我們也是採高標準的方式去蒐集，過世作家家屬、友人、研究者或是當初出版著作的出版社，都是我們徵詢的對象。認真誠懇而禮貌的態度，讓我們獲得許多從未出土的資料及照片，也贏得了許多珍貴的友誼。許多作家都協助提供照片手稿等相關資料，已不在世的作家，其家屬及友人在編輯過程中，也給予我們許多協助及鼓勵，藉由這個機會，與他們一起回憶、欣賞他們親人或父祖、前輩，可敬可愛的文學人生。此外，還有許多作家及研究者，熱心地幫忙我們尋找難以聯繫的授權者，辨識因年代久遠而難以記錄年代、地點、事件的作家照片，釐清文學年表資料及作家作品的版本問題，我們從他們身上學習到更多史料研究可貴的精神及經驗。

　　但如何在規定的時間內，完成每個階段資料彙編的編輯出版工作，對工作小組來說，確實是一大考驗。每一冊的主編老師，都是目前國內現當代臺灣文學教學及研究的重要人物，因此都十分忙碌。每一本的責任編輯，必須在這一年的時間內，與他們所負責資料彙編的主角——傳主及主編老師，共生共榮。從作家作品的收集及整理開始，必須要掌握該作家所

有出版的作品，以及盡量收集不同出版社的版本；整理作家年表，除了作家、研究者已撰述好的年表外，也必須再從訪談、自傳、評論目錄，從作品出版等線索，再作比對及增刪。再來就是緊盯每位把「研究綜述」放在所有進度最後一關的主編們，每隔一段時間提醒他們，或順便把新增的評論目錄寄給他們（每隔一段時間就有新的相關論文或學位論文出現），讓他們隨時與他們所主編的這本書，產生聯想，希望有助於「研究綜述」撰寫的進度。

在每個艱辛漫長的歲月中，因等待、因其他人力無法抗拒的因素，衍伸出來的問題，層出不窮，更有許多是始料未及的。譬如，每本書的選文，主編老師本來已經選好了，也經過授權了，為了抓緊時間，負責編輯的助理們甚至連順序、頁碼都排好了，就等主編老師的大作了，這時主編突然發現有新的文章、新的資料產生：再增加兩三篇選文吧！為了達到更好更完備的目標，工作小組當然全力以赴，聯絡，授權，打字，校對，重編順序等等工作，再度展開。

此次第三部分第一階段共需完成的 10 位作家研究資料彙編，年齡層與活動地區分布較廣，跨越 19 世紀末至 1930 年代出生的作者，步履遍布海內外各地。出生年代較早的作者，在年表事件的求證以及早年著作的取得上，饒有難度，也考驗團隊史料採集與判讀的功力。以出生年代較近的作者而言，許多疑難雜症不刃而解，有些連主編或研究者都不太清楚的部分，譬如年表中的某一件事、某一個年代、某一篇文章、某一個得獎記錄，作家本人及家屬絕對是一個最好的諮詢對象，對解決某些問題來說，這是一個好的線索，但既然看了，關心了，參與了，就可能有不同的看法，選文、年表、照片，甚至是我們整本書的體例，於是又是一場翻天覆地的大更動，對整本書的品質來說，應該是好的，但對經過多次琢磨、修改已進入完稿階段的編輯團隊來說，這不啻是一大挑戰。

1990 年開始，各地縣市文化中心（文化局），對在地作家作品集的整理出版，以及臺灣文學館成立後對日治時期作家以迄當代重要作家全集的

編纂，對臺灣文學之作家研究，也有了很好的促進作用。如《楊逵全集》、《林亨泰全集》、《鍾肇政全集》、《張文環全集》、《呂赫若日記》、《張秀亞全集》、《葉石濤全集》、《龍瑛宗全集》、《葉笛全集》、《鍾理和全集》、《錦連全集》、《楊雲萍全集》、《鍾鐵民全集》等，如雨後春筍般持續展開。

　　經過近二十年的努力，臺灣文學的研究與出版，也到了可以驗收或檢討成果的階段。這個說法，當然不是要停下腳步，而是可以從「臺灣現當代作家評論資料目錄」所呈現的 310 位作家、10 萬筆資料中去檢視。檢視的標的，除了從作家作品的質量、時代意義及代表性去衡量外、也可以從作家的世代、性別、文類中，去挖掘有待開墾及努力之處。因此這套「臺灣現當代作家研究資料彙編」，大部分的編選者除了概述作家的研究面向外，均有些觀察與建議。希望就已然的研究成果中，去發現不足與缺憾，研究者可以在這些不足與缺憾之處下功夫，而盡量避免在相同議題上重複。當然這都需要經過一段時間去發現、去彌補、去重建，因此，有關臺灣文學的調查、研究與論述，就格外顯得重要了。

期待

　　感謝臺灣文學館持續推動這兩個專案的進行。「臺灣現當代作家評論資料目錄」的完成，呈現的是臺灣文學研究的總體成果；「臺灣現當代作家研究資料彙編」的出版，則是呈現成果中最精華最優質的一面，同時對未來臺灣文學的研究面向與路徑，作最好的建議。我們可以很清楚的體會，這是一條綿長優美的臺灣文學接力賽，經過長時間的耕耘、灌溉，風搖雨濡、燭影幽轉，百年臺灣文學大樹卓然而立，跨越時代並馳而行，百冊作家研究資料彙編得千位作家及學者之力，我們十分榮幸能參與其中，更珍惜在傳承接力的過程，與我們相遇的每一個人，每一件讓我們真心感動的事。我們更期待這個接力賽，能有更多人加入。誠如張恆豪所說「從高音獨唱到多元交響」，這是每一個人所期待的。

編輯體例

一、本書編選之目的，為呈現黃娟生平、著作及研究成果，以作為臺灣文
　　學相關研究、教學之參考資料。

二、全書共五輯，各輯內容及體例說明如下：

　　輯一：圖片集。選刊作家各個時期的生活或參與文學活動的照片、著
　　　　　作書影、手稿（包括創作、日記、書信）、文物。

　　輯二：生平及作品，包括三部分：

　　　　　1.小傳：主要內容包括作家本名、重要筆名，生卒年月日，籍
　　　　　　貫，及創作風格、文學成就等。

　　　　　2.作品目錄及提要：依照作品文類（論述、詩、散文、小說、
　　　　　　劇本、報導文學、傳記、日記、書信、兒童文學、合集）及
　　　　　　出版順序，並撰寫提要。不收錄作家翻譯或編選之作品。

　　　　　3.文學年表：考訂作家生平所進行的文學創作、文學活動相關
　　　　　　之記要，依年月順序繫之。

　　輯三：研究綜述。綜論作家作品研究的概況，並展現研究成果與價值
　　　　　的論文。

　　輯四：重要文章選刊。選收作家自述、國內外具代表性的相關研究論
　　　　　文及報導。

　　輯五：研究評論資料目錄。收錄至 2018 年 11 月底止，有關研究、論
　　　　　述臺灣現當代作家生平和作品評論文獻。語文以中文為主，兼
　　　　　及日文和英文資料。所收文獻資料，以臺灣出版為主，酌收中
　　　　　國大陸、香港、日本和歐美國家的出版品。內容包含三部分：

　　　　　1.「作家生平、作品評論專書與學位論文」下分為專書與學位
　　　　　　論文。

　　　　　2.「作家生平資料篇目」下分為「自述」、「他述」、「訪談」、
　　　　　　「年表」、「其他」。

　　　　　3.「作品評論篇目」下分為「綜論」、「分論」、「作品評論目
　　　　　　錄、索引」、「其他」。

目次

輯一◎圖片集

影像◎手稿◎文物

1946～1949年，黃娟與大姊黃惠貞（右）
合影於新竹女子中學。（黃惠信提供）

1937年，黃娟全家福。前排左起：母親張
秀英、黃娟、三妹黃惠信、大姊黃惠貞；
後排左起：舅舅張芳浩、父親黃盛藩。
（文訊文藝資料中心提供）

1952年，剛從臺北女子師範學校畢業時所拍攝的全家福。前排右起：么弟黃啟明、父親黃盛藩（後）、么妹黃淑美、母親張秀英；後排右起：黃娟、大姊黃惠貞、三妹黃惠信、五妹黃壽美、六妹黃壽惠、四妹黃惠美。（文訊文藝資料中心提供）

1962年3月，與翁登山結婚，於臺北相館拍攝婚紗照。（黃惠信提供）

1965年，黃娟與返臺的翁登山拍攝全家福。左起：黃娟、
長女翁嘉玲（前）、翁登山。（黃惠信提供）

1966年1月1日，黃娟夫妻偕女拜訪林海音，於林宅門前留
影。左起：黃娟（手抱長女翁嘉玲）、翁登山（手抱次女
翁嘉雯）。（黃娟提供）

1967年4月16日，出席「《臺灣文藝》三週年紀念暨第二屆臺灣文學獎頒獎典禮」。前排左三起：楊雲鵬、佚名、吳濁流、陳逸松、楊肇嘉、佚名、寒爵、林海音、鄒宇光、蘇紹文；二排左起：鍾鐵民、佚名、郭春霖、鄭世璠、郭水潭、鍾肇政、佚名、黃娟、陳秀喜、吳瀛濤、佚名、黃春明；三排左起：賴燄星、林衡道、張彥勳、林鍾隆、廖清秀、七等生、范錦淮；四排：鄭清文（左一）、文心（左三）、黃文相（左四）、趙天儀（右一）。（林鍾隆兒童文學推廣工作室提供）

1968年9月25日，黃娟（戴花圈者）攜女赴美與丈夫團聚，與親友於臺北松山機場合影。前排左一為林海音。（黃娟提供）

1972年11月24日，母親赴美探視，攝於印第安納州自宅。右起：翁登山、黃娟（手抱長子翁嘉南）、母親張秀英、長女翁嘉玲、次女翁嘉雯。（黃惠信提供）

1980年，黃娟自美返臺時拍攝的全家福。坐者左二起：黃娟、母親張秀英、父親黃盛藩、大姊黃惠貞。（黃娟提供）

1984年，與文友合影於純文學雜誌社。右起：劉慕沙、黃娟、林海音、嶺月。（文訊文藝資料中心提供）

1988年2月，黃娟代表「全美臺灣同鄉會」返臺出席臺灣基督長老教會社會服務發展委員會於高雄舉辦的「亞洲漁民問題研討會」，後寫為〈鹹風苦雨漁民淚──山地問題初探〉，發表於《自立晚報·本土副刊》，1988年8月21、22日，14版。（黃娟提供）

1989年7月，出席北美臺灣文學研究會於日本筑波大學舉辦之年會暨臺灣文學國際會議，與會者合影。前排右二翁登山、左三向陽、中排右四黃娟、右五鍾肇政、右六杜潘芳格。（黃娟提供）

1989年8月12～16日，出席第11屆「鹽分地帶
文藝營」。左起：楊千鶴、鍾逸人、李喬、黃
娟、翁登山。（黃娟提供）

1990年7月，出席北美臺灣文學研究會於美國康奈爾大
學舉辦之年會。左起：陳文和、羅肇錦、黃娟、鍾肇
政、鍾鐵民夫婦。（黃娟提供）

1993年11月14日，出席海外華文女作家協會於
吉隆坡舉辦之年會。前排左起：聶華苓、於
梨華、陳若曦；後排左起：黃娟、佚名、黃壽
惠、蔡文怡。（黃娟提供）

1995年1月，臺灣的財團法人寶島客家廣播電臺遭禁，
黃娟（右三）在美國「臺北經濟文化代表處」前拉布條
抗議。（黃娟提供）

1995年12月，為撰寫「楊梅三部曲」返臺進行田野調查，留影於母校楊梅國小操場。右起：鍾肇政、黃娟、三妹黃惠信、么妹黃淑美。（黃娟提供）

1996年5月，黃娟出席河北教育出版社於北京舉辦之「金蜘蛛叢書──海外華文女作家作品系列」新書發表會。（黃娟提供）

1997年10月1日，黃娟（前排左六）出席於新竹文化中心舉辦之「客家發展研討會議暨世界臺灣客家聯合會成立大會」。（黃娟提供）

1999年11月15日，獲頒第22屆吳三連獎，得獎人合影。左起：羅曼菲、黃娟、莊英章。（莊紫蓉提供）

1999年11月16日，黃娟於溫州街黃惠信宅接受莊紫蓉（右）專訪。（莊紫蓉提供）

2005年5月26日，黃娟應邀至真理大學麻豆校區演講，並將「楊梅三部曲」手稿捐贈該校附設之「臺灣文學資料館」，右為館長張良澤。（黃娟提供）

2000年5月27日，黃娟出席新竹縣文化局舉辦之「吳濁流百年誕辰國際文學研究會——大家來談吳濁流座談會」。（黃娟提供）

2005年6月，鍾肇政（左）於書房為黃娟的「楊梅三部曲」題字。（黃娟提供）

2005年6月9日，出席前衛出版社於臺北國賓飯店舉辦之「楊梅三部曲」新書發表會。左起：三妹黃惠信、黃娟、翁登山。（黃娟提供）

2007年8月，黃娟（前排左三）與北美臺灣婦女會成員合影於聖地牙哥臺灣同鄉會。（黃娟提供）

2007年11月24日，黃娟出席於真理大學麻豆校區舉辦之「第11屆臺灣文學家牛津獎暨黃娟文學學術研討會」，接受校長葉能哲（左）頒獎。（黃娟提供）

2008年7月12日，獲頒客家貢獻獎，得獎人合影於臺大醫院國際會議中心。左起：羅能平、黃娟、張永西。（黃娟提供）

2010年11月，黃娟（前排右一）出席於臺北舉辦之海外華文女作家年會，會後和臺北女子師範學校的同窗聚餐。（黃娟提供）

2018年2月24日，黃娟出席華府客家同鄉會舉辦之「天穿日活動」，與會長朱美琴（後者）合影。（太平洋時報駐華府記者陳如娟提供）

1988年2月7日，黃娟以發表於《臺灣文藝》第104期的短篇小說〈相輕〉獲頒吳濁流文學獎小說創作獎正獎。（黃娟提供）

1995年1月，黃娟發表於《文學臺灣》第13期的短篇小說〈彼岸的女人〉手稿與當期雜誌內頁。（文訊文藝資料中心提供）

1998年6月，黃娟連載於《臺灣文藝》第161～162期的長篇小說〈虹虹的世界〉手稿與當期雜誌內頁。（黃娟提供）

老樹新芽

虹虹的世界

■黃娟

1.疑問

汽車疾馳之後，我從車窗眺出了頭，背後遠遠露出一片的綠色。但那身穿青色的大褂，是不是……

1999年11月15日，黃娟榮獲吳三連文學獎之獎狀。
（黃娟提供）

2005年6月，由前衛出版社出版的長篇小說「楊梅三部曲」手稿與成書內頁。（真理大學臺灣文學資料館提供）

2008年7月，黃娟榮獲客家終身貢獻獎之獎座。
（黃娟提供）

輯二◎生平及作品

小傳◎作品◎年表

小傳

黃娟（1934～）

黃娟，女，本名黃瑞娟，籍貫臺灣桃園，1934 年（昭和 9 年）1 月 18 日生。

臺北女子師範學校（今臺北市立大學）畢業。曾任職於臺北螢橋國民學校（今螢橋國小）、臺北市大同中學，1968 年 9 月赴美，旅居至今。曾獲臺北市西區扶輪社文學獎、吳濁流文學獎小說創作獎正獎、吳三連獎文學獎、王桂榮臺美文教基金會人文科學成就獎、臺灣文學家牛津獎、客家終身貢獻獎等。

黃娟創作文類以小說為主，兼及論述與散文。1960 年受鍾理和作品《雨》的啟發，開始嘗試創作。隔年將短篇小說〈蓓蕾〉初稿寄予鍾肇政，由鍾將稿件投至《聯合報・副刊》，並代取筆名「黃娟」，自此步入文壇。初期於《聯合報・副刊》、《中央日報・副刊》、《臺灣文藝》等報刊發表大量短篇小說，訴說女性所遭受的不平等待遇及窘境。葉石濤認為這些作品「針對本省婦女一些任人欺凌的苦楚，採取多角度的觀察分析，完成這一代本省婦女逼真的寫照」。1967 年於《徵信新聞報・人間副刊》連載的〈愛莎岡的女孩〉為其首部長篇小說，描寫迷失於「留美熱潮」的青年遭遇，一時轟動。赴美後因忙於家務，一度停筆。1980 年代高舉「臺美文學」大旗復出，抒寫海外生活孤寂、衝突與困境，作品中也顯露對家鄉的關懷，再次驚豔文壇。1991 年出版的長篇小說《故鄉來的親人》深入體現

臺美人的生活感受，和島內政治事件對此一族群造成的衝擊與影響。

　　2001 至 2005 年陸續出版的「楊梅三部曲」是黃娟文學生涯的代表作，也是第一部由女性書寫的臺灣大河小說，記錄自日治時代、國民黨來臺至留學潮起、大批知識分子赴美落腳異鄉的歷史進程，同時藉由主角幸子夫婦臺灣意識的覺醒，呈現臺美族群身分認同的轉變與確立。許素蘭認為：「聶華苓等人的『留學生文學』，寫的是中國人從中國到臺灣、然後再到美國的『二度漂流』，臺灣對於他們仍是異鄉，而非故鄉，那是中國文學中的『留學生文學』……而黃娟的『楊梅三部曲』則是真正臺灣文學裡的『留學生文學』」。

　　1983 年應邀加入「北美臺灣文學研究會」，積極發表論文，以平易近人的文字，推論寫作手法及特色，使讀者能夠更深入了解並欣賞作品。1989 年籌辦「臺灣文學研究會筑波國際會議」，與會者遍及臺、美、日、中，場面盛大，是首次以「臺灣文學」名義召開的國際文學會議。創作之餘，亦積極參與同鄉會及講座活動，大力推廣臺灣文學。會後寫下的散文、隨筆，也為海外的臺灣文學發展留下重要記錄。

　　黃娟秉持吳濁流「寫作人應該為歷史留下見證！」之精神，以日常所見、所聞、所感為題材，記錄時代與社會。誠如葉石濤所言：「黃娟的寫作態度是寫實，因此她的眼光始終投射在本省的現實環境上。她底作品扎根於鄉土，她是屬於臺灣的」。

作品目錄及提要

【論述】

政治與文學之間
臺北：前衛出版社
1993 年 5 月，25 開，219 頁
臺灣文學叢書 9

本書收錄作者自 1983 年加入臺灣文學研究會後，於年會中發表過的文學評論。全書收錄〈臺灣人的命運──再讀《亞細亞的孤兒》〉、〈傳統枷鎖下的自白──鍾理和與《笠山農場》〉、〈雄偉的史詩──論「臺灣人三部曲」〉等 11 篇。正文前有謝里法〈文學家與政治體驗──序黃娟《政治與文學之間》〉、黃娟〈作家與作品──《政治與文學之間》自序〉，正文後附錄謝里法〈從政治邊緣切入的臺灣故事──評介黃娟《故鄉來的親人》〉。

【小說】

小貝売
臺北：幼獅文化公司
1965 年 10 月，40 開，196 頁
臺灣省青年文學叢書 6

短篇小說集。全書收錄〈小貝売〉、〈冬陽〉、〈帖子〉、〈彆扭的人〉、〈老太太的生日〉、〈啞婚〉、〈我不怕她了〉、〈山城〉、〈灰燼〉、〈姻緣〉、〈老教師〉、〈驪歌〉、〈歪曲的苗〉、〈花燭〉共 14 篇。正文前有幼獅文化公司〈序〉。

冰山下

臺北：臺灣商務印書館
1968 年 1 月，40 開，179 頁
人人文庫 559

短篇小說集。全書收錄〈相親〉、〈一美人〉、〈冰山下〉、〈飄失
的意識〉、〈這樣的女人〉、〈碩士雇員〉、〈學問〉、〈乾杯〉、〈閃
爍的星星〉、〈落地長窗〉、〈奇遇〉、〈人生？〉、〈失落的影子〉
共 13 篇。正文前有王雲五〈編印人人文庫序〉。

愛莎岡的女孩

臺北：純文學月刊社
1968 年 3 月，40 開，207 頁
純文學叢書 6

長篇小說。本書藉由一名女子的遺書，描繪 1960 年代因「留
美熱潮」而奮鬥、失落、或迷失的青年學子際遇。全書計有 15
章。正文後有黃娟〈後記〉。

這一代的婚約

臺北：水牛出版社
1968 年 5 月，40 開，220 頁
水牛文庫 51

短篇小說集。全書收錄〈這一代的婚約〉、〈負荷〉、〈一隻
鳥〉、〈深情〉、〈命運的鞭子〉、〈寂寞的月〉、〈太暗的路燈〉、
〈古老的故事〉、〈苦酒〉、〈叫阿香的女孩〉、〈玫瑰色的夢〉、
〈媳婦〉共 12 篇。

世紀的病人

臺北：南方叢書出版社
1988 年 5 月，25 開，151 頁
臺灣文史叢書 3

短篇小說集。全書收錄〈世紀的病人〉、〈擒〉、〈野餐〉、〈炎夏的事故〉、〈啟示〉、〈奶盒上的相片〉、〈不是冬天〉、〈保守的人〉、〈冬眠〉、〈選擇〉、〈陰間來的新娘〉、〈魔鏡〉共 12 篇。正文前有黃娟〈自序〉、葉石濤〈異地裡的夢和愛——評黃娟《世紀的病人》、《邂逅》〉，正文後有鍾肇政〈黃娟與我——跋黃娟《世紀的病人》、《邂逅》〉。

邂逅

臺北：南方叢書出版社
1988 年 6 月，25 開，145 頁
臺灣文史叢書 4

短篇小說集。全書收錄〈邂逅〉、〈相輕〉、〈美人關〉、〈彩色的燈罩〉、〈梅格〉、〈安排〉、〈弱點〉共七篇。正文前有黃娟〈自序〉、葉石濤〈異地裡的夢和愛——評黃娟《世紀的病人》、《邂逅》〉，正文後有鍾肇政〈黃娟與我——跋黃娟《世紀的病人》、《邂逅》〉。

故鄉來的親人

臺北：前衛出版社
1991 年 11 月，25 開，307 頁
臺灣文學叢書 5

長篇小說。本書以 1979 年臺美斷交所引發的移民潮為背景，描寫甥輩楊振家赴美投靠「留學潮」時代便已移居美國的舅舅——義雄和玉霞夫妻檔，設法在當地開設店鋪謀生的故事。全書計有：1.引子；2.遠來的外甥；3.家鄉；4.移民律師；5.一段情；6.頑童；7.一封信；8.彩英；9.美麗島事件；10.示威遊行；11.新店開張；12.遺失的旅行袋；13.慘案；14.蘋果花香；15.淡季；16.疑心生鬼；17.初春；18.陰謀；19.打擊；20.勝利；21.水落石出；22.尾聲共 22 章。正文前有彭瑞金〈鱒魚返鄉的方式——寫在《故鄉來的親人》前面〉、黃娟〈寫在書前〉。

山腰的雲

臺北：前衛出版社
1992 年 6 月，25 開，227 頁
臺灣文學叢書 6

短篇小說集。本書收錄作者 1988～1991 年間發表之短篇小說。全書收錄〈秋子〉、〈燭光餐宴〉、〈山腰的雲〉、〈大峽谷奇遇〉、〈警棍下的兒子〉、〈閩腔客調〉、〈艾美的迷思〉、〈尊姓大名〉、〈波斯灣風雲〉、〈蘋果花香〉、〈劉宏一〉共 11 篇。正文前有彭瑞金〈從異鄉到故鄉路有多長？──寫在黃娟小說集《山腰的雲》前面〉、黃娟〈天涯知己──《山腰的雲》代序〉。

黃娟集

臺北：前衛出版社
1993 年 12 月，25 開，342 頁
臺灣作家全集・短篇小說卷／戰後第二代 2
陳萬益編

短篇小說集。全書收錄〈相親〉、〈老太太的生日〉、〈一隻鳥〉、〈負荷〉、〈奇遇〉、〈失落的影子〉、〈人生？〉、〈這一代的婚約〉、〈寂寞的月〉、〈命運的鞭子〉、〈弱點〉、〈世紀的病人〉、〈相輕〉、〈警棍下的兒子〉、〈秋子〉共 15 篇。正文前有作家照片、鍾肇政〈緒言〉、彭瑞金〈黃娟始終在臺灣文學的磁場內──《黃娟集》序〉，正文後有葉石濤〈異地裡的夢和愛──評黃娟小說集《世紀的病人》、《邂逅》〉、彭瑞金〈黃娟──追逐生活的作家〉、許素蘭編〈黃娟小說評論引得〉、黃娟編；方美芬增訂〈黃娟生平寫作年表〉。

大峽谷奇遇記

石家莊：河北教育出版社
1996 年 4 月，13.2x20.3 公分，291 頁
金蜘蛛叢書

短篇小說集。全書收錄〈蘋果花香〉、〈大峽谷奇遇記〉、〈擒〉、〈野餐〉、〈弱點〉、〈艾美的迷思〉、〈邂逅〉、〈不是冬天〉、〈世紀的病人〉、〈相輕〉、〈花燭〉、〈劫〉共 12 篇。正文前有戴小華〈序〉、黃娟〈我的文學歷程（自序）〉。

【合集】

黃娟作品集
臺北：前衛出版社
1994 年 5 月～2005 年 6 月，25 開

「黃娟作品集」共 17 冊。出版時間不一，以全集卷次依序排列。

我在異鄉
臺北：前衛出版社
1994 年 5 月，25 開，248 頁
黃娟作品集 1

本書集結作者 1968 年 9 月赴美後，記錄海外生活的散文。全書分「初抵異鄉」、「定居海外」二輯，收錄〈我們在太平洋上空〉、〈我在異鄉〉、〈遺失與獲得〉等 26 篇。正文前有翁登山〈文學的伴侶——序黃娟的《我在異鄉》〉、黃娟〈四分之一世紀——《我在異鄉》自序〉。

心懷故鄉
臺北：前衛出版社
1994 年 5 月，25 開，197 頁
黃娟作品集 2

本書集結作者 1980 年代重返文壇後，為臺灣民主運動記錄之作。全書分「人物剪影」、「焦點報導」二輯，收錄〈一位愛好文藝的學人——紀念陳文成教授〉、〈凍不僵的種子——悼念楊逵先生〉、〈變故之後——訪問陳素貞女士〉等 19 篇。正文前有翁登山〈文學的伴侶——序黃娟的《心懷故鄉》〉、黃娟〈四分之一世紀——《心懷故鄉》自序〉，正文後有黃恆秋〈來自異國的鄉音——旅美女作家黃娟訪談記〉。

世紀的病人

臺北：前衛出版社
1994 年 5 月，25 開，261 頁
黃娟作品集 3

短篇小說集。全書收錄〈世紀的病人〉、〈擒〉、〈野餐〉、〈炎夏的事故〉、〈啟示〉、〈奶盒上的相片〉、〈不是冬天〉、〈保守的人〉、〈冬眠〉、〈選擇〉、〈陰間來的新娘〉、〈魔鏡〉共 12 篇。正文前有黃娟〈前衛版序〉、〈文學之路——《世紀的病人》自序〉、葉石濤〈異地裡的夢和愛——評黃娟小說集《世紀的病人》、《邂逅》〉、彭瑞金〈評黃娟《世紀的病人》〉，正文後有鍾肇政〈黃娟與我——跋黃娟《世紀的病人》、《邂逅》〉。

邂逅

臺北：前衛出版社
1994 年 5 月，25 開，233 頁
黃娟作品集 4

短篇小說集。全書收錄〈邂逅〉、〈相輕〉、〈美人關〉、〈彩色的燈罩〉、〈梅格〉、〈安排〉、〈弱點〉共七篇。正文前有黃娟〈前衛版序〉、〈文學之路——《邂逅》自序〉、葉石濤〈異地裡的夢和愛——評黃娟小說集《世紀的病人》、《邂逅》〉、彭瑞金〈黃娟——追逐生活的作家〉，正文後有鍾肇政〈黃娟與我——跋黃娟《世紀的病人》、《邂逅》〉。

故鄉來的親人

臺北：前衛出版社
1994 年 6 月，25 開，326 頁
黃娟作品集 5

長篇小說。正文與 1991 年前衛版同。正文前有彭瑞金〈鱒魚返鄉的方式——寫在《故鄉來的親人》前面〉、黃娟〈寫在書前〉，正文後新增謝里法〈從政治邊緣切入的臺灣故事——評介黃娟的《故鄉來的親人》〉、許維德〈故鄉心——由《故鄉來的親人》談臺美人以及黃娟的政治意識〉。

婚變

臺北：前衛出版社
1994 年 8 月，25 開，274 頁
黃娟作品集 6

長篇小說。本書藉由三對臺美人夫妻所面臨的婚姻變故及難題，描寫海外婦女在新舊文化衝擊下的痛苦與成長。全書計有1.有朋自遠方來；2.借酒澆愁；3.回眸一笑；4.七年之癢；5.晴天霹靂；6.慘淡的節日；7.深夜的電話；8.心有靈犀一點通；9.身在困境；10.苦肉計；11.判決；12.不同的委屈；13.妻子的眼淚；14.病榻；15.相片裡的女人；16.男人的拳頭；17.賭城之行；18.另謀高就；19.意外的訪客；20.大廈；21.互訴心曲；22.悠悠浮雲共 22 章。正文前有彭瑞金〈十年沉澱——序《婚變》〉、黃娟〈我的文學歷程——長篇小說《婚變》代序〉。

山腰的雲

臺北：前衛出版社
1995 年 4 月，25 開，227 頁
黃娟作品集 7

短篇小說集。內容與 1992 年前衛版同。

政治與文學之間

臺北：前衛出版社
1995 年 4 月，25 開，219 頁
黃娟作品集 8

文學評論集。內容與 1993 年前衛版同。

彼岸的女人
臺北：前衛出版社
1996 年 4 月，25 開，208 頁
黃娟作品集 9

短篇小說集。全書收錄〈劫〉、〈彼岸的女人〉、〈「死亡」的設計〉、〈秋晨〉、〈何建國〉、〈安娜的故事〉、〈妻之死〉、〈祖國傳奇〉共八篇。正文前有鄭清文〈祖國情懷——序《彼岸的女人》〉、黃娟〈出書的心境——《彼岸的女人》代序〉，正文後有彭瑞金〈永遠的文學——跋黃娟的小說《彼岸的女人》及《愛莎岡的女孩》〉。

愛莎岡的女孩
臺北：前衛出版社
1996 年 4 月，25 開，206 頁
黃娟作品集 10

長篇小說。正文與 1968 年純文學版同。正文前新增鍾肇政〈臺美文學旗手——黃娟——序《愛莎岡的女孩》〉、黃娟〈青春——《愛莎岡的女孩》前衛版序〉，正文後新增彭瑞金〈永遠的文學——跋黃娟的小說《彼岸的女人》及《愛莎岡的女孩》〉。

啞婚
臺北：前衛出版社
1998 年 4 月，25 開，201 頁
黃娟作品集 11

短篇小說集。全書收錄〈花燭〉、〈帖子〉、〈歪曲的苗〉、〈姻緣〉、〈老教師〉、〈灰燼〉、〈冬陽〉、〈驪歌〉、〈我不怕她了〉、〈彆扭的人〉、〈老太太的生日〉、〈山城〉、〈小貝殼〉、〈啞婚〉共 14 篇。正文前有鍾肇政〈序——談「那個年代」〉、黃娟〈處女集未必青澀——序短篇小說集《啞婚》〉。

虹虹的世界

臺北：前衛出版社
1998 年 4 月，25 開，271 頁
黃娟作品集 12

長篇小說。本書藉描寫社會邊緣人——退伍老兵張進益和智弱女子虹虹的結合，呈現人性的善良與單純。全書計有：1.訪問；2.他們的婚姻；3.好奇心；4.不幸的孩子；5.進那大千世界；6.不辱使命；7.花燭夜；8.母親的心；9.食色性也；10.女兒和女婿；11.虹虹的世界；12.水到渠成；13.義工和病人；14.胖胖在醫院；15.老少伴侶；16.母與女；17.不同的命運；18.憂喜之間；19.病前病後；20.暮靄；21.海邊憶舊；22.蕉風裡共 22 章。正文前有鄭清文〈序《虹虹的世界》〉、翁登山〈譯詩代序〉、黃娟〈寫在書前——介紹長篇小說《虹虹的世界》〉。

失落的影子

臺北：前衛出版社
2000 年 10 月，25 開，215 頁
黃娟作品集 13

短篇小說集。全書收錄〈訪問〉、〈相親〉、〈負荷〉、〈飄失的意識〉、〈一隻鳥〉、〈苦酒〉、〈叫阿香的女孩〉、〈這樣的女人〉、〈奇遇〉、〈碩士雇員〉、〈閃爍的星星〉、〈失落的影子〉共 12 篇。正文前有林鍾隆〈歪斜的鳥——序黃娟小說集《失落的影子》、《媳婦》〉、黃娟〈不同的年代——短篇小說集《失落的影子》、《媳婦》自序〉。

媳婦

臺北：前衛出版社
2000 年 11 月，25 開，213 頁
黃娟作品集 14

短篇小說集。全書收錄〈深情〉、〈這一代的婚約〉、〈寂寞的月〉、〈落地長窗〉、〈古老的故事〉、〈冰山下〉、〈命運的鞭子〉、〈玫瑰色的夢〉、〈一美人〉、〈乾杯〉、〈太暗的路燈〉、〈人生？〉、〈媳婦〉共 13 篇。正文前有林鍾隆〈歪斜的鳥——序黃娟小說集《失落的影子》、《媳婦》〉、黃娟〈不同的年代——短篇小說集《失落的影子》、《媳婦》自序〉。

歷史的腳印
臺北：前衛出版社
2001 年 1 月，25 開，300 頁
黃娟作品集 15

長篇小說。本書為「楊梅三部曲」的第一部，藉由主角幸子的童年生活，描繪戰前臺灣的景象。全書計有：1.遙遠的故鄉；2.夢裡的火車；3.難忘的便當；4.震耳祖父聲；5.外婆家；6.猶憐女兒身；7.婚姻的方式；8.鄉間一少年；9.紅娘登門；10.君子好逑；11.柚子園；12.婚前婚後；13.入學風波；14.不同的風俗；15.從城市到鄉下；16.大海那邊；17.古廟；18.戰時生活；19.送行；20.父親的信；21.鄉間小屋；22.小媳婦；23.兵隊桑共23 章。正文前有鄭清文〈楊梅花開〉、黃娟〈關於「楊梅三部曲」——第一部《歷史的腳印》自序〉。

寒蟬
臺北：前衛出版社
2003 年 8 月，25 開，324 頁
黃娟作品集 16

長篇小說。本書為「楊梅三部曲」的第二部，從主角幸子的少女時代寫至初為人婦，藉此呈現終戰到 1960 年代的臺灣社會。全書計有：1.終戰；2.家國之間；3.祖國官兵；4.新政府；5.亂象；6.震盪；7.入學考試；8.風滿樓；9.彼岸的戰爭；10.祖國的面目；11.腥風血雨；12.另類的經驗；13.千頭萬緒；14.萬里歸人；15.弱者之家；16.清晨的槍聲；17.戰時首都；18.黑色的鉛印字；19.反共基地；20.走出校門；21.趕考的日子；22.一本雜誌；23.敲開文壇的門；24.君往何處去共 24 章。正文前有翁登山〈讀《寒蟬》談「非典」——序楊梅三部曲第二部《寒蟬》〉、鄭清文〈楊梅花開〉、黃娟〈關於「楊梅三部曲」〉，正文後有黃娟〈後記〉。

落土蕃薯

臺北：前衛出版社
2005 年 6 月，25 開，466 頁
黃娟作品集 17

長篇小說。本書為「楊梅三部曲」的第三部，從主角幸子赴美僑居寫到 2000 年回臺投票選舉總統，親身見證臺灣第一次的政黨輪替。全書計有：1.客從何處來；2.伸到海外的魔爪；3.他寫了一本書；4.床底下的箱子；5.不能說出的「名字」；6.突破監視網；7.禍從天降；8.誰發的槍聲；9.迂迴的路；10.威風的小選手；11.面具遊行；12.小國的命運；13.E 市的華人社會；14.勇敢的好人；15.誰的祖國？16.郵包事件；17.西貢來的朋友；18.處處有病草；19.歷史的禁忌；20.東遷；21.山雨欲來；22.大逮捕；23.誰是劊子手？；24.十年歲月人與事；25.遺孀；26.文人的使命；27.小村溫情；28.弱勢的母語；29.闖關的人；30.聖火長跑；31.Y 鎮鐵漢；32.百分之百的言論自由；33.老藤新枝；34.P 山的老樹；35.飛彈下的選舉；36.寧靜革命；37.枝葉代代傳共 37 章。正文前有李喬〈臺灣人的啟蒙書——序楊梅三部曲第三部《落土蕃薯》〉、鄭清文〈楊梅花開〉、黃娟〈關於「楊梅三部曲」〉，正文後有黃娟〈歷史的教訓——《落土蕃薯》後記〉。

文學年表

1934 年 （昭和 9 年）	1 月	18 日，生於新竹州新竹市東門町三十番地（今新竹市東區），本名黃瑞娟。父親黃盛藩，母親張秀英，排行次女。出生半年後舉家遷居臺北。
1940 年 （昭和 15 年）	4 月	進入臺北宮前國民學校（今中山國民小學）就讀。
	本年	自幼喜愛閱讀日文繪本，打下良好的語文基礎。一年級時撰寫的第一篇作文〈遠足〉由級任老師在課堂上朗讀，展現寫作才華，求學生涯中作文成績也始終居冠。
1941 年 （昭和 16 年）	12 月	太平洋戰爭爆發，二次世界大戰戰場擴及東亞，臺灣也受到波及。隔年春，戰事越演越烈，臺北遭到轟炸，舉家被迫遷回桃園楊梅的客家庄，轉入楊梅公學校（今楊梅國小）就讀。這段生活經驗成為日後寫作「楊梅三部曲」的重要題材。
1944 年 （昭和 19 年）	本年	日軍據地駐紮，學校停課兩年。
1946 年	2 月	27 日，新竹女子中學（今新竹女子高級中學）招考 100 名初中部新生，與大姊黃惠貞皆成功錄取。
	4 月	1 日，進入新竹女子中學初中部就讀。
1947 年	本年	父母攜妹遷居臺北羅斯福路三段，黃娟與大姊黃惠貞則寄居外婆家，繼續完成中學學業。
1949 年	夏	自新竹女子中學畢業後，因家境困難，為緩解家中經濟狀況，選擇報考臺北女子師範學校（今臺北市立大學），應屆錄取入學。

1952 年	夏	臺北女子師範學校畢業，分發至臺北螢橋國民學校（今螢橋國民小學）任教。
1955 年	本年	普通考試教育行政人員及格；歷史科中學教員檢定考試及格。
1956 年	5 月	26 日，〈公雞報曉的故事〉發表於《公論報・小朋友園地》6 版。
1957 年	本年	高等考試教育行政人員及格。
1958 年	本年	轉任臺北市大同中學教師。
1960 年	10 月	受林海音、鍾肇政、文心等人組成「鍾理和遺著出版委員會」，出版鍾理和中篇小說《雨》之感動，於任職學校大力推薦，因而開始嘗試寫作。
1961 年	5 月	經友人黃秀琴介紹，將短篇小說〈蓓蕾〉初稿寄給鍾肇政，受到指導重新謄寫，後由鍾將這份稿件代投《聯合報・副刊》並為其取筆名「黃娟」，從此步入文壇。
	6 月	12 日，短篇小說〈蓓蕾〉發表於《聯合報・副刊》6 版。 22 日，短篇小說〈灰燼〉發表於《聯合報・副刊》6 版。
	7 月	11 日，短篇小說〈歧途〉發表於《聯合報・副刊》6 版。
	8 月	1 日，短篇小說〈深情〉發表於《自由青年》第 295 期。 11 日，短篇小說〈曇花〉發表於《聯合報・副刊》6 版。 30 日，短篇小說〈枷鎖〉發表於《聯合報・副刊》9 版。
	9 月	21 日，短篇小說〈彆扭的人〉發表於《聯合報・副刊》6 版。
	10 月	18 日，短篇小說〈我不怕她了〉發表於《聯合報・副刊》6 版。
	11 月	18 日，短篇小說〈帖子〉發表於《聯合報・副刊》6 版。
	12 月	1～3 日，短篇小說〈相親〉連載於《聯合報・副刊》6 版。

		25～26 日，短篇小說〈一美人〉連載於《聯合報‧副刊》6 版。
		獲頒第七屆臺北市西區扶輪社文學獎。
1962 年	1 月	16 日，短篇小說〈冬陽〉發表於《自由青年》第 306 期。
	2 月	22～27 日，短篇小說〈啞婚〉連載於《聯合報‧副刊》6 版。
	3 月	25 日，與翁登山結婚。
	6 月	6～7 日，短篇小說〈乾杯〉連載於《聯合報‧副刊》6 版。
	11 月	8 日，短篇小說〈不准哭！〉發表於《聯合報‧副刊》8 版。
		28 日，短篇小說〈繡花枕頭〉發表於《聯合報‧副刊》8 版。
		30 日，短篇小說〈少年行〉發表於《聯合報‧副刊》8 版。
	12 月	28 日，短篇小說〈情敵〉發表於《聯合報‧副刊》8 版。
1963 年	3 月	9 日，短篇小說〈遠念〉發表於《聯合報‧副刊》8 版。
	4 月	5 日，長女翁嘉玲出生。
	8 月	22～23 日，短篇小說〈小貝殼〉連載於《中央日報‧副刊》6 版。
	11 月	15 日，短篇小說〈姻緣〉發表於《中央日報‧副刊》6 版。
	12 月	21 日，短篇小說〈驪歌〉發表於《中央日報‧副刊》6 版。
1964 年	2 月	29 日，短篇小說〈訪問〉發表於《中央日報‧副刊》6 版。

4 月　短篇小說〈老太太的生日〉發表於《臺灣文藝》第 1 期。

7 月　短篇小說〈候診室〉發表於《臺灣文藝》第 4 期。

10 月　29 日，短篇小說〈落地長窗〉發表於《聯合報・副刊》7 版。

12 月　4～5 日，短篇小說〈苦酒〉連載於《聯合報・副刊》7 版。

1965 年　4 月　短篇小說〈山城〉發表於《幼獅文藝》第 22 卷第 4 期。

短篇小說〈老教師〉發表於《臺灣文藝》第 7 期。

5 月　短篇小說〈遠念〉發表於《幼獅文藝》第 22 卷第 5 期。

6 月　27 日，短篇小說〈歪曲的苗〉發表於《聯合報・副刊》7 版。

7 月　26 日，短篇小說〈花燭〉發表於《聯合報・副刊》7 版。

8 月　3～4 日，短篇小說〈一隻鳥〉連載於《聯合報・副刊》9 版。

21 日，短篇小說〈閃爍的星星〉發表於《聯合報・副刊》7 版。

10 月　7～11 日，短篇小說〈負荷〉連載於《聯合報・副刊》7 版。

12 日，次女翁嘉雯出生。

18～19 日，短篇小說〈寵壞的孩子〉連載於《徵信新聞報・人間副刊》7 版。

短篇小說〈玫瑰色的夢〉發表於《幼獅文藝》第 23 卷第 4 期。

短篇小說集《小貝壳》由臺北幼獅文化公司出版。

1966 年　1 月　27 日，〈冬日曬太陽，一樂也〉發表於《徵信新聞報・人間副刊》7 版。

短篇小說〈碩士雇員〉發表於《臺灣文藝》第 10 期。

2月　1 日，短篇小說〈命運的鞭子〉發表於《自由青年》第 403 期。

4月　10 日，出席《臺灣文藝》二週年紀念會暨第一屆臺灣文學獎頒獎典禮，與會者有吳濁流、鍾肇政、七等生、廖清秀等人。

5月　10 日，短篇小說〈哈里的主人〉發表於《徵信新聞報・人間副刊》7 版。

6月　20〜21 日，短篇小說〈飄失的意識〉連載於《聯合報・副刊》7 版。

短篇小說〈這路燈太暗了〉發表於《幼獅文藝》第 24 卷第 6 期。

8月　3 日，短篇小說〈古老的故事〉發表於《聯合報・副刊》9 版。

10月　8 日，短篇小說〈奇遇〉發表於《聯合報・副刊》7 版。

12月　短篇小說〈失落的影子〉發表於《皇冠》第 154 期。

1967 年　1 月　短篇小說〈山上山下〉發表於《臺灣文藝》第 14 期。
夫翁登山赴美進修博士學位。

4月　16 日，出席《臺灣文藝》三週年紀念會暨第二屆臺灣文學獎頒獎典禮，與會者有林海音、吳濁流、鍾肇政、郭水潭等人。

短篇小說〈偷龍轉鳳〉發表於《幼獅文藝》第 26 卷第 4 期。

5月　22〜23 日，短篇小說〈冰山底下〉連載於《徵信新聞報・人間副刊》9 版。

10月　4 日，〈我喜歡媽媽〉發表於《國語日報》7 版。

短篇小說〈鉤花桌巾〉發表於《臺灣文藝》第 17 期。

11月　1 日，長篇小說〈愛莎岡的女孩〉連載於《徵信新聞報・

人間副刊》7 版，至隔年 1 月 11 日止。

短篇小說〈這一代的婚約〉發表於《純文學》第 2 卷第 5 期。

| 1968 年 | 1 月 | 短篇小說集《冰山下》由臺北臺灣商務印書館出版。 |

3 月　13 日，〈我要穿裙子〉發表於《國語日報》7 版。

長篇小說《愛莎岡的女孩》由臺北純文學月刊社出版。

5 月　10 日，短篇小說〈哈里的主人〉發表於《徵信新聞報・人間副刊》7 版。

短篇小說集《這一代的婚約》由臺北水牛出版社出版。

7 月　21 日，短篇小說〈病人與孩子〉發表於《徵信新聞報・人間副刊》10 版。

短篇小說〈四個冰淇淋〉發表於《臺灣文藝》第 20 期。

8 月　短篇小說集《魔鏡》文稿交付蘭開書局準備出版，然稿件遺失，至今不知下落。

9 月　25 日，辭去教職工作，攜女赴美與丈夫團聚。

11 月　14 日，〈我在異鄉〉發表於《中國時報・人間副刊》10 版。

12 月　8 日，〈我在異鄉之二・遺失與獲得〉發表於《中國時報・人間副刊》10 版。

29 日，〈我在異鄉之三・入冬時節〉發表於《中國時報・人間副刊》10 版。

1969 年　1 月　21～22 日，〈我在異鄉之四・耶誕聚會〉連載於《中國時報・人間副刊》10 版。

3 月　30 日，〈我在異鄉之五・雪中日〉發表於《中國時報・人間副刊》11 版。

4 月　19 日，〈復活節〉發表於《國語日報》7 版。

短篇小說〈等待〉發表於《臺灣文藝》第 23 期。

短篇小說〈擒〉發表於《純文學》第 28 期。

	5 月	13 日,〈寄母親〉發表於《國語日報》7 版。
1970 年	1 月	短篇小說〈保守的人〉發表於《臺灣文藝》第 26 期。
	2 月	1～2 日,〈訪問〉連載於《中央日報‧副刊》9 版。

27 日,〈茶道在美國〉發表於《中央日報‧副刊》9 版。

短篇小說〈野餐〉發表於《純文學》第 38 期。

4 月　9～10 日,短篇小說〈冬眠〉連載於《聯合報‧副刊》9 版。

22 日,〈四月的雪〉發表於《中央日報‧副刊》9 版。

6 月　25 日,〈恐龍的腳印〉發表於《中央日報‧副刊》9 版。

1971 年　1 月　24～25 日,〈來自捷克的朋友〉連載於《中央日報‧副刊》9 版。

短篇小說〈一個炎夏的午後〉發表於《臺灣文藝》第 30 期。

8 月　29 日,長子翁嘉南出生。

1972 年　3 月　15 日,〈奇蹟〉發表於《聯合報‧副刊》9 版。

7 月　短篇小說〈來克太太〉發表於《臺灣文藝》第 36 期。

9 月　因翁登山工作需要,舉家自康乃狄克州 West Wellington 遷居至印第安那州 Evansville。

1974 年　1 月　短篇小說〈後繼者〉發表於《臺灣文藝》第 42 期。

1979 年　本年　舉家遷居至紐約。

1980 年　6 月　首次返臺探親。

1983 年　3 月　應許達然之邀加入「北美臺灣文學研究會」(Society for the Study of Taiwan Literature)。

8 月　26 日,出席於新澤西蔡明殿農場(Orchard View Green-house)舉辦之「北美臺灣文學研究會」年會,發表〈臺灣人的命運──再讀《亞細亞的孤兒》〉。

1984 年	5 月	父親黃盛藩生病，返臺探視。
	7 月	〈謙讓在美國〉發表於《臺灣與世界》第 13 期。
	8 月	25 日，出席於西北大學文理科學院舉辦之「北美臺灣文學研究會」年會，發表〈傳統枷鎖下的自白──鍾理和與《笠山農場》〉。
	11 月	〈從《笠山農場》說起〉發表於《臺灣文藝》第 91 期。
1985 年	1 月	24 日，〈梅格〉發表於《聯合報·副刊》8 版。
	2 月	〈再讀《亞細亞的孤兒》〉發表於《文學界》第 13 期。
		〈機會均等〉發表於《臺灣與世界》第 18 期。
	3 月	22 日，〈婚禮〉發表於《聯合報·副刊》8 版。
	5 月	1 日，〈慎終追遠〉發表於《中國時報·人間副刊》8 版。
	7 月	〈護衛鄉土的靈魂──一位愛好文藝的學人〉發表於《臺灣文化》第 1 期。內容記述陳文成的事蹟。
	9 月	舉家遷居至華盛頓特區（Washington, D.C.）。
	11 月	〈變故之後──記一位勇敢的女性〉發表於《臺灣文化》第 3 期。內容記述陳文成遺孀陳素貞的事蹟。
1986 年	2 月	3～6 日，短篇小說〈弱點〉連載於《自立晚報·副刊》10 版。
	4 月	〈喬遷之喜〉發表於《臺灣與世界》第 30 期。
	6 月	〈墜落的星──悼延豪並慰肇政先生〉發表於《臺灣文化》第 6 期。
	8 月	10 日，出席於加州聖塔芭芭拉（Santa Barbara）舉辦之「北美臺灣文學研究會」年會，發表〈鍾延豪作品的特色〉。
		21～25 日，短篇小說〈邂逅〉連載於《自立晚報·副刊》10 版。
		短篇小說〈失蹤的孩子〉發表於《臺灣文化》第 7 期。

	9 月	〈吳濁流先生逝世十週年紀念輯——憶吳老〉發表於《臺灣文藝》第 102 期。
	11 月	〈何來此福〉發表於《臺灣與世界》第 36 期。
	12 月	父親黃盛藩逝世，返臺奔喪。
1987 年	1 月	17 日，出席於臺北耕莘文教院大禮堂舉辦之「正視人口販賣——關懷雛妓」座談會。
		短篇小說〈相輕〉發表於《臺灣文藝》第 104 期。
	7 月	11 日，出席於加拿大愛蒙頓阿伯塔大學（University of Alberta）舉辦之「北美臺灣文學研究會」年會，發表〈雄偉的史詩——論「臺灣人三部曲」〉。
	11 月	〈人權何在——也談雛妓問題〉發表於《臺灣文化》第 14 期。
1988 年	2 月	7 日，以短篇小說〈相輕〉榮獲「吳濁流文學獎」小說創作獎正獎。
		25～27 日，代表「全美臺灣同鄉會」返臺出席臺灣基督長老教會社會服務發展委員會於高雄舉辦之「亞洲漁民問題研討會」。
	3 月	13 日，「北美洲臺灣婦女會」（North America Taiwanese Women's Association）成立，為創始會員之一。
		〈遲來的噩耗——紀念文心去世一週年〉發表於《臺灣文藝》第 110 期。
	5 月	26 日，短篇小說〈閩腔客調〉發表於《自立晚報·本土副刊》14 版。
		短篇小說集《世紀的病人》由臺北南方叢書出版社出版。
	6 月	短篇小說〈世紀的病人〉發表於《文學界》第 26 期。
		短篇小說集《邂逅》由臺北南方叢書出版社出版。
	7 月	2～3 日，出席於賓州州立大學城（Pennsylvania State

University at University Park）美東夏令會舉辦之「北美臺灣文學研究會」年會，發表〈空襲下的臺灣──讀文心的《泥路》〉。

當選「北美臺灣文學研究會」會長。

8月 21～22 日，〈鹹風苦雨漁民淚──山地問題初探〉連載於《自立晚報・本土副刊》14 版。

12月 12 日，〈苦難的歲月──讀李篤恭《徬徨在荒原》〉發表於美國《太平洋時報・文化思想》「書評欄」。

1989 年 1月 31 日，短篇小說〈不尋常的鏡頭〉連載於《自立早報・副刊》14 版，至 2 月 1 日止。

6月 〈荒謬的年代──論呂昱的《獄中日記》〉發表於《新文化》第 5 期。

7月 31 日，出席於日本筑波大學舉辦之「北美臺灣文學研究會」年會暨臺灣文學國際會議，擔任主持並發表〈政治與文學之間──論施明正《島上愛與死》〉。此為首次以「臺灣文學」名義召開之「國際文學會議」，與會者除臺灣文學研究會同仁，尚有臺灣筆會成員與中國、日本的臺灣文學研究工作者如李敏勇、林承璜、王晉民、下村作次郎、今里禎等人，會議至 8 月 2 日落幕。

8月 12～16 日，率領「北美臺灣文學研究會」會員參加第 11 屆「鹽分地帶文藝營」，與會者有翁登山、胡民祥、楊千鶴等人。

1990 年 7月 出席於美國康奈爾大學（Cornell University）舉辦之「北美臺灣文學研究會」年會，擔任主持並發表〈從蕃仔林看歷史──試論《寒夜三部曲》〉。

8月 7 日，〈傳統枷鎖下的自剖──論《笠山農場》〉發表於《自立晚報・本土副刊》14 版。

〈臺灣文化的文盲〉發表於《客家》第 31 期。

	12 月	23～24 日，短篇小說〈秋子〉連載於《自立晚報‧小說劇場》14 版。

23～29 日，短篇小說〈蘋果花香〉連載於《聯合報‧副刊》25 版。

1991 年　1 月　7 日，長篇小說〈故鄉來的親人〉連載於《自立晚報‧小說劇場》14 版，至 7 月 25 日止。

6 月　出席於史丹佛大學（Leland Stanford Junior University）美西夏令會舉辦之「北美臺灣文學研究會」年會，發表〈審判者——論鄭清文的《局外人》〉。

11 月　長篇小說《故鄉來的親人》由臺北前衛出版社出版。

12 月　短篇小說〈劉宏一〉發表於《文學臺灣》第 1 期。

1992 年　3 月　出席於美國紐奧良舉辦之「北美洲臺灣婦女會」年會，演講「關心文學從婦女開始」。

6 月　短篇小說集《山腰的雲》由臺北前衛出版社出版。

7 月　出席於麻州大學（University of Massachusetts）舉辦之「北美臺灣文學研究會」年會。

應邀於美南夏令會，演講「我的小說人物」。

出席休士頓同鄉會舉辦之「黃娟座談會」。

8 月　〈閩腔客調〉發表於《客家》第 50 期。

9 月　短篇小說〈劫〉發表於《臺灣文藝》第 132 期。

1993 年　1 月　短篇小說〈何建國〉發表於《文學臺灣》第 5 期。

出席於德州加維斯頓（Galveston County）舉辦之第一屆「全美臺灣客家會」（Taiwanese Hakka Association of USA）懇親會，主持客家文化節目。

應邀於德州奧斯汀大學（University of Texas at Austin）臺灣研究社，演講「政治與文學」。

5月　《政治與文學之間》由臺北前衛出版社出版。

6月　26 日，〈作家與作品〉發表於《臺灣公論報》6 版。

7月　〈語言的困擾〉、〈澄清兩點誤會〉發表於《客家》第 61
　　　期。
　　　應邀於美南夏令營，演講「政治與文學」。
　　　出席於維也納舉辦之「北美臺灣文學研究會」年會，而後
　　　該會解散，結束十年歷史。

10月　應邀於威斯康辛大學（University of Wisconsin-Madison）
　　　「臺灣研究社」演講。

11月　14 日，出席於吉隆坡舉辦之第三屆「海外華文女作家協
　　　會」雙年會。

12月　〈臺灣文學研究會與我──十年的回顧與反省〉發表於
　　　《臺灣文藝》第 140 期。
　　　陳萬益主編短篇小說集《黃娟集》，由臺北前衛出版社出
　　　版。

1994 年　1月　短篇小說〈悲劇的鱗次〉發表於《文學臺灣》第 9 期。

3月　母親張秀英過世，返臺奔喪。

5月　3 日，長篇小說〈婚變〉連載於《自立晚報・本土副刊》
　　　19 版，至 8 月 28 日止。
　　　《我在異鄉》、《心懷故鄉》、短篇小說集《世紀的病人》、
　　　《邂逅》由臺北前衛出版社出版。

6月　出席於渥太華舉辦之「北美洲臺灣人教授協會」（North
　　　America Taiwanese Professors' Association）年會，演講
　　　「在夾縫中掙扎的臺灣文學」。
　　　長篇小說《故鄉來的親人》由臺北前衛出版社出版。

8月　長篇小說《婚變》由臺北前衛出版社出版。

1995 年　1月　因臺灣的「財團法人寶島客家廣播電臺」遭禁，於美國

「臺北經濟文化代表處」前拉布條抗議。

短篇小說〈彼岸的女人〉發表於《文學臺灣》第 13 期。

4 月　出席於休士頓舉辦之「北美洲臺灣婦女會」年會。

應邀於休士頓客家同鄉會，演講「客家意識和臺灣意識」。

《政治與文學之間》、短篇小說集《山腰的雲》由臺北前衛出版社出版。

5 月　應邀於北美臺灣人醫師協會（North American Taiwanese Medical Association）舉辦之文化講座，演講「醫學與文學共同之使命」。

7 月　〈「客家意識」和「臺灣意識」──講於休士頓客家同鄉〉連載於《客家》第 84～85 期。

8 月　出席於加州聖荷西（San Jose）舉辦之第二屆「全美臺灣客家會」懇親會。

應邀於夏威夷「臺灣文化講座」演講。

11 月　27～30 日，出席於臺北舉辦之第四屆世界「海外華文女作家」雙年會。

12 月　為撰寫「楊梅三部曲」，在鍾肇政陪同下返回楊梅進行田野調查。

接受「財團法人寶島客家廣播電臺」訪問，討論「支持『突破電子媒體聯盟』：客家電臺參與抗爭」。

1996 年　1 月　當選「北美臺灣客家公共事務協會」（Taiwan Hakka Association For Public Affairs In North America）會長，任期至 1997 年止。

3 月　〈訪問客家電臺〉發表於《客家》第 92 期。

4 月　短篇小說集《大峽谷奇遇記》由石家莊河北教育出版社出版。

短篇小說集《彼岸的女人》、長篇小說《愛莎岡的女孩》由臺北前衛出版社出版。

5 月	出席河北教育出版社於北京舉辦之「金蜘蛛叢書——海外華文女作家作品系列」新書發表會。
7 月	應邀於美東夏令營及美東臺灣客家同鄉會演講「臺灣之政治與文學」。
9 月	出席於波士頓舉辦之「紐英崙中華專業人員協會」（New England Association of Chinese Professionals）年會，演講「弱勢族群與弱勢文學」。

1997 年

4 月	出席於費城（City of Philadelphia）舉辦之「北美洲臺灣婦女會」年會。
5 月	主持「北美臺灣客家公共事務協會」電話理事會議。 出席北加州客家同鄉會，演講「客家子弟與客家運動」。
7 月	25〜27 日，出席於達拉斯布里斯特大飯店舉辦之第三屆「全美臺灣客家會」懇親會暨第三屆「北美臺灣客家公共事務協會」會員大會，並擔任主持。 出席於康乃狄克大學（University of Connecticut）舉辦之美東夏令會，演講「文學與女性」。
9 月	為撰寫「楊梅三部曲」，訪問客籍作家鍾逸人、李喬、鍾肇政等人，並至楊梅、中壢等地進行田野調查。
10 月	1 日，出席於新竹文化中心舉辦之「客家發展研討會議暨世界臺灣客家聯合會成立大會」。 應邀於德州農工大學（Texas A&M University）、俄亥俄州立大學（The Ohio State University）、德州奧斯汀大學、威斯康辛大學等校為臺灣留學生演講臺灣文學史相關議題。
11 月	〈客家子弟與客家運動〉發表於《客家》第 112 期。
12 月	接受「財團法人廣播電視事業發展基金會」訪問，於「現

代客談」第 61 集「拾穗人間文學之路」播出。

1998 年　4 月　出席於蓋瑟斯堡（Gaithersburg Maryland）舉辦之「國際書展」，演講「寫作的樂趣」。

短篇小說集《啞婚》、長篇小說《虹虹的世界》由臺北前衛出版社出版。

5 月　應邀於華盛頓特區「臺灣研究社」演講。

6 月　長篇小說〈虹虹的世界〉連載於《臺灣文藝》第 161～162 期。

7 月　出席於德拉威大學（University of Delaware）舉辦之美東夏令會，演講「文學與臺灣」。

〈處女作未必青澀──介紹短篇小說集《啞婚》〉發表於《文學臺灣》第 27 期。

8 月　出席於華盛頓特區舉辦之第二屆「臺灣客家文化夏令營」，主持「客家文化講座」。

9 月　出席於舊金山舉辦之第五屆「海外華文女作家協會」雙年會。

10 月　應邀於河南同鄉會，演講「客家人的歷史故事」。

12 月　應邀於華府書友會，演講「解讀小說訊息──試論當代幾位女作家」。

1999 年　2 月　應邀於華府客家同鄉會，演講「客家人的歷史故事」。

3 月　應邀於亞特蘭大臺灣同鄉會，演講「臺灣文學的演進」。

應邀於亞特蘭大客家同鄉會，演講「客家名人的故事」。

8 月　應邀於北加州臺灣客家會，演講「客家子弟與客家運動」

應邀於洛杉磯全美臺灣客家懇親會，演講「客家文化與一般臺灣文化的比較」。

11 月　6 日，出席於真理大學淡水校區舉辦之「鍾肇政文學研討會」，與會者有鍾肇政、杜潘芳格、鍾鐵民、李魁賢、張

芳慈等人。

15 日，獲頒第 22 屆「吳三連獎文學獎」，出席於臺北國
賓飯店舉行的頒獎典禮。

16 日，接受莊紫蓉訪問。2000 年 6 月，訪問文章〈面對
作家──訪談黃娟〉發表於《臺灣文藝》第 170 期。

19 日，李登輝總統接見第 22 屆吳三連獎得獎人黃娟、羅
曼菲、莊英章。

2000 年	1 月	出席於美國加州聖荷西舉辦之「全美臺灣客家會」新舊會長交接典禮，演講「客家人與臺灣文學」。
	2 月	〈異國鄉音〉發表於《文訊》專題「鄉愁的方位──從留學生文學到移民文學」，第 172 期。
	4 月	出席「北美洲臺灣婦女會」年會，演講「利用文學的力量」。 由臺北前衛出版社出版之「黃娟作品集」榮獲臺灣筆會1999 年「好書特別獎」。
	5 月	27 日，出席新竹縣文化局於新竹縣立文化中心舉辦之「吳濁流先生百年誕辰紀念國際文學研究會──大家來談吳濁流座談會」，與會者有黃美娥、簡義明、陳建忠等人。
	6 月	長篇小說〈歷史的腳印〉連載於《臺灣文藝》第 170～176 期，至隔年 6 月止。
	8 月	應邀於美國聖地牙哥臺灣中心演講「臺灣與臺美人的文學」。 出席於加拿大多倫多舉辦之泛美客家人夏令營，演講「提升客家文化，從文學開始」。 應邀於多倫多婦女會演講「文學的功用」。
	10 月	短篇小說集《失落的影子》由臺北前衛出版社出版。

	11 月	出席於美國北卡羅萊納州舉辦之第六屆「海外華文女作家協會」雙年會。
		應邀於北卡客家同鄉會，演講「客家人與臺灣文學」。
		短篇小說集《媳婦》由臺北前衛出版社出版。
	12 月	應僑務委員會之邀請參加「海外華文作家回國觀摩研習會議」。
2001 年	1 月	長篇小說《歷史的腳印》由臺北前衛出版社出版。
	4 月	出席於美國聖地牙哥舉辦之「臺灣傳統週」，演講「文學裡的歷史」。
		〈關於「楊梅三部曲」──第一部《歷史的腳印》自序〉發表於《文學臺灣》第 38 期。
	10 月	〈文學裡的歷史──講於聖地亞哥臺灣傳統週〉發表於《臺灣文學評論》第 1 卷第 2 期。
	11 月	榮獲財團法人王桂榮臺美文教基金會頒發的「人文科學成就獎」，不克出席頒獎典禮，由三妹黃惠信代為受獎。
	本年	長篇小說《虹虹的世界》改編為同名電視單元劇，於公共電視臺「文學過家」播出。
2002 年	8 月	出席於美國芝加哥舉辦之美東客家夏令營，演講「客家文化」相關議題。
	9 月	出席於加拿大溫哥華舉辦之第七屆「海外華文女作家協會」雙年會。
	12 月	14～15 日，出席行政院客家委員會於臺北舉辦之第一屆「全球客家文化會議」。
2003 年	4 月	長篇小說〈寒蟬〉發表於《臺灣文藝》第 187 期。後因《臺灣文藝》停刊，《寒蟬》與《落土蕃薯》（即「楊梅三部曲」後二部）便未再連載於其他刊物，直接出版成書。
		〈驚喜與驚訝〉發表於《文學臺灣》第 46 期。

	7 月	〈不朽的吳濁流──憶《臺灣文藝》的吳濁流先生〉發表於《文訊》專題「文訊二十週年臺灣文學雜誌專號」，第 213 期。
	8 月	長篇小說《寒蟬》由臺北前衛出版社出版。
	10 月	〈鍾老的成就──賀鍾肇政先生八十大壽〉發表於《臺灣文學評論》第 3 卷第 4 期。
2004 年	9 月	出席於巴鴻堡（Bad Homburg）舉辦之第八屆「海外華文女作家協會」雙年會。
2005 年	2 月	7 日，出席聖保羅「巴西客家活動中心」落成典禮。 出席「全美客家同鄉會」年會。
	5 月	26 日，應邀於真理大學麻豆校區，演講「我的文學歷程與『楊梅三部曲』」，並將「楊梅三部曲」手稿捐贈臺灣文學資料館。
	6 月	9 日，出席前衛出版社於臺北國賓飯店舉辦之「楊梅三部曲」新書發表會。 長篇小說《落土蕃薯》由臺北前衛出版社出版。
	8 月	罹患白內障，右眼開刀。
	12 月	出席真理大學於麻豆校區舉辦之第二屆「臺灣文學與語言」國際學術會議，發表〈發展文學教育的重要因素〉。 應邀於高雄醫學大學，演講「文學裡的歷史──『楊梅三部曲』的創作」。
2006 年	4 月	〈重視發酵的過程〉發表於《文訊》專題「臺灣長篇小說創作者經驗談（上）」，第 246 期。 出席華府臺灣婦女會舉辦之「黃娟新作『楊梅三部曲』發表會」。 出席「北美洲臺灣婦女會」年會，與東方白共同主持「文學中的臺灣婦女」之議題討論。

5月	出席北加州臺灣客家會舉辦之「黃娟 Joyce Weng 巨作發表會及文學講座」。
7月	29 日，應邀於達拉斯臺灣客家會舉辦之「2006 年泛美臺灣客家文化夏令營」，演講「客家女性的夢——『楊梅三部曲』創作」。 應邀於達拉斯臺灣同鄉會演講「『楊梅三部曲』的歷史背景」。
9月	9～10 日，出席於上海復旦大學舉辦之第九屆「海外華文女作家協會」雙年會。
12月	應邀於中正大學，演講「我的文學歷程及『楊梅三部曲』的創作」。 應邀於真理大學麻豆校區，演講「我的文學歷程——略述各年代的作品」。
2007 年　2月	應邀於大華府客家同鄉會，演講「客家人遷徙的故事」。
4月	應邀於印地安那同鄉會，演講「文學的歷史——談『楊梅三部曲』」。
8月	11 日，出席於聖地牙哥同鄉會舉辦之「臺美人的人生經驗談」座談會，演講「寂寂文學路——旅美作家的心聲」。
9月	應邀於紐約阿爾巴尼臺灣同鄉會演講「談『楊梅三部曲』」。
11月	23～24 日，〈一支筆走天涯〉連載於《臺灣時報‧副刊》19 版。 24 日，獲頒第 11 屆「臺灣文學家牛津獎」，出席於真理大學麻豆校區舉辦之頒獎典禮及「黃娟文學學術研討會」。
2008 年　1月	出席第四屆大紐約區臺灣人筆會年會暨新年晚會，演講

「臺灣文學與小說」。

| | 3 月 | 接受楊佳嫻專訪。訪問文章〈探索島嶼曲折歷史，寫作女性尋常人生〉發表於《文訊》專欄「資深作家」，第 269 期。 |

3 月　接受楊佳嫻專訪。訪問文章〈探索島嶼曲折歷史，寫作女性尋常人生〉發表於《文訊》專欄「資深作家」，第 269 期。

7 月　12 日，獲頒「客家終身貢獻獎」，出席於臺大醫院國際會議中心舉辦之第二屆「客家貢獻獎」頒獎典禮。

2009 年　1 月　〈筑波之路──憶「臺灣文學研究會筑波國際會議」〉發表於《臺灣文學評論》第 9 卷第 1 期。

2 月　短篇小說〈離婚之後〉發表於《文訊》第 280 期。

6 月　短篇小說〈不可能的友誼〉發表於《文訊》第 284 期。

8 月　出席於多倫多同鄉會舉辦之「全美客家同鄉會」年會。

10 月　〈回響〉發表於《臺灣文學評論》第 9 卷第 4 期。

2010 年　7 月　應邀於美東臺灣人夏令會，演講「作家命運，臺灣的歷史」。

11 月　4～6 日，出席於臺北舉辦之第 11 屆「海外華文女作家協會」雙年會。

2011 年　11 月　23 日，短篇小說〈陌生的熟人〉發表於美國《太平洋時報》16 版。

12 月　應邀於華盛頓臺美人長樂會，演講「臺灣文學的發展」。

2012 年　1 月　〈安眠的代價〉發表於《文學臺灣》第 81 期。

2013 年　1 月　翁登山住院開刀，黃娟為照顧丈夫，甚少參與活動。

10 月　19 日，出席「北美洲臺灣婦女會」於北卡羅來納州舉辦之年中理事會，演講「去蕪存菁，建構新文化」。

2014 年　1 月　〈為文學作品尋找最好的去處〉發表於《「北美洲臺灣婦女會」聯誼通訊》第 50 期。

3 月　2 日，出席大華府臺灣人社團於臺灣基督長老教會舉辦之「二二八和平公義紀念會」，演講「追憶及祈望」。

　　　　　　　　　　20 日,〈伴隨著一枝筆〉發表於美國《太平洋時報》16
　　　　　　　　　　版。

2015 年　　　11 月　20 日,夫翁登山過世。

2017 年　　　　8 月　出席桃園市客家局於華府僑教中心舉辦之「新桃園新客
　　　　　　　　　　家」座談會。

參考資料:

‧黃娟編;方美芬增訂,〈黃娟生平寫作年表〉,《黃娟集》,臺北:前衛出版社,1993
　年 12 月,頁 335～342。

‧黃娟初編;傅勤閔增修,〈黃娟年譜〉,《第 11 屆臺灣文學家牛津獎暨黃娟文學學術研
　討會資料彙集》,臺南:真理大學,2007 年 11 月,頁 4～12。

‧謝冠偉,「黃娟的生活經歷與寫作生涯」,〈黃娟「楊梅三部曲」研究〉,銘傳大學應用
　中國文學系碩士論文,2007 年 1 月,頁 11～36。

‧王靖雅,〈黃娟及其小說研究〉,中央大學中國文學系碩士在職專班碩士論文,2008
　年 7 月。

輯三◎
研究綜述

回顧與前瞻
黃娟文學研究綜述

◎張恆豪

一、黃娟小說創作的三個時期

在臺灣文學史的系譜，若說吳濁流、鍾理和、鍾肇政、葉石濤是屬於戰後第一代，則黃娟與鄭清文、李喬、白先勇、王文興、黃春明、於梨華、陳若曦……等人，同屬於戰後的第二代的重要作家。至於談起海外的臺美文學作家，黃娟是開拓者，名實相符屬於第一代。

黃娟，在日治時代的 1934 年 1 月 18 日，生於新竹市。臺北女師畢業後，曾在螢橋國小任教，後來高考及格進入大同中學教書。

黃娟的創作歷程，大致可分為三個時期。1961 年 6 月，27 歲的黃娟受到鍾肇政的指導，處女作〈蓓蕾〉，發表於《聯合報・副刊》，從此展開其創作生涯。此年，共發表 11 個短篇小說，尚獲得第七屆臺北市西區扶輪社文學獎。1965 年，黃娟先是出版短篇小說集《小貝売》，1968 年，又陸續推出短篇小說集《冰山下》、長篇小說《愛莎岡的女孩》、短篇小說集《這一代的婚約》，以及至今下落未明的短篇小說集《魔鏡》，這些作品受到了吳濁流、鍾肇政、葉石濤、王鼎鈞、隱地……等人的評論。期間的 1962 年 3 月 25 日，黃娟與在中央研究院工作的嘉義人翁登山結婚，9 月夫婿赴美攻讀碩士，1967 年 1 月，再度赴美進修博士，1968 年 9 月 25 日，黃娟乃辭去教職，攜女前往美國與夫婿相聚。至此也結束了這一時期的創作，此階段可視為黃娟創作的前期。

在 1988 年黃娟出版短篇小說集《世紀的病人》，她發自人類的天性，

關懷世界性及時代性的不治之症——「愛滋病」。

由於生活環境劇烈的改變，黃娟關心的焦點也轉移到臺美人的文化差異和生活問題、在美國華人之間的人際互動，以及美國人和美國的生活種種。同時，她也屢屢牽掛故鄉，關注臺灣的政治情勢和民主運動，思維裡的臺灣意識和人道關懷也不斷在發酵和強化。

在 1991 年出版的長篇小說《故鄉來的親人》，黃娟的文學意識，已經從《邂逅》、《世紀的病人》中的華人世界，蛻變成為進入《故鄉來的親人》的臺美人世界，這部長篇《故鄉來的親人》可說是黃娟認同意識轉變的樞紐。

1994 年出版的另一長篇《婚變》，黃娟純粹以臺美人的婚姻故事為題材，以三對臺美人夫妻和他們衍伸出來的臺美人社會，來探討在新社會新時代下臺美人婚姻的病變。或許黃娟接受彭瑞金的建議，以臺美作家的身分，勇敢地挺進臺美人的社會，挖掘了他（她）們心靈底層的蘊藏或是葛藤。

於 1998 年出版的長篇小說《虹虹的世界》，黃娟還為了題材回來臺灣尋找靈感，此作書寫了兩個臺灣社會的邊緣人，老兵和弱智少女悲涼結合的故事。可能此時的黃娟也接受謝里法的看法，讓她堅持從海外角度，關心臺灣故鄉的議題，在她立志成為臺美文學的作家，同時仍不忘自己也是臺灣作家。

在黃娟創作的中期，小說技巧日益精進，強化人物的心理描寫，更融入了其堅定的人道關懷和臺灣意識，使得此時作品更為成熟，愈加突顯出她的臺美女性文學的高度和特色。

作為一個有使命感的作家，為了接受大河小說三部曲的挑戰，1995、1997 年黃娟曾經返臺，在鍾肇政等人的陪同下，訪問楊梅、中壢的耆老，勘查小說的地景。從 1998 年，她 64 歲開始執筆寫作長篇小說（即後來的《歷史的腳印》）到 2005 年 6 月，以 71 歲高齡，出席在臺北國賓飯店所舉行的「楊梅三部曲」——《歷史的腳印》、《寒蟬》、《落土蕃薯》新書發表會，前後整整耗盡了她七年的歲月，這可說是黃娟創作的後期，她的歷史

感、女性自覺、客家意識，均於此冉冉閃現，應是她個人創作的高峰。

　　「楊梅三部曲」，可說開創了臺灣文學史上具有女性特質的大河小說先河，小說裡的女性觀點自然與男性作家所書寫的三部曲有所不同。小說中的時間軸線，從日治時代、跨越戰後的戒嚴體制，以及來到美國的海外時期，內容以文學的藝術性手法呈現了女性自覺的心靈成長史，和國族追求民主化的奮鬥歷史，尤其，臺美文學結尾之選擇回歸故鄉，和華美文學的飄零異鄉，亦各異其義。在三部曲中，值得一提的是，黃娟為了忠實表現客家意識，嘗試運用客語的對話，以求其小說語言的精確性，黃娟人生思想的深度，以及文學藝術的高度，可說都歸結在這部「楊梅三部曲」。

二、黃娟文學研究的分界點

　　關於黃娟文學的研究論述，依據內容性質，大概可分為三類：

　　其一，係針對黃娟個人的人格特質，人生經歷，及文學歷程。如錢鴻鈞〈論黃娟的溫婉與理性風格——並談傳統與現代夾縫中的理想女性形象〉；黃恆秋〈來自異國的鄉音——旅美女作家黃娟訪談記〉；楊佳嫻〈探索島嶼曲折歷史・寫作女性尋常人生——專訪小說家黃娟〉。

　　其二，評論黃娟的文學，或綜論多部作品，或著眼於她的散文集，或聚焦在她的短篇小說集、長篇小說、「楊梅三部曲」，或者關注於她的文學評論。

　　在綜論方面：如葉石濤〈黃娟的世界〉；林承璜〈黃娟小說的新景觀〉。在散文集方面：如翁登山〈文學的伴侶——序黃娟的《心懷故鄉》〉。在短篇小說集方面：如鄭清文〈祖國情懷——序《彼岸的女人》〉。在長篇小說方面：如隱地〈評介〈愛莎岡的女孩〉〉；彭瑞金〈十年沉澱——序《婚變》〉。在「楊梅三部曲」方面，如李魁賢〈「楊梅三部曲」的虛擬與真實〉、謝冠偉〈黃娟「楊梅三部曲」研究〉、蔡淑齡〈黃娟「楊梅三部曲」研究〉、賴宛瑜〈臺美人與世界人的文學實踐——黃娟「楊梅三部曲」初探〉。在文學評論方面，如謝里法〈文學家與政治體驗——序黃娟《政治與

文學之間》〉。

　　其三，將黃娟小說與另位作家小說的比較研究。如賴宛瑜〈被殖民者的認同歷程——黃娟「楊梅三部曲」與珍奈《天使三部曲》比較〉、許素蘭〈關於臺灣女性的大河小說——黃娟「楊梅三部曲」〉（內容提到與男性作家三部曲的比較）。

　　從〈黃娟研究評論資料目錄〉，可以看出鍾肇政在 1966 年 2 月 1 日發表於《自由青年》第 35 卷第 3 期的〈表情細膩文筆清新的黃娟〉，應是黃娟研究的第一筆資料，屬於他述性質，至今整體讀者反應的歷程已超過半個世紀了。從評論發表的時間點來看，真理大學 2007 年 11 月 24 日，在麻豆所舉行的「第 11 屆臺灣文學家牛津獎暨黃娟文學學術研討會」，可視為研究歷程的分界點，之前的評論大都來自於民間，或為其書序跋，或為其人格研析，或為其文學評論；之後的研究則大多來自於文學會議或是學位論文。

　　民間評論，雖然篇幅較短，但不乏直言不諱的批評觀點，學位論文則長篇大論，然不免議題重複或觀點相似，至今有八部以黃娟文學為主的學位論文，這情況想必和臺灣文學 1997 年 9 月正式進入大學體制有直接關係。

　　現在，依據〈黃娟研究評論資料目錄〉蒐羅的 209 筆資料，在限定 125000 字的篇幅，顧全到黃娟研究的面向和議題，以其內容應該有自述、他述，及綜論、專論的體例，擇其精要，揀選了下列 24 篇研究資料，篇目如下：

1. 黃娟〈《愛莎岡的女孩》後記〉（自述）。
2. 黃娟〈四分之一世紀——《我在異鄉》自序〉（自述）。
3. 黃娟〈關於「楊梅三部曲」——第一部《歷史的腳印》自序〉（自述）。
4. 黃娟〈歷史的教訓——《落土蕃薯》後記〉（自述）。
5. 黃娟〈重視發酵的過程〉（自述）。

6.　黃娟〈臺灣文學研究會與我——十年的回顧與反省〉（自述）。

7.　葉石濤〈黃娟的世界〉（多篇小說的綜論）。

8.　隱地〈評介〈愛莎岡的女孩〉〉（長篇小說的專論）。

9.　鍾肇政〈臺美文學旗手——黃娟——序《愛莎岡的女孩》〉（他述）。

10.　葉石濤〈異地裡的夢和愛——評黃娟的小說集《邂逅》、《世紀的病人》〉（多篇小說的綜論）。

11.　許維德〈故鄉心——由《故鄉來的親人》談臺美人及黃娟的政治意識〉（長篇小說的專論）。

12.　彭瑞金〈從異鄉到故鄉路有多長——寫在黃娟小說集《山腰的雲》前面〉（短篇小說集的專論）。

13.　翁登山〈文學的伴侶——序黃娟的《心懷故鄉》〉（散文集專論）。

14.　彭瑞金〈十年沉澱——序《婚變》〉（長篇小說專論）。

15.　鄭清文〈序《虹虹的世界》〉（長篇小說專論）。

16.　李喬〈臺灣人的啟蒙書——序楊梅三部曲第三部《落土蕃薯》〉（長篇小說專論）。

17.　李魁賢〈「楊梅三部曲」的虛擬與真實〉（「楊梅三部曲」綜論）。

18.　許素蘭〈關於臺灣女性的大河小說——黃娟「楊梅三部曲」〉（「楊梅三部曲」綜論）。

19.　謝里法〈文學家與政治體驗——序黃娟《政治與文學之間》〉（文學論述專論）。

以上係來自民間的眾家評論；以下則是文學會議及學位論文的各家研究。

20.　蔡雅薰〈獨語與對話的複音合唱——黃娟移民小說語言新詮〉（多篇小說綜論）。

21.　徐韻媖〈《故鄉來的親人》裡的離散經驗與身分認同〉（長篇小說專論）。

22. 賴宛瑜〈《歷史的腳印》——日治時期臺灣女性生活史〉（長篇小說
    專論）。

23. 賴宛瑜〈《寒蟬》——戒嚴體制下的生命醞釀〉（長篇小說專論）。

24. 陳錦玉〈從〈蓓蕾〉花開，到深耕《落土蕃薯》——探索黃娟文學
    之女性自覺與臺灣意識〉（多篇小說的綜論）。

三、彙編選文的觀點和意義

對於這 24 篇選文，在整體黃娟文學研究歷程的觀點和意義，茲做以下
簡扼的說明。

列為首篇的〈《愛莎岡的女孩》後記〉，在黃娟創作的前期，她共出版
四本文學集子，《愛莎岡的女孩》是其中唯一長篇小說，長篇小說是非常重
要的文類，世界文壇都重視一位小說家的長篇小說，《愛莎岡的女孩》對於
黃娟而言，自然也別具意義。四本出版的集子，只有這長篇有她的後記，
其他都沒有序文或跋語，此篇後記文字精練，述及寫此小說，旨在反映這
一代青年的苦悶和悲哀。此文對於黃娟本人，有其歷史性的意義。

〈四分之一世紀——《我在異鄉》自序〉，《我在異鄉》是黃娟 1994 年
5 月出版的散文集，全書分為「初抵異鄉」、「定居海外」兩輯，散文對黃
娟來說，是真實的生活紀錄和心靈感應，它記錄了來到美國的 25 年在異邦
的所見所聞，和對故鄉臺灣的牽繫關懷。研究者多注意黃娟小說，而忽略
其散文。本彙編選了這篇自序，及她的夫婿翁登山所撰述的黃娟另本散文
集《心懷故鄉》序文，其旨即在提醒研究者不應忽略她散文的內容涵意。

〈關於「楊梅三部曲」——第一部《歷史的腳印》自序〉和〈歷史的
教訓——《落土蕃薯》後記〉，黃娟在此二文，簡扼交代其三部曲創作的初
衷、內容的旨義、小說的梗概，語氣懇切坦誠，值得創作者和研究者參
考。或許是黃娟的溫婉個性使然，既然小說是秉持寫實主義技法，內容對
白採用客語會話，《歷史的腳印》則是沿用日治時代的慣用詞彙，這一切自
然都是順理成章的，讀者反應的褒貶不一，作者又何足掛齒？文章千古

事，得失寸心知，福克納《喧囂的憤怒》、喬伊斯《尤利西斯》，作者都面對自我內在，背向讀者，大膽獨創，不從俗眾，這不就是最佳之借鏡？

〈重視發酵的過程〉，則是黃娟回顧創作的起步，從短篇小說的嘗試，逐漸重視人物的心理描寫，到長篇小說的經營，並且以長篇小說《虹虹的世界》及「楊梅三部曲」為例，深入淺出地剖析其中「發酵的過程」，以示來者。她還提到創作長篇小說，除了「發酵的過程」，尚必須具有毅力和體力，而她沒有提到的是，作者的思想和才華，或許這才是決定一部長篇成敗的真正關鍵。

黃娟對於臺灣文學的貢獻，除了文學創作，另一重要成就，就是她的文學運動與社會參與。1983 年，她應許達然的邀約，加入「北美臺灣文學研究會」，1988 年當選會長。1993 年 12 月，黃娟在《臺灣文藝》第 140 期，發表〈臺灣文學研究會與我——十年的回顧與反省〉，此文敘述研究會成立的時代背景、章程裡的兩個難點、筑波年會創立高潮、返國參與鹽分地帶文藝營、出版年會論文集……。文末，她對於這前後歷時 11 年的文研會，提出以下的評價：「文研會在 1982 年適時成立，開了『臺灣人』研究『臺灣文學』的先聲。年會的召開，論文的宣讀，為解嚴後的島內臺灣文學研究，掭供了一種先鋒模式。」並且，一方面增廣了島內作家來到海外的視野；一方面也開拓了臺美人社會對於臺灣文學的認識。黃娟此一回顧，可與謝里法〈十年臺灣文學研究會回顧〉（發表於 1993 年 8 月 14、18 日及 21 日的公論報），以及林衡哲〈境外之春——在美國南加州創立「臺灣文學研究會」的歷史回顧〉（發表於 2018 年 5 月的《鹽分地帶文學》第 74 期），再相互參考和補充。

葉石濤〈黃娟的世界〉，此文發表於 1968 年，是全面性綜論黃娟小說的第一篇評論，葉石濤直言黃娟小說的特色、局限和缺失。他以為特色，是黃娟小說風格扎根於鄉土與現實，正確地捕捉寫實主義的技巧，但《這一代的婚約》的 12 個短篇，仍可看出其思路不清、傷感和輕薄的浪漫氣味。《愛莎岡的女孩》中少男少女的形象，朦朧、虛幻、不可思議，把存在

主義哲學的皮相，匆促地應用在小說上。

　　葉石濤還以為黃娟所寫的世界，並沒有超越她的多位前輩作家的世界，仍然是偏狹而有限的。

　　至於葉石濤的另一篇評論〈異地裡的夢和愛——評黃娟的小說集《邂逅》、《世紀的病人》〉，則是他距離前文二十年後所寫的，主要評論黃娟來到美國所創作的小說。葉石濤以為黃娟的筆觸仍舊細膩，這兩部小說集不從外在的政治和思想環境著手，只從一個新移民家庭主婦的眼光，來看待美國的生活現實，其中有生活的困境，雪地裡的孤寂，求愛和婚姻，職業上的挫折和種族的歧視，黃娟都冷靜忠實地呈現出來，卻沒有吶喊、控訴和抗議，足見當年那個敏銳的作家，現在又重新歸隊了。但葉石濤也期待黃娟能用更大膽的眼光，選擇更富挑戰性的題材，以突破老舊風格，更上層樓。

　　葉石濤雖是第一位全面評論黃娟早期小說的人，但最先評論長篇小說《愛莎岡的女孩》的，則是王鼎鈞，再來是隱地。王鼎鈞說《愛莎岡的女孩》，所寫的都是夢一般迷離恍惚的人物，但是又非常真實。小說運用「四合式」結構，雖複雜但條理清楚，所用的語文，明白如話，傳達曲折隱微的情緒，卻能淋漓盡致，是白話文學的代表性作品之一。

　　隱地則認為《愛莎岡的女孩》，雖有些小說詞彙和情節上的瑕疵，以及作者插話和直接批判的缺點，大致上還是一部反映現實生活和社會狀況，表面平淡，但內涵豐富的作品，「內容實在很廣泛，舉凡愛情、婚姻、家庭、留學、教育、戰爭、死亡以及性心理……諸問題都有涉及」，「可以從多方面去欣賞它」。王鼎鈞、隱地、葉石濤三位，對於《愛莎岡的女孩》各有不同的觀點，相異的評價，值得對照和反思。

　　《愛莎岡的女孩》一書，原由純文學月刊社在 1968 年 3 月出版。後來此作由前衛出版社，於 1996 年 4 月重新出版，內容與舊版相同，卻新增了鍾肇政的序文，及彭瑞金的後跋。在〈臺美文學旗手——黃娟——序《愛莎岡的女孩》〉中，鍾肇政提起了與黃娟結識的因緣，陳述《愛莎岡的女

孩》產生的時代背景，以及故事中多數人物虛無與荒謬的人生寫照。還特別提到東山再起的黃娟，已完成了「蛻變」，增添濃厚的「臺灣意識」，是值得期待的臺美文學的旗手。鍾肇政書寫此序的心情，殷切的期盼，溢於言表。

許維德〈故鄉心——由《故鄉來的親人》談臺美人以及黃娟的政治意識〉，在此文許維德敏銳指出：「她由兩本短篇小說《邂逅》與《世紀的病人》中的『華人世界』，進入了長篇小說《故鄉來的親人》的『臺美人世界』，可說是一條極為尋常的蛻變途徑，這是一般『華人』作家所無法了解，無法想像的。」在《故鄉來的親人》中，黃娟將她高漲的政治意識注入小說裡，對國民黨提出臺美人的共同訴求與嚴厲的批判，此為這部長篇特殊的意義。黃娟儘管在此書的自序，說明它不是政治小說，但她藉著小說主角康義雄的口說出：「我覺得自己的命運很像歷史上的臺灣人，幾番辛苦所獲，全被外來者侵占……」這種透過藝術手法所包裝的政治意識，已隱然若現，在此可看出來黃娟對於藝術性的講究。

翁登山曾多次撰文評介黃娟的作品，在〈文學的伴侶——序黃娟的《心懷故鄉》〉，他以作為黃娟丈夫的角度，提出黃娟「樂觀和穩重」，足以補救自己個性上的「悲觀和冒險」。他以近身的觀察，認為《心懷故鄉》的筆眼，一直緊跟著臺灣民主化運動的跑道移轉，此書遲早必會蔓延於島內，產生感染的影響力。如今翁先生已經逝世，重新細讀此文，愈加感受其夫妻相知相惜的情誼。

在黃娟小說研究的評論者中，彭瑞金與蔡雅薰可說是著述最勤的兩位。彭瑞金曾多次為黃娟新書寫序文，他以為黃娟早期的作品，「不免是浮現生活亮層的表徵」，在黃娟赴美後停筆十年再次提筆創作，彭瑞金一直細心觀察她重新歸隊的動向。在〈從異鄉到故鄉路有多長〉，他一方面肯定歸隊後這第四本新書《山腰的雲》蘊藏的意義和價值：「《山腰的雲》更進一步證明，她不以精神歸鄉自足，親自走向原住民的鄉，走進原住民的家去親近體驗故鄉土地最心臟的部位，聽它的呼吸、聞它氣味、量它的心跳、

暴露了復出的黃娟真正的寫作野心」。但彭瑞金也明確地表達,「〈山腰的雲〉對作者或許是全新的體驗,對臺灣文學而言,則不一定非勞煩黃娟動手不可的」。他更期待黃娟,是站在臺美族群豐富的生活礦藏上,繼續往下深掘,不必要跟隨島內作家的腳後學步。

《婚變》是黃娟創作中期重要的一部長篇,筆尖觸及臺美人裡婚姻變化的一些問題。彭瑞金的〈十年沉澱——序《婚變》〉,則認為黃娟不以自己的文化立場來評斷,而是客觀地呈現雖錯綜但不複雜的臺美人婚姻病變。「《婚變》中的三對臺美人夫妻和他們蔓衍出來的臺美人社會,實際上是面臨新社會與新世代婚姻關係和婚姻價值的衝擊,他們在臺灣人的根源文化和美國社會學到的新規範中,折衷出一套特有的婚姻哲學來,也是一套具有臺灣人成長文化色彩的哲學,更精確的敘述當時夾在新舊與臺美文化夾縫中的臺美族女性的成長經驗史。」彭瑞金一向對黃娟文學的未來性充滿期待,由於《婚變》能切中時弊,他認為黃娟已掌握到臺美人文學的寫作自信。

《虹虹的世界》,是黃娟創作中期的第三部長篇小說,鄭清文不僅為此書寫序,也為黃娟短篇小說集《彼岸的女人》、「楊梅三部曲」第一部曲《歷史的腳步》寫序,在此序文,鄭清文提到《虹虹的世界》的小說內容,敘述的是兩個社會的邊緣人,一個五十歲的老兵老張和一個十七、八歲弱智的少女悲涼的結合,但由於虹虹純真的本質以及老張為愛而付出的出發點,讓他們無怨無悔走完人生的旅程。鄭清文並引證杜斯妥也夫斯基的名著《白痴》,藉以說明白痴的性格和心理並不好拿捏,此作應是黃娟的一大挑戰。這序文若參照黃娟在〈重視發酵的過程〉裡的描述,相信有助於讀者了解《虹虹的世界》的創作心理和主題內涵。

李喬〈臺灣人的啟蒙書——序楊梅三部曲第三部《落土蕃薯》〉,對於黃娟的文學觀和生命思想,李喬認為都可歸結在《落土蕃薯》這部小說,小說人物幸子與健雄,在臺灣和美國的人生經驗,正是典型的臺灣人被殖民的血淚而幡然醒悟的寫照。「吾人會發覺長期被殖民而異化的族群,這些

『歷史痛點』也許是必然又必需的；『必然』是指自己沒有自己的國家；『必需』是說非如此沉痛鮮血淋漓的教訓，難以喚醒逸散的族魂，難以真正自覺奮起。」李喬認定《落土蕃薯》是部極佳的臺灣人「啟蒙書」。

　　李魁賢〈「楊梅三部曲」的虛擬與真實〉，任何文學創作不免都有真實的成分和虛擬的部分，差別在於多寡而已。李魁賢切入三部曲的內容情境，以為前二部曲因歲月久遠，記憶漸淡，反映的是作者青少女階段的生命經驗，對於時局的感受較疏，自然地虛擬的情節也較多。第三部曲《落土蕃薯》，可能因前往美國，與現實生活糾葛多，同時又關懷臺灣政經的變局。「不但對臺美人心繫臺灣民主化過程的投注，有詳盡的記錄，有些對異族人士的交往和生老病死的著墨，更令人感受到小說家對國家社會懷抱大愛的胸襟」，因此第三部真實性多於虛擬化。李魁賢的觀點，切中了黃娟在三部曲結構上虛擬與真實的巧妙布局，很值得初學的寫作者和研究者參考。

　　許素蘭〈關於臺灣女性的大河小說──黃娟「楊梅三部曲」〉，此文雖簡潔扼要，但許素蘭以文學史家的觀點，提出「楊梅三部曲」具有五個開創性的意義，值得深思。1.「楊梅三部曲」是有別於男性書寫，具有女性特質的大河小說。2.三部曲的故事時間，從日治末期到臺灣政黨輪替的2000 年，其中 1960 年代之後的史實，正是臺灣人追求民主化的奮鬥過程。「楊梅三部曲」時代性的縱深，適足以彌補前人三部曲的歷史空缺。3.三部曲的場景，從臺灣延伸到海外，觸角伸入到臺美人在海外的奮鬥，以及對故鄉臺灣的關懷，這與男性書寫的大河小說，場景都在臺灣，自然有所不同，《浪淘沙》僅寫雅信個人在加拿大的生活而已。4.「楊梅三部曲」反映的是臺灣人的臺美文學，而不是華人的留學生文學。5.「楊梅三部曲」，結合了女性個人的生命成長史，和大我的國族歷史，具有較宏觀的視野。此文題目訂得很大，僅有梗概，論證不足，希望論者日後有較詳實的論述。

　　至於謝里法〈文學家與政治體驗──序黃娟《政治與文學之間》〉，《政

治與文學之間》是黃娟唯一出版的文學論述，別具意義，此書是她 1983 年加入「北美臺灣文學研究會」之後，在年會中發表過的論文結集。謝里法是該會的同仁，他的觀點和見解，都同樣的敏銳。黃娟初次發表論文〈臺灣人的命運──再讀《亞細亞的孤兒》〉時，謝里法對她曾有過「臺灣與中國之分界含糊不清」的評語，因此，謝里法認為此書是黃娟努力釐清臺灣與中國的分界，將文學視野拉回到臺灣文學領域的辛苦歷程，這是謝里法敏銳的觀察。而敏銳的見解，則是他以為黃娟的文學之路，正走到「文學與政治之間」，這本評論集的出版，可視為她思想的交叉口，透過「政治」，她的意識獲得覺醒，她的人文基礎愈加雄厚，但政治有時也讓人愈陷愈深，只要黃娟是真正屬於文學的黃娟，最後終將回到文學之路。

蔡雅薰〈獨語與對話的複音合唱──黃娟移民小說語言新詮〉，此文主要是針對黃娟創作中期的移民小說《世紀的病人》、《邂逅》、《彼岸的女人》、《山腰的雲》、《故鄉來的親人》、《婚變》、《虹虹的世界》為討論的焦點，從獨語文學與對話藝術所產生的複音合唱，提出她獨到的新詮。蔡雅薰認為此一複音合唱，展現了黃娟作為一位臺美移民作家獨特的文學觀點和創作風貌。不僅不斷從美國異鄉擷取新的材料，敘述臺美人內部的生活經驗，探討其中的問題；同時又以臺美作家的立場，殷切關懷臺灣故鄉的歷史和現實，從另一種角度凝視進而反思臺灣的問題。蔡雅薰從「獨語」與「對話」的複音合唱及回響，窺探出黃娟臺美文學語言的特色，的確有其慧眼，她的新詮，亦自成一家之言。

徐韻媄〈《故鄉來的親人》裡的離散經驗與身分認同〉，此篇原是其碩論之結論，若再參照碩論全文，更能理解通篇論述的意涵。碩論完成於2011 年，在以下賴宛瑜和陳錦玉的選文之後，但因其內容，談論的是黃娟創作中期的長篇小說，所以將它提到前面來。徐韻媄以《故鄉來的親人》為文本，從魯賓・柯恩的概念來詮釋小說中臺美人的離散經驗，以霍爾的「文化身分」理論、安德森的「想像的共同體」學說，將臺美人的國族觀和文化認同定義在相同的歷史經驗及自覺性的草根運動上，從而賦予臺美

人國族認同的正當性,並且指出這種經驗自與華人花果飄零式的飄泊和尋根有所不同。徐韻媖與許素蘭所談論的雖不是同一部長篇,但觀點相近,而徐韻媖則是透過碩論提出更充實的論證。

賴宛瑜〈《歷史的腳印》──日治時期臺灣女性生活史〉及〈《寒蟬》──戒嚴體制下的生命醞釀〉,二文皆以文藝闡釋學的方式,探討「楊梅三部曲」之前二部曲,前文指出《歷史的腳印》是主角幸子藉著自己的眼光,對本身的童年做了一次尋根的洗禮,有再發現、重新認同的意義,並且以女性內在細緻的感受去描寫,有別於男性史觀。論者也指出此作的歷史時間是平面的,推論黃娟寫作之初,似乎還沒有大河小說三部曲的意圖,也認為幸子對於童年的日本回憶是美好的,藉著日本的殖民而帶來的現代性都能接受,因此,幸子「認同意識」的萌芽,是在第二部曲《寒蟬》才逐漸明朗。

在後文中,賴宛瑜指出黃娟在《寒蟬》的書寫策略。此作有意突顯在時代劇變政治事件中女性對於小我生命史、個人家族史的細膩描寫,以有別於男性大河小說是從大我的時代史、政治史去著力鋪陳,也往往因此有認同的猶疑,或者反抗力較軟弱的傾向,論者認為「黃娟毋寧是務實,忠於生活的」。

同時,透過小說另一主軸──李志明對於二二八事件的反應,脫口而出的居然是日本天皇宣布無條件投降的話語,賴宛瑜以為黃娟此處呈現的是,另有一批受過日本教育而將之內化的三世臺灣人的觀點,自是有別於強調反抗精神的臺灣人。

隨著戰後戒嚴體制下的生命醞釀,幸子因父親介紹,有緣接觸到《自由中國》,逐漸思索起黨國教育及戒嚴體制的是否合理性,才會衍生出認同的問題來。論者理路清晰地勾勒出女主角「認同意識」在第二部曲萌芽,到了第三部曲才告成熟的過程。賴宛瑜的碩論,可說對於「楊梅三部曲」的時代、人物和主題,有較深入精闢的探索。

壓軸的陳錦玉〈從〈蓓蕾〉花開,到深耕《落土蕃薯》──探索黃娟

文學之女性自覺與其臺灣意識〉，全文則是以宏觀的立場，從「女性自覺」與「臺灣意識」這兩個議題切入，綜合考察了黃娟在前衛出版的 17 部作品。論者以為女性自覺，貫穿了黃娟早期至後期的作品。早期作品敘述的是愛情與婚姻的自覺；到美國的中期作品，敘述的是政治與臺灣意識的自覺；後期的「楊梅三部曲」，敘述的是對於臺灣前途的自覺。陳錦玉指出黃娟的女性自覺，並非強烈的女性主義，而對於一般人來說，女性自覺也不必然導向臺灣意識。但基於臺美作家的自覺，黃娟則在三部曲中，文學化呈現了女性自覺漸進式的成長，以及如何演變成臺灣意識認同的脈絡。女性自覺與臺灣意識，這兩個觀點對於黃娟而言，是有相當的關聯。陳錦玉透過對文本的抽絲剝繭，敏銳地指出黃娟春蠶吐絲的心路歷程，頗具有說服力和啟發性。

四、結語——期盼「楊梅三部曲」能出現各種外譯

黃娟從 1961 年 6 月，發表處女作小說〈蓓蕾〉，展開其創作生涯，一直到最近這幾年，人在美國的她，仍有文章對外發表，可見她的創作生命遠遠超過半個世紀了，作為一位身在海外臺美文學的重要代言人，具有客家意識的女性作家，她共出版了 7 部長篇小說、9 部短篇小說集、2 部散文集、1 部文學論述，不僅著作豐實而多元，並且積極投入文學運動、婦女運動、客家運動，眼界所及，關懷美國的社會，更關注臺灣民主化的進程。

然而，從文訊編輯的〈黃娟研究評論資料目錄〉看來，到 2018 年為止總共有 209 筆資料，若再扣掉黃娟自述及其他雷同的資料，大概僅有一百多筆，因此可看出黃娟文學受到評論的情況並不熱烈，假如不是臺灣文學在 1997 年得以正式進入學院體制，恐怕研究的景況會更為冷清。

在 1987 年葉石濤的《臺灣文學史綱》，對於黃娟文學的敘述，只是留下她的名字而已；2011 年陳芳明的《臺灣新文學史》，對於黃娟的小說更是沒有任何著墨。

　　因此，期望這本黃娟的研究資料彙編，能喚起海內外的讀者，重視黃娟文學的存在，閱讀進而評論黃娟的作品，尤甚她畢生的代表作「楊梅三部曲」。李喬認為三部曲的第三部《落土蕃薯》，它的文化意義，必有其歷史的定位，而文學成就，則尚待時日方能評定。李喬的說法，正是留下一個值得再探索的伏筆，三部曲的藝術性價值，至今尚待全面且深入地檢視和探討。職是，希望本彙編不應該是黃娟研究成果的一個結案，而是期盼能再次開啟另一波黃娟研究的契機。

　　同時，我也希望「楊梅三部曲」，能夠受到有識之士及臺灣文學館之重視，將它譯成各種外文，增加它世界性的能見度，以廣為流傳，獲得更多方家與知音給予精闢的評論和公允的評價。

　　由於本彙編篇幅的限制，有些重要的論文資料，最後不得不割愛，深感到遺憾。現在我記下這些論文的作者和篇名，以待日後有機會能再補入：

1. 莊紫蓉〈文學漫談〉，《面對作家──臺灣文學家訪談錄（二）》（臺北：財團法人吳三連臺灣史料基金會，2007 年 4 月）

2. 林毅夫〈臺灣人的甦醒──從黃娟作品探視其臺灣意識的發展過程〉，《文學臺灣》第 44 期，2002 年 10 月。

3. 陳金順〈臺灣人的啟蒙書──「楊梅三部曲」〉，《全國新書資訊月刊》第 79 期，2005 年 7 月。

4. 王靖雅〈「楊梅三部曲」的身分認同及女性自覺〉，錄自〈黃娟及其小說研究〉，中央大學中文系碩士在職專班碩士論文，2008 年 7 月。

5. 郭吾遇〈黃娟長篇小說中的臺美人婚姻與家庭〉，錄自〈黃娟小說中的臺美人研究〉，中興大學臺灣文學研究所碩士論文，2008 年。

2018 年，晚春時節

輯四◎
重要評論文章選刊

《愛莎岡的女孩》後記

◎黃娟

　　這是我的第一部長篇小說，構想了很久，卻一直不敢動筆。因為想像裡，一個有職業、有家庭、又有孩子的人，長時期地把心思和精力集中在一部小說時，必定會攪亂了整個兒生活的步驟。

　　可是小說在我的腦海裡逐漸地成熟，人物在我的腦海裡躍躍欲出，他們的喜怒哀樂支配了我全部的情緒，到最後我知道非動筆不可了，因為即使我不寫，我這個人，已經全部融合在小說裡。

　　我就是在這樣一個情形下開始寫的，我寫的是這一代青年的群像，從幾個不同的角度來描寫他們的（也是我自己的）苦悶和悲哀，道出他們的（也是我自己的）心聲。

　　想想，我們何其幸運，出生在 20 世紀這不平凡的時代？我們又何其不幸，生活在這動亂的社會裡？我們的苦悶多於歡樂，我們的悲哀多於喜悅，可是我們必須盡自己的力量，在人生旅途上摸索，使自己生活得更加充實。

　　我選擇了幾個人物，探求他們在這時代環境下的遭遇。當然嚴格地說，這些人物並不能代表各種類型的青年人，因為不希望拉長篇幅，所以我只寫出了我最關心的那一群──即有自己的思想、又有豐富情感的那一群青年人。

　　我不敢說，我寫出了我期望寫出的那一切，這之間，難免有些距離，可是我已經盡了力。

　　本書的書名為王鼎鈞先生所擬，謝謝王先生使這本書有了美好的題目。

外子翁君遠在異國求學，本書所述及的留學生的情形，多為他親身體驗或親眼所看到的，謝謝他在百忙中供給我許多資料。

──選自黃娟《愛莎岡的女孩》

臺北：純文學月刊社，1968 年 3 月

四分之一世紀

《我在異鄉》自序

◎黃娟

在西方國家，「世紀」是記錄悠長歷史的時間單元，但是凡人壽命鮮有達到一百的，因此占四分之一世紀的「25」，通常都被當作「大事」而予以隆重慶祝。

於 1968 年 9 月來美的我，到了 1993 年 9 月竟也度過了這個 Magic number，入境問俗，似乎也該有所表示才對，於是我在「催人老」的時光軌道上，緩緩地停止了腳步，回頭瞄視從自己手中溜走的 25 個年頭，禁不住自言自問：「我可曾在那逝去的歲月裡留下了些什麼？」

帶著那樣一種惆悵的心情，我翻閱自己在過去 25 年中利用餘暇寫下的文字。一向偏愛以「小說」形式來創作的我，沒想到在美住留期間，前前後後還寫下不少散文。初期的作品大部分是應島內編輯之邀，定期撰寫的報導文章，頗有系統地介紹了美國的節慶和日常生活的種種。用的是初抵異鄉的人那雙充滿了好奇的眼光，自然也附帶地記下了離鄉的寂寞和思鄉的情懷。

這些文章在 25 年後重讀，居然充滿了許多新鮮味，使我享受了「溫故知新」的樂趣。其中跟著歲月的推移而已經發生了蛻變的，除了稚齡的孩子們都已長大成人之外，值得特別一提的就是〈訪問〉一文裡所介紹的美國農場。因為美國農業從 1970 年代的頂峰，一路往下跌，許多農場遭遇了破產的噩運，如今還能享受富裕生活的農家，已為數不多了。這一篇文章還介紹了因抗冷、耐熱、防鏽和防黏的特性，而被廣泛地使用在造紙、塑膠、食品和航空等工程方面的「奇妙的貼富隆（teflon）」，那篇文章發表

時，臺灣的讀者尚未聽說過什麼「貼富隆」之類的東西，可是在今天的臺灣，它已經不是什麼稀貨珍品了。

我那些報導「海外生活」的文章，早在 1968 年 10 月間，離臺來美之初，便開始陸續見報，到了 1971 年 8 月，因小兒出世，方由「斷斷續續」而落得「完全停止」。

嬰兒的啼哭聲，無助於文思的啟發，睡眠不足的生活，也使靈感枯竭，小嬰兒似乎耗盡了我的全部氣力。但是這之前，我已經有了兩個小女兒，那時並沒有感覺到奶瓶和尿布帶給我的威脅。那麼我為什麼顯得這樣狼狽呢？答案怕是因為離開了家鄉的原故。當親人遠在海角的時候，這兒沒有一隻替手，也沒有一塊求得安慰的地方。即使病了也要做，累了也要做，每一件事情都要自己硬著頭皮去闖……，難怪我感覺到精疲力竭了。

等孩子們稍長，配合他們的各種活動，我們又有了許多不同的差事，經常忙著開車到各地做接送的工作。雖不算多病，卻相當體弱的我，不得不使用全力去應付異國的生活。

當我重新感覺到身體裡的「寫作細胞」蠢蠢欲動，而同時又體會到「行有餘力，則以學文」這句話的真諦時，已經是 1983 年的事。

重新執筆的我，寫了不少小說（已出版的有短篇小說集《世紀的病人》、《邂逅》、《山腰的雲》，長篇小說有《故鄉來的親人》及已完稿的《婚變》），但是依舊有生活小品之類的文章產生（有些屬於篇幅較短的散文小說），這就是收在第二輯「定居海外」裡的作品。

從第一輯的「初抵異鄉」到第二輯的「定居海外」，中間有一段空白的歲月，個中原因，正是我剛剛說明過的。我頹然封筆，未為自己和歷史做記錄的十年時光，正是臺灣社會變動最大的一個階段。剛從農業社會走向工業社會的臺灣，在經濟結構上發生了很大的變化。農村日趨蕭條，農民做了政府「重工輕農」政策的犧牲者，吃力地在生死邊緣掙扎。而工業化帶來的資本主義，也給臺灣平添了許許多多的問題：除了美日等強國的經濟侵略，還有勞資問題、汙染問題、婦女問題、童工問題、都市問題、犯

罪問題等等，真是不勝枚舉。而一向崇洋，也勇於輸入西方思潮的臺灣文壇，居然在 1970 年代中期掀起了「鄉土文學論戰」……。很遺憾，我缺席了很久，錯過了許多的活動。當時的我，雖然關心，但是沒有餘力參與，只讓自己的一隻禿筆，寂寞地歇在書桌上。

回憶我重新投入「寫作」的行列時，適逢臺灣的民主運動蓬勃發展之際，使我有機會為一些新聞人物做了記錄，這就是第三輯「人物剪影」的由來，也可以說是從前的我沒有嘗試過的題材。

近年來我對故鄉的關心，逐漸地延伸到原住民的問題上面。我認識到當臺灣在經濟上完成了神速的成長時，山地社會卻在政府自鳴得意的經濟體制下，全面地崩潰了。被迫下山謀生的原住民，往往被強勢族群的漢人欺侮，有一些竟被逼上了死路。有多少人曾否想過當漢人未移民來臺時，原住民過的是多麼安適快樂的生活？強勢族群的漢人把他們逼上山區之後，又給他們加了許許多多的限制：如不准打獵、不准伐木等等。近一、二十年來更是搶走了他們的土地，或給榮民開墾，或給資本家發展觀光事業（東埔村挖墳暴屍案及梅山村遷林案等為著名的例子），使原住民的生存空間大幅縮小，傳統的技能無法賴以謀生。收在第四輯的兩篇報導，我寫的是原住民的兩大問題──雛妓和漁民。在山區，「下海」與「出海」被稱為原住民的兩大出路，但是「下海為妓女」和「出海為漁民」，同樣是通向死路，又怎麼能稱為出路呢？

原住民命運的悲慘，由此可見一斑！

今天許多人（包括原住民本身）都意識到原住民的問題已經嚴重到瀕臨生死存亡的關頭。但願更多的漢人關心他們，同情他們，並且向他們伸出救援的手……。

在臺灣，客家人也是少數族群之一，雖然社會、經濟，不似原住民的瀕臨崩潰，但是語言和文化，也緊跟著原住民的腳步，走上消滅之途。近十年來，又因為「母語意識」抬頭，屬於絕大多數的福佬臺語，霸占臺灣的語言權利，使得為數不少的客家人，捨客語而就福佬語，或是屬於「不

知所從」的困擾狀態。「語言的困擾」就是給這樣的客家人，指點了方向的。

　　1993 年夏，擁有十年歷史的「北美臺灣文學研究會」，在歐洲的維也納舉行了最後一次年會之後，宣布解散。為了給「臺灣文學史」留下正確的紀錄，我寫了〈臺灣文學研究會與我──十年的回顧與反省〉一文。

　　以上兩篇也收在第四輯的「焦點報導」裡。

　　今天我把這些文章整理成冊，交由前衛出版社出版。一方面作為自己在海外流浪 25 週年的紀念，另一方面也將我 25 年的心血，獻給臺灣文壇和同鄉們。

黃娟於華府

1993 年 12 月

──選自黃娟《我在異鄉》

臺北：前衛出版社，1994 年 5 月

關於「楊梅三部曲」
第一部《歷史的腳印》自序

◎黃娟

　　年輕的時候，只知道往前看，往前走。那步伐還滿急促的，彷彿在趕往重要的目的地。

　　但是有一天，腳步不聽使喚，驀地停止了，不知道是什麼力量，叫它向後轉……。從此以後，我不但往後看，還在思維裡往後走……

　　走尋來時路，看到的是過去的自己，和那些自己留下的腳印……

　　當然那些腳印不是獨行留下的單步，而是眾多大小不同，輕重不一的繁步，重疊著，交織著……，有清晰的，也有模糊的。但是我知道自己的腳印，就在那裡。

　　我們這一代的臺灣人，與苦難的母親──臺灣，共同度過了一長段苦難的歲月……

　　當我以這種專注的眼神回首凝視的時候，心中不覺湧起了一種念頭：

　　何不以故鄉楊梅做背景來寫一本書？

　　從事寫作三十餘年，我尚未寫過楊梅。

　　有人說：作家最常寫的題材──就是故鄉和童年。

　　但是我幾乎未碰觸過這個題材，我算是異數嗎？

　　其實原因在於我是個外鄉出生，外鄉長大的孩子。

　　不過我在故鄉度過的那幾年，正逢臺灣史上的大變動──經歷了空襲和轟炸，戰爭和死亡，日本的戰敗和國民政府的接收……。那是一段不可能遺忘的日子。

　　想著想著我的思想漸趨成熟──我決定透過自己的眼光，把自己經歷

過的人生，當作一面鏡子，以便反映臺灣的一段歷史軌跡。

我度過的歲月，早就有一甲子那麼久了，何況又可以區分為三個截然不同的時代：

一、日本的殖民統治（出生到少年期）

二、國民黨的戒嚴專制（少年到青年時期）

三、思國懷鄉的旅美生活（成年到現在）

每一階段都可以寫成厚厚的一本書。加上臺灣人的祖國情懷，自我心靈的探索，和族群身分的定位……，在在都有筆墨揮灑的空間。

但是我不想把自己變成了脫韁的悍馬，在無邊的記憶原野裡，不知疲憊的奔馳……。我決定先把每本書的字數限定為十五萬字，這樣一來在長篇小說少有讀者，少有市場的今天，也就不算太為難出版社了。

只是限制了字數，倒是給了自己很大的挑戰。首先是題材選擇的問題：

怎麼樣從縱的歷史，挑出具有特色的橫切面，予以刻畫和描寫，再把它連貫成生動而有系統的小說？這是一部「寓大於小」，藉小民的故事來窺瞄大時代的文學創作。

其次是書名定奪的問題：原先並不想亮出「楊梅」兩個字。因為畢竟是小說，書中的人名、地名全是虛擬，人物及情節，也有很多是虛構的。若使用真地名，怕被誤會是真人真事。

但是這部小說從準備的階段起，就麻煩了許多人。先是鍾肇政先生陪我去楊梅，拜訪了《人與地學訊》的黃厚源老師。黃老師又帶領我們做田野調查，查看了不少地方，又給了我許多他編纂的資料。後來幾次是「楊梅文化促進會」的梁國龍先生帶路，我們走訪楊梅街，還喜出望外地找到了已被拆除，毫無昔日面貌的鄉間小屋的所在地——在那兒我們度過了太平洋戰爭的尾期，雖然平安地躲過了空襲，卻逃不了飢餓的煎熬。

因為是如此這般地勞師動眾，我這本書可以說是未起筆，就引起朋友們的關心，可又尚無「書名」的緣故，就被稱為「那本寫楊梅的書」。當我透露將把這本書分成上、中、下三冊時，「楊梅三部曲」這五個字，就最先

由文友錢鴻鈞博士喊出來了。

　　我雖然認為「三部曲」的規模，應該更雄偉，自己這部「迷你」（短小）作品，實在不夠資格。但在第一部《歷史的腳印》終於完稿的今天，我居然喜歡上了這個書名。也認為把自己的「故鄉」，以書名突顯出來，未嘗不是一件可喜的事！

　　這部《歷史的腳印》，寫的是日治時代，以預見日本的戰敗做結束。當時主角的年齡還在童年到少女的階段。

　　第二部書名預定為《寒蟬》，寫國民政府接收臺灣之後，到主角離開臺灣為止。這時主角已經到了青年期了。

　　第三部書名預定為《落土蕃薯》，寫歷經浩劫的臺灣人，猶如「落土蕃薯不驚爛，只求枝葉代代湠……」。此時主角身在海外，心懷故鄉，而得與島內鄉親，共同見證了母親──臺灣，走出專制獨裁的陰影，以堅定的步伐，迎向自由光明的民主大道。

　　另外必須一提的是：在《歷史的腳印》中，我採用了一部分客語會話，因為鄉下老人之間的交談，或寫老人的對話，確實不宜使用日語或華語。但是我寫得不很稱心，頗有「吃力不討好」的感慨！另外為了求真，我也沿用了日治時代的一些詞彙：如米機、兵隊桑等（華語為美機、阿兵哥），雖早有前輩作家的文例可循，一般的反應似乎褒貶均有。

　　折騰了好幾年，總算推出了三部曲的第一部，但願文壇先進、文友和讀者們，繼續給我鼓勵和支持……

　　讓我藉這個機會深深感謝鍾老和黃厚源先生的鼎力協助。還有在楊梅一再打擾的梁國龍先生，以攝影相片為楊梅留下寶貴紀錄的吳金榮先生，為我開車在臺北、楊梅之間來回奔波的么妹和三妹，以及利用星期假日，備車來助陣的表妹婿葉佳昭先生，真是謝謝你們。

──選自黃娟《歷史的腳印》

臺北：前衛出版社，2001 年 1 月

歷史的教訓

《落土蕃薯》後記

◎黃娟

「歷史會重演」是一句常聽到的警語。人們不從「歷史」汲取教訓，除了「健忘」，也可能是出於對「歷史」的無知吧？

1995 年秋，「海外華文女作協」在臺北召開年會，會後由創會會長陳若曦安排，訪問了花蓮的「慈濟精舍」。我們住了兩夜，也出席了上人親自主持的早課。當訪客自由發言時，一位來自新加坡的文友訴說：她們在該國執筆時，受到的各種限制，言談間因痛心而聲淚俱下。

坐在前排中央的一群學生，這時爆出了驚歎聲：

「怎麼有那樣獨裁的國家？」

他們的反應叫我錯愕萬分……

《自由時代》的發行人鄭南榕先生，為了爭取「百分之百的言論自由」而「引火自焚」也不過是六年前（1989 年 4 月）的事！

短短六年的時光裡，新一代的臺灣人，居然不記得（或未曾聽說過）臺灣也有過那樣的時代。在長達五十年的「威權統治」下，「人權」受盡摧殘，為爭取「自由、民主及人權」而犧牲了生命的烈士，不計其數；至於以羅織的罪名，被送往綠島或其他黑牢，因之而斷送了寶貴「一生」的，更是難以一一查考。

臺灣的慘痛經驗，豈是現在的新加坡可以比擬的？

但是年輕的臺灣人，似乎毫無所知；年老的，恐怕也已淡忘了。彷彿臺灣人一出生，即享受「無限制」的言論自由，不但可以肆無忌憚地辱罵國家元首，也可以隨意造謠、誹謗，陷人於不義……

「我們可以原諒，但是不可忘記。」是近來常聽到的話。

「事實」在於政府迄今不敢理清「歷史」的真相，臺灣人怎會知道該原諒的是「什麼」？也不可能知道不該忘記的「歷史教訓」又是什麼？

在這樣一個「認知」混淆，「價值」錯亂的時代，文人的「筆」必須負起還原「歷史真相」的使命，以期喚回臺灣人的「憂患意識」，再將「憂患」轉變為「優化」的力量。

幾年來致力於創構「楊梅三部曲」的我，更加堅定了自己的決心。

《落土蕃薯》是「楊梅三部曲」的第三部，從主角赴美僑居寫到「政黨輪替」，全書共 37 章。依時序排列是一部有系統的臺灣現代史，但是每一章都可以獨立閱讀。

寫作前我做了許多訪問及資料搜集的工作。但是「小說」形式的文學作品，必有「主線」聯貫，不便任意穿插。許多動人的故事，也只好割愛了。謹向經我採訪而未上書的鄉親致歉！書中敘及的重要事件，有許多是「群體力量」促成，未能對領導人物加以特別的刻畫，請各事件的要角「對號入座」，將您的英勇事蹟傳述給後代。至於本書未能敘及的大小事件以及各種運動，也請參與的鄉親，予以記錄，以便傳給後世。

執筆期間，偶然與文友閒聊，不覺感慨：一任「臺灣作家」自生自滅的寫作環境。

文友嚴肅地說：「哪有自生的機會？只有自滅一條路！」

我聞言大驚，想到自己在寫第二部的《寒蟬》時，大病一場。健康嚴重受傷。從此以後便抱著與「生命」及「時間」競賽的心情，虔誠又戰戰兢兢地把自己的「心血」注印在稿紙上。

天公疼憨人！我終於完成了「楊梅三部曲」。

第一部《歷史的腳印》──寫日本的殖民統治。

第二部《寒蟬》──寫國民黨的戒嚴專制。

第三部《落土蕃薯》──寫思國懷鄉的旅美生活。

擲筆慶幸完稿時，我似乎看見了提攜我，鼓勵我的臺灣文壇大老──

已故吳濁流先生——對我微笑。

　　他常說：「寫作人應該為歷史留下見證！」

　　他自己「以身作則」地為臺灣人留下了《亞細亞的孤兒》、《無花果》及《臺灣連翹》等暴露歷史祕辛的巨作。

　　後輩怎能不跟隨他的腳步呢？……

2005 年 2 月

於華府

——選自黃娟《落土蕃薯》

臺北：前衛出版社，2005 年 6 月

重視發酵的過程

◎黃娟

　　我的文學創作，以三千字的「短篇小說」起步。當時（1960 年代）的副刊只有半張篇幅，除了二、三千字的刊頭文章之外，就是一篇「專欄」和一段「長篇」連載。

　　對初試創作的人來說，看到自己的作品登在刊頭，確實是令人興奮的事。我「食髓知味」地寫了好幾年短篇小說，陶醉在那種樂趣裡。不過文章的長度卻不知不覺地拉長了，先是五、六千字（兩天刊完），然後是八、九千字，再來是萬餘字，最後達到了兩萬字（編輯以迷你連載方式刊登）。字數的增加是必然的，因為「寫作」經驗愈多，愈了解：要人物生動，場景真實，絕對不能節省筆墨，尤其是「心理描寫」更是如此。

　　到了小說人物增加，劇情變複雜，早已是「長篇小說」的布局和字數了。

小說發想緣起

　　寫長篇和短篇最大的不同，在於小說「醞釀」時間的長短。當你幸運地捕捉到，可能「一閃即逝」的靈感之後，要把它發展成「長篇小說」，可不是一蹴即成的。以我個人的經驗來說，「發酵」的過程，往往需要好幾年的時間。

　　現在就拿拙作《虹虹的世界》做例子·吧：

　　1995 年秋，我因開會而回到臺灣去，那幾年臺灣連續發生了好幾起「重大」的刑事案件。我在心裡做了這樣的推測——

「當今社會到處是聰明人，因為社會越進步，聰明人也越多，連罪犯都具有高度的智慧，不斷地製造聳人聽聞的犯罪案件，一再證明：人性的兇殘面可能發展到令人怵目驚心的地步……。我們被迫見證：沒有抑制的欲望、未經疏導的獸性，自我中心的反社會行為……，如何發展成恐怖的暴力犯罪。尤有甚者，一度犯案的兇手，往往淪落為累犯，以罪惡來補償自己的卑微，藉犯罪來想像自己擁有的權力，靠毀滅他人或施虐別人來得到自我肯定……。」

我們能不為極端敗壞的人心而憂慮嗎？

我們能不為生存在道德淪喪的時代而恐懼嗎？

這樣的社會，這樣的時代，正需要一部描寫人性的善良，提升人類信心的小說。因為這樣的小說，具有「陶冶」人性的功用。

我有了「小說家」的使命感，但是還不知道「要寫什麼？怎麼樣寫？」才能完成這個使命。

主角必須是善良的——不幸善良的人在現代社會，往往是被欺負的對象，又因為不懂得提防，也容易落入惡人的圈套，橫受無妄之災。

這樣的人物，反而會變成負面教材，叫人要活得爽，最好學會奸詐……

我陷入苦思……

好在上天不負苦心人，在會後舉辦的旅行，我們去了東臺灣。相較於過度都市化，使得鄉村景色因而消失的西臺灣，東臺灣的鄉村，不但純樸依舊，那種優美而和平的田園景色，不禁令人怦然心動！

我立刻知道，我的小說舞臺，就在這裡！

當我依窗觀賞秀麗的風景時，後面傳來了這樣的對話：

「從前我常常到這兒來！」是一個女人的聲音。

「為什麼？」問話的也是女人。

「有一個病人住在這裡。她好胖好胖，可是可愛得很。」

「好胖的人，怎麼會可愛呢？」

「因為她智弱，人就像不懂事的孩子，說話天真爛漫，常常叫聽的人捧腹大笑！」

「人家笑她，她不生氣嗎？」

「當然不會，智弱的人不會多心，不認為人家有惡意。她嫁了一個比她大很多的退伍軍人，兩人還恩愛得很呢！」

不知不覺地我從窗外收回了視線，腦海裡浮現的是一張天真爛漫的女娃的臉。

俗說「童言無忌」，孩子說的話沒有虛假，也沒有惡意。而「童心」就是「真心」，因此保有「童心」的人，必是真情人，法國的哲學家盧梭說：「一切自然都是美德與善良！」那麼就人心來說，最接近「自然狀況」的，非「童心」莫屬。

不幸，人在成長的過程裡，逐漸地喪失了「童心」的本質……那麼，必須要「智弱」，才得以保持「童心」嗎？——我茫然地想。

經過了短時日的思考，我給自己的問話，肯定的答案。就這樣，我為構想中的小說，選定了男女主角。

男主角：退伍軍人，他的角色，可以呈現海峽兩岸五十年的歷史。

女主角：智弱女子，她的善良和天真，剛好與當今世俗的惡毒和奸詐，成為強烈的對比。

接下來就要為自己選擇的男女主角，設計合理的背景，巧妙安排男女主角的自然相遇，更在不可能的情況下，發展成婚姻關係，還要培養出純真的男女感情來……

說來這是相當艱巨的工程，尤其是女主角的智弱身分，使得正常情況下，可能的事情，都變得不可能。

譬如說智弱女子怎會吸引男人的注意呢？她會了解婚姻關係是什麼嗎？她能接受夫妻之間例行的親密行為嗎？

為了解開這些謎，我必須依賴堅強的配角陣容，那麼我需要哪些人物呢？最先要決定的是要把「女主角」放在什麼樣的家庭？尤其是對女兒有

最大影響力的母親，應該具有何種的人格特色？

我開始列出人物表，記下他（她）們的特點。名單加長了，我的「小說」也逐漸成形了，雖然我尚未開筆，稿紙上除了「計畫表」，仍是隻字未寫。

底定布局

《虹虹的世界》於 1998 年 4 月出版，這本 12 萬字的小說，從我萌發「構想」算起，足足花了兩年半的時間。

小說裡的人物沒有受過高深的教育，沒有顯赫的社會地位，他們算是最卑微的一群。但是他們在時代巨輪的旋轉下，無怨、無悔地扮演命運派給他們的小角色，認真地走完人生的旅程。

他們的「善良」，使「自命不凡」的聰明人，自慚形穢。他們那「知足常樂」的生活態度，引導他們平安地度過危機四伏，陷阱密布的人生路途，展現的是異常堅毅的人性。

小說的背景，循著原先的設想，自始至終在那個最能保留純樸的鄉情和村色的東臺灣進行。

小說的情節雖不複雜，卻十分吸引人。

在小說的技巧上，我特別注重心理的描寫，尤其重視男主角被智弱女子吸引的始末，和他們走上「婚姻」之路的偶然和必然。

配角方面我特別喜歡女主角的母親，她是我用心創構的人物。

小說的結局……哀而不傷。

我終於寫出了心中的願望，完成了自認為滿意的小說。

愈是大部頭的作品，「發酵」的過程愈長，經歷的時間也越久，草率下手，很少有好作品出現。

「楊梅三部曲」

我的作品裡，字數最多的當是去年（2005 年）6 月，才完整出版的

「楊梅三部曲」——包括第一部《歷史的腳印》，第二部《寒蟬》，和第三部《落土蕃薯》。

起初只想透過自己的眼光，把自己經歷過的人生，當作一面鏡子，寫一部反映歷史軌跡的小說。

這種構想一直停擺在朦朧的狀態。但是牽涉歷史事件，我又想以久離的故鄉「楊梅」做背景。便在 1995 年，藉回臺之便，開始做田野調查，也陸續做了人物訪問和歷史資料的收集。這個工作連續做了好幾年，期間最早發現的是無法以一部二、三十萬字的小說來描寫近百年的臺灣歷史，便以自己經歷的三個截然不同的時代，建構成三部連貫的小說，照「現代」的說法，就是「三部曲」了。

三部曲的時代背景如下：

一、日本的殖民統治（主角出生到少年期）

二、國民黨的戒嚴專制（主角少年到青年時期）

三、思國懷鄉的旅美生活（主角成年到現在）

我的企圖是將主人翁一生的經歷和臺灣波瀾壯闊的現代史融合為一，也就是說我要以「小說」來描寫「臺灣史」。

因此小說背景，除了歷史真實的背景外，還有小說人物個別的背景。

人物方面也有歷史真實的人物，和為了小說情節虛擬的人物。

我必須利用主人翁牽起一長串相關人物，再把個別的人物和真實的歷史背景交叉或連接，好呈現一段又一段的歷史真實。

那麼怎麼樣從縱的歷史，挑出具有特色的橫切面，予以刻畫和描寫，再把它連貫成生動而有系統的小說？

我不斷地給自己提出問題，而尋求答案的過程，也就是釀造小說的過程。

當然我必須從第一部開始構想，再逐漸及於第二部和第三部，又因處理的年代不同，動員的人物和社會背景，也要具有時代特色。

但是說也奇怪，最先在腦海裡成形的是小說的開場和結尾的場面。也

就是說第一部《歷史的腳印》的開場，和第三部《落土蕃薯》的最後鏡頭。

　　現在，我只要把頭尾接起來就好了，那之間大約需要六十餘萬字，和好幾年埋頭苦寫的日子。

　　「楊梅三部曲」的第一部於 2001 年 1 月出版，第二部《寒蟬》是 2003 年 8 月，第三部《落土蕃薯》是 2005 年 6 月。從 1995 年的田野調查算起，剛好是十年的工夫。

　　期間因身心過勞而病了一場，以致輟筆達一年之久，幾乎放棄了「完稿」的希望。

　　結論是：「長篇小說」的創作，除了重視「發酵的過程」，還必須具有毅力和體力。我有毅力，卻沒有足夠的體力，差些「前功盡棄」，聊誌於此，作為「前車之鑑」。

——選自《文訊》第 246 期，2006 年 4 月

臺灣文學研究會與我

十年的回顧與反省

◎黃娟

　　臺灣文學研究會於 1993 年 7 月 24 日在歐洲的維也納召開最後一次年會之後，宣布解散。從創立的 1982 年算起，剛好過了 11 個年頭。文研會的最後一任會長謝里法先生囑咐：寫一篇「回顧與反省」的文章發表，最好能補充他未曾道及的部分。（參閱謝著〈十年臺灣文學研究會回顧〉——公論報 8 月 14、18 及 21 日）

　　我與文研會的關係與別人不同，因為我既不是創始會員，也不是經過推薦、表決的手續而加入。我是在文研會的創立大會時，經過出席人員一致通過「邀請入會」的。

　　邀請函由第一任會長許達然先生寄來，猜想我來美後雖停筆多年，1960 年代在臺灣的寫作成績，似乎還留在一些文友的記憶裡。

　　接到信的我，除了感到盛情難卻之外，也還背負了「研究臺灣文學」責無旁貸的使命感。

文研會成立的時代背景

　　在臺灣本土，研究「臺灣文學」一直是政治禁忌，由於戒嚴令的長期實施，膽敢從事研究的人，總是動輒得咎，不斷地被扣上「臺獨」或「臺灣意識」的黑帽子，使得學者專家因而裹足不前。

　　日據時代的臺灣作家留下來的文學遺產，固然遭受了長期塵封的命運，就是新一代的臺灣子弟也在統治者無理壓制「臺灣文學」的境況下，一個個變成了「臺灣文學」的「文盲」。

　　但是在這樣艱困的環境裡，臺灣作家還是不屈不撓地繼續從事創作。他們之間有些經過了 1940 年代語文轉換（由日文過渡到漢文）的掙扎過程，有些則戰戰兢兢地度過了「白色恐怖」橫行的 1950 年代，終能成功地以本土事物為題材，寫下了許多反映臺灣政治、經濟和社會的作品。到了1970 年代的「鄉土文學論戰」時，這些作家的作品便廣受注目。

　　1980 年代，中國為了配合其對臺政策的「修正」，開始大量收集臺灣文學作品，熱烈而用心地展開了「臺灣文學」的研究工作。

　　此時在日本的中國文學研究工作者，也因為面對中國文壇在文化革命之後的一片荒蕪，轉而把研究的焦點移向臺灣文學。

　　唯獨在臺灣本土，「臺灣文學」的研究，依舊是政治禁忌。於是旅居海外的作家和學者們，便開始利用客居地自由的環境，盡力想把這個缺憾彌補過來。那在當時的確是一件義不容辭、也是刻不容緩的事。

　　試想：如果「臺灣文學史」必須假中國學者之手而完成（已有好幾部問世），任他們以「唯物史觀」或「大中國沙文主義」的視野來闡釋「臺灣文學」，並為「臺灣文學」定位，其後果將何以設想？

　　臺灣文學研究會以「發揚臺灣文學傳統」為職志，每年定期召開年會，發表研究論文，可以說是臺灣作家、學者共同從事「臺灣文學」研究的第一個社團。

　　我欣然應邀入會之後，不僅每年出席年會（只有 1985 年未克參加），也每年都提出了論文。在新舊會員中出席和發表論文的次數，大概沒有人超過我。一向從事文學創作的我，居然能十年如一日地年年寫下一篇論文，應該歸功於我那「無可救藥」的認真性格。因為對「事」不敢馬虎，是我的天性之一。

　　我這樣認真參與的「文研會」，到頭卻不幸地在「先天不足、後天失調」的情況下，一直無法成長和茁壯。

章程裡的兩個難點

　　文研會在章程裡開宗明義地說：「臺灣文學研究會是一個純粹的學術團體，不分黨派與籍貫。」

　　當時的臺灣（現在略有進步），不同的籍貫多半是造成不同意識形態的主要因素。而臺灣人也尚未培養出摒棄己見，純粹為學術而合作的能力。因此在創始會員的名單裡，可以看出這個高尚的意圖，實行起來卻不是容易做到的。文研會裡若說有黨派，該是指對「臺灣文學」的兩種不同見解吧？一派主張「獨立的臺灣文學」，而另一派則主張「臺灣文學是中國文學的一支」。

　　名作家陳若曦經常訪問中國，與中國文壇素有密切的關係（1989 年的筑波國際會議，就請她推薦了邀請的作家）。她雖然是文研會的創始會員之一，但是在 1989 年發表〈都是臺灣文學惹的禍〉一文，正式宣布退會之前，並未出席過年會。在加州大學聖塔巴巴拉分校任職的名詩人杜國清，似乎由於教研工作上的需要，也時常走訪中國文壇。他於 1986 年參選角逐文研會會長職務，在兩次平手之後，終於在第三次投票中，以一票之差敗給張富美。他和支持他的一些會員，從此不再參與年會，造成了文研會的一大傷害。由此可見雖然網羅了不同黨派的人，要長期共事，幾乎是不可能的。

　　文研會會員中，除了非馬也沒有再有過外省籍的會員。他後來不再參加文研會的活動，聽說是因為提名的外省籍作家被拒入會的原故。

　　想來反對運動蓬勃發展，文人作家必須表明立場的 1980 年代，即使是純粹的學術團體，也無法避免「政治」的激盪和肆虐。

　　文研會章程裡，有關入會資格──在海外對臺灣文學有研究者，由兩位會員推薦，經全體會員三分之二同意──的規定，也是限制文研會發展的重要因素。

　　臺灣人對臺灣文學有研究者，本來就很少，在海外更是如此。檢視創

始會員的名單，也不能說人人符合這個條件。其中在創立大會之後，從未出席年會的，也不乏其人。他們之成為創始會員的動機，令人難以揣摩。但是成立之後的文研會，對申請入會者則採取十分嚴格的態度。兩年之內打下了許多問津入門的人，其中包括一些頗具盛名的文人和教授，因之而招來了嘖嘖怨聲。「文研會」門檻過高的風聲，也不逕而走，後來就不再有人申請了。

1986 年，許達然——文研會的催生者，退會之後，文研會一直無法恢復元氣，主要原因是海外的臺灣文人實在太少，於是有人離去之後，便不容易找到補充的人選。1988 年我擔任會長職務，面對許多不再參與的會員名單，心想既然無法找到意識形態相同的學者和作家來充實文研會的力量，何不放寬資格，找一些對「臺灣文學」有興趣的朋友和同鄉，共同做「推廣臺灣文學」的工作？但是「研究」兩個字，令人望而生畏，甚至於欲趨又卻步。少數抱著輕鬆的心情入會的人，到了「發表論文」的年會時，又覺得不便空著手露面。倒是有興趣來年會旁聽的人，則認為與其入會，夾在所謂的「名家」之間，不如維持「非會員」的身分，反得更大的行動空間。可見「臺灣文學研究會」，正因為冠了「研究」兩個字，而無法吸收新會員、也無法發揮她應有的影響力。

筑波年會創立高潮

了解了文研會「先天不足、後天失調」的不利條件之後，如還看得出文研會十年來也留下了值得褒揚的成績的話，那是應該歸功於一小撮人的努力和貢獻。

文研會的成員，多半另有賴以「謀生」的職業，不似中國和日本的「臺灣文學研究會」，會員不是大學教授就是研究生，他們的研究，也就是他們主要薪餉的來源。

文研會自從成立以來，每年在夏間召開年會，宣讀論文，未曾間斷過。雖然出席人數或多或少，而發表的論文也有質量的差異，但是分散在

美、加、日各地的會員，自備旅費，利用業餘從事「臺灣文學」的研究，寫成論文，千里迢迢地趕到年會會場來，絕對需要高度的熱誠才能做到。

文研會在洛市召開成立大會之後，次年將年會會場移至紐澤西州（蔡明殿農場），然後經過西北大學（芝加哥）、麻州大學（美東夏令會）、加州大學（聖塔巴巴拉）、阿伯塔大學（加拿大愛蒙頓）、賓州大學（美東夏令會）等地，到 1989 年第一次離開了北美洲，到日本東京近郊的筑波大學召開。

由於一些重要會員在 1986 年相繼退出，新任的會長張富美因係臺灣社會的名人，參與的活動繁多，她的興趣也偏向政治，於是文研會的會務多半由祕書胡民祥一手代理，1988 年將棒子交給我的時候，我們都警覺到若不力圖振作，文研會必將垂垂亡矣！

因為體認到臺灣文學的研究，需要進一步走向國際化和學術化的新紀元，乃毅然決定把次年的年會移到筑波大學舉行，並邀請臺灣筆會的成員和中國與日本的臺灣文學研究工作者，一同參加年會的論文宣讀與討論。這是「國際文學會議」，第一次以「臺灣文學」的名義召開。

筑波年會於 1989 年 7 月 31 日開幕，8 月 2 日以空前盛況結束。會中宣讀的論文有：

★臺灣地區：

鍾肇政：〈我的老編生涯——四十年來臺灣文學發展之一側面〉

李敏勇：〈祖國的夢與現實——從兩首詩看臺灣人中國意識的變遷〉

林文義：〈臺灣散文的社會參與——1980 年以後〉

吳錦發：〈臺灣原住民的現代文學〉

★美國地區：

黃娟：〈政治與文學之間——論施明正《島上愛與死》〉

洪銘水：〈拓拔斯《最後的獵人》的省思〉

張富美：〈海南島、臺灣及其他——從寄寓海南的臺籍詩人莊玉坡談起〉

林衡哲：〈臺灣醫師對臺灣文化、文學的貢獻〉

胡民祥：〈從文學視野窺探臺灣原住民族群〉

陳芳明：〈臺灣文學與臺灣意識〉

楊千鶴：〈回憶 1940—1943 年間文化活動中的人與事〉

鄭良偉：〈「臺灣詩六人選」編注序言〉

★中國地區：

林承璜：〈「臺灣文學」與「臺灣意識」芻議〉（福建海峽出版社副總編輯）

王晉民：〈在臺灣的中國文學——試評葉石濤「臺灣文學史觀」〉（廣州中山大學教授）

陳公仲：〈八十年代臺灣文學的多元化態勢及其政治小說〉（江西大學教授）此文因郵誤，會後才收到。

★日本地區：

今里禎：〈林語堂的「唐人街」〉

下村作次郎：〈從幾部臺灣文學史來看戰後初期的臺灣文學界〉

沈晏仕：〈從歷史觀點看吳濁流《無花果》的存在價值〉

總共 18 篇，都是很紮實的論文。其中中國學者受了「六四天安門」事變的影響，只寄來了三篇論文，由會員在大會中代為宣讀，可謂美中不足。至於中國學者所持「臺灣文學是中國文學的一支」的論點，並不叫人感到意外。

在各場會議中擔任主持人的有張良澤、林宗源、黃英哲、鄭天送、郭淑惠等人。負責講評的是杜潘芳格、謝里法、黃昭堂、向陽和黃樹根。發問和討論的過程也十分熱烈。

總計這次出席會議的人數，光是在出席名冊上留下姓名地址的就有 42 人。另外每天來旁聽的也大有人在，說是「盛況空前」，也不算誇張。

當然任何會議成功的背後，都有一長段辛苦聯絡和籌備的階段，尤其是出席人員分布美、中、臺、日四地時，更是如此。現在記下一則小插

曲，算是當時籌備年會過程中的花絮之一。

1989 年 5 月的某個夜晚，睡夢中的我被宏亮的電話鈴聲吵醒，電話的另一端是加州的林衡哲醫師。他總是忘記加州和東部有三個鐘頭的時差。

「剛剛收到張良澤的 FAX，要我們改時間。」他急促地說。

「為什麼？」我驚問。

七月底要召開的國際會議，不要說邀請函早已寄出，計畫出席的美國會員也大半訂好機票，而且都是不能更改日期的那種「經濟艙」。

「他說會場和宿舍都被人訂走了！」

我們開會的日期是一月間就決定的，也立刻照會了張良澤。他怎麼遲至五月，尚未預約好呢？

「時間絕不能改，牽連的人太多了。要改，改開會的場所、住宿的地方……」我大叫。

那之後我們分頭打國際電話，要把這個意思傳達給張良澤。多年來張良澤把大部分時間都奉獻給「臺灣獨立」運動，我們寫給他的信，都受到了「石沉大海」的遭遇。至於打電話找人也不簡單，因為他往往是既不在家，也不在研究室。是謝里法（時任祕書）從臺返美途中，特地赴日拜訪他，才得到他可以為我們籌備年會的承諾。

這個張良澤在 1989 年的七月初，還來了美國的馬利蘭大學，出席「臺獨聯盟」召開的「臺灣問題」研究會議。

我在華府接待他時，難免冒冷汗，深怕七月中旬才要返日的他，沒有足夠的時間去準備繁重的「開會」事宜。

事實是張良澤發揮了高度的辦事能力，動用了他的學生和旅日同鄉，使「筑波國際會議」進行得有條有理。

與會的人士，當然不知道筑波大學備有專供開會的場所和出席人員住宿的地方。自然也沒有人抱怨天天要搭巴士赴會場的不方便，也未予計較旅館欠佳的設備。

我敘述這段往事，只想點出屬於「文學」的張良澤，有一段把「政

治」放在「文學」之上的歲月;而臺灣也有一段作家無法「安心寫作」,學人無法「專心研究」的不幸歷史;這些時段的重疊,似乎不能說是巧合。

參與鹽分地帶文藝營

自從文研會每年年會邀請臺灣作家來美參加論文宣讀與討論之後,就有人邀請我們參加這個文藝營。我們為了節省時間和旅費,決定在日本召開了筑波年會之後,順道返臺參加。

鹽分地帶指臺南佳里、地門、學甲、七股等地,這裡遠在日據時代就出現了吳新榮、郭水潭、林芳年等名作家和詩人。他們並在佳里成立了「青風會」,經常聚會及發表作品,以文會友,久而久之,使鹽分地帶變成了臺灣文學的重鎮。自立報系主辦鹽分地帶文藝營,就是要為臺灣延續這樣的優良傳統。

1989 年年初,我們就開始與自立報系聯絡,表示了我們的意願,希望我們的會期能夠與他們配合。沒想到他們遲遲不能做決定,後來才知道文藝營場所是利用南鯤鯓廟,只能在節慶拜拜之外的空檔期間,才能借用,故無法早做安排。由於我們需要盡早照會各方人士,不能一直等下去,只好根據往例推算、選了年會會期。結果是讓筑波會議趕在 8 月 2 日結束(會後還有旅行節目)。

第 11 屆的鹽分地帶文藝營的日期後來訂為 8 月 12 日到 16 日止,共五天四夜。我們之中因時間許可而得以返臺參與的有黃娟、翁登山、洪銘水、胡民祥、楊千鶴、郭淑惠等六人。

文藝營以愛好文藝的中學生、大學生、社會青年為對象,活動以「專題演講」為主,主講人多半是我們熟悉的知名作家和學者。始業式由自立報系發行人吳樹民先生主持,他演講時特別強調對「透過文學改造社會的期望。」

參與文藝營,給我們許多寶貴的體驗。尤其想到在揮汗如雨的南臺灣炎夏,又是在物慾充斥的臺灣社會,居然有許多青年學子熱心地從事文藝

活動，畢竟是令人欣慰的事！

　　不過自立報系未對「文研會」返臺參與文藝營的壯舉做任何報導，而文藝營的節目單裡，也沒有「文研會」的字眼兒。雖然 8 月 13 日晚上臨時安排我們主持「藝文夜談」節目，8 月 16 日上午原排給「陳芳明」的演講，也因為陳芳明得不到再度入境的簽證，而找文研會代講，報上還是沒有隻字片語的介紹。

　　我原想：在統治者刻意壓制下，很少有機會上檯面的「臺灣文學」活動，大概可以藉「文研會」的返臺而得到報導和宣傳，結果是完全落空了。

　　這種失望加上烤箱似的燠熱寢室，不但無法入眠，還有悶死的顧慮，不得不在半夜起身，到戶外呼吸清涼的空氣。一週下來，也可以說是疲乏不堪了。

　　我把我的失望告訴了沈花末（負責文藝營的晚報副刊主編），她回答說：

　　「下次早點兒告訴我，我會好好地計畫……」

　　其實我們那年照會「自立」的時間，不能不算早，不過晚報副刊主編易人（原來由劉克襄一人兼早晚報主編），該是影響效率的主因吧？

　　「我想大概不會有下一次了！」我不加思索地說。

　　如今文研會已解散，我的預言可以說不幸而言中。

　　另外想順便一提的是在筑波年會，我宣讀了〈政治與文學之間──論施明正《島上愛與死》〉之後，向陽過來向我要稿，說將配合文藝營活動，在晚報副刊推出。大約一分鐘後，《民眾》的吳錦發也來要稿。我只好告訴他：

　　「晚了一步，給《自立》拿去了！」

　　奇怪的是那篇稿子不但在文藝營期間未見報，在我離臺之前也尚未刊出。我問了劉克襄，他回答說：

　　「根本沒看到稿件。」然後加了一句：「我會找找看！」

　　一直到十月初，向陽來美國為《自立週報》宣傳和拉訂戶，我才得有機會親自問他該稿的下落。

　　他說：「編輯室有人說，已經在《臺灣文藝》刊過，所以沒有發稿。」

我答：「奇怪，那篇稿子，我在飛日之前才脫稿，除了出席會議的人，沒有人看過，怎麼可能出現在《臺灣文藝》？」

向陽立刻向我道歉。

「我在臺灣待了兩週，其中有五天在文藝營，天天和自立的朋友在一起，怎麼沒有人直接問我呢？」我到現在還不懂那個答案。

我一向很尊敬《自立》的朋友們，因為他們不為兩大報的高薪所引誘，為了愛鄉，也為了理想，心甘情願地在這張真正「為民喉舌」的報紙服務。

但是這種小事的發生，使我不禁聯想到李喬在《臺灣人的醜陋面》一書中點出的「臺灣人輕輕采采，不求精緻」的馬虎性格。

寫出這段往事，只想做大家「反省」的參考，絕無他意，尚請有關朋友們見諒！

出版年會論文集

1989 年還有一件大事就是：年會論文選《先人之血，土地之花》的出版。

文研會成立之後，最顯著的成績就是同仁在每年年會上發表的論文。把這些文章「集印成冊」，可以說是我們多年來的願望。1988 年夏，應文研會之邀來美訪問的評論家張恆豪，自動提供協助，「論文集」終得出版。

時至 1989 年春天，已經發表的論文和演講稿，已達 56 篇之多。不過由於部分同仁工作太忙，一直沒有把演講稿整理成章，也有一部分同仁欲將舊稿加以修改或重寫，但為了趕在七月底舉行年會以前出版，只好把這些尚未定稿的文章，暫予割愛。這本論文集中收錄的文章，總共有 18 篇。涉及的年代，上自日據時代，下至 1980 年代，前後涵蓋六十餘年；而論文的內容，除了作家的個案研究，也有許多從社會、歷史、文化、語言等不同角度來探討臺灣的文學問題的。

這本論文集是北美的「臺灣文學研究會」獻給臺灣文壇的禮物，而我

們也特別感謝張恆豪的奔走，胡民祥的幫忙和前衛出版社的熱誠。

筑波年會因為盛況空前，論文的質量均佳，會後本來決議要出版《八九年筑波國際會議論文集》的，當時由張良澤自告奮勇承擔編輯任務。我們知道他很忙，但是也知道他在會議期間早已有系統地收集了文友們發表的論文稿，也曾以錄音機錄下了各場討論，資料既齊全，編來定可「事半功倍」。不過「論文集」一直未問世，我也不便去函催促。

倒是我個人已把十年來發表的年會論文整理成書，於今春（1993 年 5 月）交由「前衛」出版，書名訂為《政治與文學之間》。主要內容是有關「作家與作品」的研究。我選擇了十位臺灣文壇的重要作家如吳濁流、鍾理和、鍾肇政、鄭清文、李喬等的代表作品，一一做了有系統的評論和介紹。這是我研究「臺灣文學」十年所交出來的成績單。

推出「書評」欄

1988 年 7 月，我接任文研會會長的職務，因鑑於當時最大的任務在於「力圖振作」，所以在這年年底，開始在報刊上推出了「書評」欄。

這是出於蔡明殿的構想：希望文研會占據報紙的一角，評介「臺灣文學」作品，一方面服務同鄉，一方面也可以彰顯「文研會」的重要性。他還掏出腰包，捐了兩千美元，做為「書評」的部分稿費，使我不得不挑起重擔，積極去籌畫。

為了避免一些同仁的顧忌，發表的報紙選擇了政治色彩較淡的《太平洋時報》，然後與報社交涉稿費。因為出版業剝削的第一個對象多半是作家，不是壓低稿費，就是乾脆不給，同仁認為以「文研會」這樣一個組織，應該站起來為作家講話。不幸臺美社會的臺灣人報紙，都是在虧損纍纍下勉強維持，哪有餘力發出稿費？所以我雖然在同仁的要求下，盡全力與報社交涉，他們也終於答應了一個數目字，不料《太平洋時報》在第二年重新改組，人事大變，而所謂「稿費」者，也就此付諸東流矣！

第一篇「書評」於 1988 年 12 月 12 日，在《太平洋時報》的「文化思

想」欄刊出，是我寫的〈苦難的歲月──讀李篤恭《彷徨在荒原》〉。我還附了一篇小文〈我們的專欄〉，說明文研會推出「書評欄」的意義。

最後一篇書評是范亮石（朱真一）寫的：〈讀《一個臺灣人醫學教授的自傳》有感〉於 1992 年 1 月 13 日刊在《公論報》的「生活文化」版。

「書評」總共維持了三年多。雖然發表的報紙從《太平洋時報》移到《公論報》（註：《太時》在 1989 年後人事變動太多，版面變化很大，「書評欄」因而受到更動，乃棄《太時》而就《公論報》，也好服務公論報的讀者），見報率也從每月兩篇降至每月一篇，最後更以「不定期」方式維持了一段時間。但是「書評」這樣艱難的文字，由我們這樣少數的人，做了這麼久，也算是不平凡的事。

在本欄寫過文章的同仁有：黃娟、謝里法、陳芳明、洪銘水、胡民祥、姚克洪、朱真一、彭瑞金（島內名評論家）等人。其中寫得最多的是黃娟和謝里法。

「臺美作家作品展」的構想

1989 年 2 月，我收到了臺灣筆會副會長李敏勇先生的來信（他是現任的筆會會長），函中他附了「臺美作家作品展」邀請書：

「今年（1989）北美洲臺灣文學研究會將於日本筑波大學舉行年會，會後並將返臺灣參加鹽分地帶文藝營活動。」

「為配合臺美作家今年的活動，特策畫『臺美作家作品展』，歡迎臺美作家提交作品參展……（以下從略）」

正在為「文研會」的「生機」而奮鬥的我，看了這麼一封信，不用說有多麼興奮！我立刻發了通訊，告知所有的會員，另外還給可能「參展」的會員，分別打了電話。

由於「文展」預定在七月間，截稿期限是五月。論起時間，不算充

裕，我便請參展會員直接把稿件寄給臺北的李敏勇。當時答應供稿的朋友，一共是 17 人。

在那繁忙的春夏之交，我除了「筑波年會」的聯絡事項（當時與中國學者的來往，無電話、傳真的方便，全靠書信的進行。那時有十人左右表示有出席的可能，問訊事項特多），「書評」欄的編輯，年會論文集的出版（及寫序），加上趕寫參加「作品展」的小說，連提交筑波年會宣讀的論文，竟也還未開筆，簡直忙得活像一隻無頭蒼蠅，因之而無法一而再地叮嚀或催稿。

八月初由日返臺，方知寄到臺北的作品，尚不足十件。《臺灣時報》副刊主編許振江因此未能如期舉行「臺美作家作品展」。我聽了既難過又感到歉疚！想到李敏勇熱心為我們策畫和彙集稿件，許振江提供版面，為我們編排，我們卻叫人家大失所望。

後來許振江以「臺美文化展」名義刊登了這些作品，計有：黃娟（小說），陳若曦（遊記），洪素麗（詩），非馬（詩），徐成坤（自傳體小說），黃崑瑝（散文），東方白（語錄）等七篇。

這裡很高興地看到陳若曦、洪素麗和非馬的參展，卻沒有看到文研會的兩支健筆陳芳明和謝里法。記憶裡陳芳明當時正忙於試闖「黑名單」，而甫於年前得了「綠卡」的謝里法，好像是在臺北和巴黎兩地開畫展，也是忙得不亦樂乎似的。（不過兩人都抽空參加了筑波年會）

我在「筑波會議」的盛況之後，看到的是「夕陽無限好，只是近黃昏」的「文研會」晚景。

也談文研會與同鄉會

1988 年以前，我很少參與「文研會」的事務，同仁之間的私人恩怨，也從沒有過問。不過文研會章程裡，除了「對外活動公開」的六個字之外，並沒有看到有關年會「應不應公開」的規定。謝里法〈十年臺灣文學研究會之回顧〉一文中所指：「文研會的規章一步步地被破功，由半公開而

全公開，由獨立而不獨立，因沒有辦法堅持原先的決議，會員的向心力於是開始動搖，種下了部分同仁脫會的原因。」——是否如此，我無法判斷。

許達然退會時，雖通知了每一個會員，並未說明他退會的原因——但是有人猜測是為了不願意與同鄉會掛勾。

就他退會的 1986 年 8 月來說：文研會利用夏令會召開年會，也不過是 1985 年的那一次。何況我們邀請的作家到各地同鄉會去演講，好像早在 1984 年就開始了。那年鍾肇政、李喬、楊青矗等人有關「臺灣文學」的演講，曾在各地同鄉會引發熱烈的反響，相信對文研會的聲譽，絕對是有利而無害的。

第二次是利用美東夏令會召開的 1988 年年會。那年夏令會由我住區的華府同鄉會主辦，我便負責了文研會與夏令會之間的溝通事宜。後來夏令會要我主持兩個會：「臺灣文化討論會」和「臺灣文學討論會」，我便請了那年由文研會邀請來美的兩位作家——吳錦發和張恆豪，來我的節目裡演講。結果依照夏令會招待主講者的慣例，我們替這兩位作家申請了旅費補助。（文研會的會員不多，會費雖然是一年五十元之高，收齊了也不過是勉強支付一人的旅費而已。但是我們每年都邀請兩位，因此不得不向各地去尋求同鄉的樂捐和補助。）

至於年會的時間地點，因為列在夏令會的節目單裡，便有對文學有興趣的同鄉，自動來旁聽。其中還有這樣一個妙例：一個自稱跑錯了會場的同鄉，因為聽得津津有味，居然陪我們開了一個下午的年會。

1990 年的年會（我的會長任內），我們又利用美東夏令會。那年主辦的紐澤西同鄉會，很早就和我聯絡，希望文研會能協助文化節目，我便向他們接洽作家旅費的補助，他們很爽快地答應了。

由於 1990 年是前輩作家鍾理和先生逝世 30 週年紀念，我們有幸請到他的公子，也是名作家鍾鐵民先生和名詩人曾貴海先生。於是第一天的年會便以「鍾理和文學」為主題開場。事有湊巧，剛好文研會會員東方白辛苦經營了十年的巨著《浪淘沙》，也在這個夏天完稿而進入出版的階段。我

們便以《浪淘沙》做第二天年會的主題。

有了這些特別的節目，我們才張貼海報，公開招引同鄉來參與。

謝里法文中所指：「黃娟當召集人時，更進一步把年會當成夏令會節目之一，要求對方撥給經費，這一來反而向同鄉會要錢。」——與事實略有出入，擬借這個機會，予以說明和補充。

至於利用夏令會開年會，申請來訪作家的旅費補助，文研會是不是就失去了獨立性？依我個人的兩次經驗來說，答案是否定的。兩次年會，文研會並沒有放棄任何原則，而我們的人才協助夏令會的節目，為其添加光采，也是同鄉會樂以見到的。

令我特別高興的是我們的「論文宣讀」有了更多的聽眾，料想對同鄉「文學的啟蒙」也發揮了作用，而文研會欲「推進臺灣文學」的宗旨，也得以體現。

關於來訪作家的旅程安排，一向由文研會的祕書來做，胡民祥負責了1987 和 1988 的兩年。大概由於他做得很有條理，才給謝里法特別深刻的印象，誤以為每年都由他來辦理。為了記錄上的正確性，也順便在這裡校正一下。

最後我想對會員的退會，敘述一點感想：

由於大部分會員有異議時只是消極地採取不繳費、不參與的方式，而沒有真正宣布退會（連杜國清也沒有這樣做），因此難以猜測他們內心的想法。

倒是我任內發生的兩例，採取了公開的方式，令人愕然瞠目。兩個人都先給我寫信，表示退會的原因與我無關，但是都沒有警告我，將有公開的聲明在報上刊出。

無疑地陳若曦的退會是因為看了胡民祥寫的〈臺灣人追尋幸福的文學見證〉一文，批評了她帶領「臺灣作家訪問團」去中國的事。她在盛怒之後，不但要立刻退會，還要大聲宣布，她的反應是很強烈的！

洪素麗的退會原因就大不同了。她在信中披露「某會員在背後批評

她」──所以要退會。

這樣一個意想不到的理由，倒叫我心服，也就由她去了。至於她何時入會，入會的手續如何，我和謝里法一樣地糊塗。只因為看到通訊錄上有她的名字，也讀過她「關懷臺灣」的文章，也就衷心地歡迎了她。沒想到她為了私事要退會，卻選擇了公開傷害「文研會」的方式，不能不說是令人遺憾的事！

那之後，我向某會員提起洪素麗退會是為了他，這位會員十分詫異地說：

「奇怪，我從來沒有在背後批評她，我都是當面講的！」

這位風趣的會員不是別人，正是文研會最後一任會長謝里法。

使用共同語言的唯一社團

自從 1968 年來美之後，我一直屬於臺灣同鄉會。但是我的參與是很消極的，因為福佬臺語霸占的同鄉會，無視客家人的存在。許多福佬同鄉認為為了反抗國民黨，犧牲客家人是應該的，客家人若想參與，先學會福佬話再說。我也親眼看到為數不少的社團領袖，理直氣壯地指責使用共同語（北京話）發言的客家人說：「我認識的客家人都會說臺語，你怎麼不會？」

許許多多熱愛臺灣的客家人，便這樣被迫離開了臺灣同鄉會。更有甚者，是被當作特務打出會場的。

在那樣的環境下，文研會的年會，卻一直使用共同語──北京話。

由於我是唯一不諳福佬臺語的客家人（1989 年才增加了兩位客籍會員，即朱真一和徐成坤），這種安排顯然是為了我。文研會同仁這種尊重少數的民主作風，是我由衷感激的。

如果文研會也堅持福佬臺語，我只好退避三舍。因為學術研究，若以我聽不懂的語言進行，我不但無法參與，也無法貢獻。那麼老遠地趕到會場，扮演「鴨子聽雷」的角色，無疑是一種浪費。

　　當然會員之間的交談還是使用福佬話，年會討論期間，也有些人會忘記而繼續使用福佬話，或者是不知不覺地混合使用兩種語言……，當然這是無傷大雅的。

　　在夏令會舉行年會時，因有一般同鄉參與，有些會員會感到不自在，便自動說明他使用普通話的原因是因為有人要求的。大概是怕引起同鄉的指責吧？可見「福佬臺語」獨霸的環境，無形中在福佬同鄉的心中，種下了使用「普通話」的罪惡感。其實文研會利用夏令會舉行年會，是最近幾年的事，同鄉中對普通話的反彈早已減弱——顯然臺灣人在臺灣事務上，已經尋回了主體性地位——我們從來沒有遭遇到質問，相反地卻引來了許多客家同鄉。

　　不過年會中曾經有了一個例外，應該把它記錄一下：

　　那是多事的 1986 年，開會地點是加州大學聖塔巴巴拉分校，被邀作家是林雙不和林文義。

　　應邀做主題演講的林雙不，拒絕跟隨文研會慣例以共同語發表演說，說是違反了他自己的原則。結果是遠道從華府趕到加州的我，和從日本來美的天理大學教授下村作次郎——日本臺灣文學研究會會員，精通北京話——被迫以觀察主講者的嘴唇運動打發時間。那時文研會同仁也有好幾位在私下表示特別為下村難過。

　　幾年來我們看到林雙不從書房走到街頭，為「獨立建國」做了無數的奉獻，令人佩服。

　　那年他以應邀來賓身分，漠視主人的意願，堅持以福佬臺語演說，正是代表許多福佬同鄉，把「北京語」當作「統治者」，以不使用「北京語」當做反抗手段的那種心態。但是堅持的原則若傷害「無辜」，這種「原則」也就不該那麼「堅持」了吧？——這是屬於受害者的感想。

　　有人認為使用普通話的人，沒有臺灣意識。事實是使用共同語（文中普通話、共同語均指北京話）的臺美社會唯一的社團「文研會」——一直是國府的眼中釘。我們的會員不是每次簽證都有麻煩，就是長期留在黑名

單上。而最普遍受到的處罰是國民黨系報章對我們的徹底排斥。

國府並沒有因為「文研會」使用北京話，而把我們當作同黨，那麼臺灣人是不是也該了解：使用北京話的人，也並非是敵人的道理！

有關文研會的評價

我沒有參加 1982 年在洛杉磯召開的「文研會」創立大會，但是我出席了 1993 年在歐洲維也納舉行的「文研會」最後一次年會。

十年來我為疼惜「文研會」，曾經竭盡綿薄為她抬轎。前半段——做一個忠心的會員，認真做研究、按時提論文、抽空出席年會。後半段——為了「文研會」的「再生」，而投入更多的時間和精力。

其實「創作」才是我的文學生命，為「臺灣文學研究」或「文研會會務」而投進去的時間和精力，正意味著我的創作時間和精力的短少。

但是生活在這個年代的「臺灣」，每一個臺灣人都該以某種方式做「奉獻」的吧？

文研會在 1982 年適時成立，開了「臺灣人」研究「臺灣文學」的先聲。年會的召開，論文的宣讀，為解嚴後的島內臺灣文學研究，提供了一種先鋒模式。邀請島內作家來美，一方面擴大了來訪作家的視野，也提高了他們在島內文壇的聲望。而海外同鄉得以接觸島內作家，聆聽有關「臺灣文學」的演說，可以說是臺美人社會「輸入」臺灣文學的開始。而今天臺美人叫得出名字的臺灣作家，多半是文研會邀請過的作家。這與只知「瓊瑤、於梨華」的時代相比，是多麼大的進步！

雖然「文研會章程」裡訂有許多活動項目：「如推薦臺灣文學年度優良作品、設立文學獎、從事出版等等……」，但是我們都沒有做到。

當時的設想是文研會會員會不斷地增加，因此會有更多的人力和財力來做更多的事。可惜事與願違，這種希望並未實現。

我必須坦白地說：「文研會」能有 11 年的歷史，已是超出我的料想。也許有人要說：「愛之深，責之切」，我們對文研會應做嚴厲的評價，我卻

因為對她「知之深，愛之切」，而不忍苛責。

　　這是一小撮不為名、不為利的文學工作者，當研究「臺灣文學」在島內還是禁忌的時代，在海外客居地設立的研究會。如今戒嚴令已告解除，而臺灣文學研究已在島內蓬勃發展，我們才拆下了工作的帳篷，把棒子移交給島內的文學工作者，相信他們會跑得更快、贏得更多的金牌。

1993 年 9 月

——選自黃娟《心懷故鄉》

臺北：前衛出版社，1994 年 5 月

黃娟的世界

◎葉石濤*

　　今年是黃娟豐收的一年。在不到半年的短短時間中她陸續地上梓三本書：《冰山下》、《愛莎岡的女孩》以及《這一代的婚約》。這三本書中《愛莎岡的女孩》是長篇小說，其餘都是短篇小說集。連同兩年多以前從幼獅書店出版的《小貝売》，大約她已經有了四本書問世。雖然這些短篇小說並非全都在這兩年之中寫成的，但可以說是她這幾年來的孜孜不倦的奮鬥終於開花而結的果子。現今許多位省籍女作家，幾乎被困縛於家庭樂園之中，漸趨沉寂的時候，她底活躍的確令人刮目相看，儘管作家的多產並不意味著他有超人一等的卓拔才華，但至少顯示著他有豐沛的生命力，充實的創造精神，鍥而不捨的毅力，這些大概是決定一個作家是否功成名就的重要因素。至於他能否躋身於名垂青史的偉大作家，除去這些因素之外，還得靠他與生俱來的稟賦，而這稟賦到底是什麼？這常常令我們困惑、迷惘，顯然這並非我們能決定或左右的一件事。然而作為一個作家我們仍須有一種為永恆而寫作的觀念，我們仍要繼續嘗試，以證實自己生存的價值和緣由。在這不斷的嘗試之中，我們得以繼續生長，獲得身心俱暢的歡悅。作家在這充滿荊棘的人生坎坷路上踽踽獨行，向自己內心朦朧不可解的領域挑戰，以渾身的力氣與挫折、蹉跎、心理創傷展開熾烈的搏鬥，闡釋我們所以生存的因果；不被任何狂風暴雨所擊倒而仍能屹立不動，這至少是一種勝利，一種人性的凱歌。在這樣的觀點上來看黃娟這異常的飛

*葉石濤（1925～2008），臺南人。散文家、小說家、翻譯家、文學評論家。發表文章時為高雄縣甲圍國小教師。

躍，真教人心折。她在一面教書，一面操持家政，在幼小的兒女纏繞之下，創造力並沒有衰竭，源源不斷地有作品問世，這非有驚人的毅力實在是辦不到的。零零碎碎的家事既單調又乏味，可能是天下最煩死人的勾當無疑，足以把一個健壯的主婦拖累，使她患貧血症——身體和頭腦的，而黃娟皆能克服，這說來好似沒有什麼神奇，其實個中辛酸的確夠瞧的了。

在這四本書中，從水牛出版上梓的短篇小說集《這一代的婚約》，共收錄了 12 篇短篇，由於是較晚期的作品的關係吧，顯得較為成熟而突出。

作為一個女作家來說，黃娟所寫的世界，並沒有超越她底許多位前輩作家的世界，仍然是褊狹而有限的。這個世界是以女人為重心構成的世界，從這兒她底作家的觸鬚伸展到戀愛、結婚、家庭等和女人有切身之痛的問題上去，凝視著女人特有的悲劇，闡釋著這形形色色的悲劇，所以發生的前因後果，給我們展示了這一代女人多采多姿的生活。

假若單從她底題材來說，她所能捕捉的範圍，似乎並沒有任何出色的地方；因為從五四以來我國女作家們所描寫的世界同黃娟如出一轍，都是講的是女人在社會、家庭、婚姻所遭受到的各種各樣的身心創傷和挫敗，她們繁多的林林總總的悲劇。然而黃娟的作品仍能獨樹一幟，予人以真實、細膩的感覺，掀起人們心靈的漣漪和感動，這並非僥倖獲致的。她底作品有幾點特色，開拓了嶄新的領域，構成了她與眾不同的風格。首先我們應該提出的一點，就是她是始終如一的堅強的寫實主義者。有了扎根於現實的正確的寫實手法，作品才不流於空洞、虛妄，才免於變成海市蜃樓。儘管這寫實的手法，是作家起碼要學習的技法之一，但很遺憾的，現今較年輕一代的女作家常無視於這重要的技巧。作家本是藝術家，他需要和眾多匠人一樣，必須磨練自己的技術。雖然他所賴的工具是文字，但仍要孜孜不倦地去努力獲得驅使文字的一套技巧。這猶如畫家必須由素描練習開始一直從具象到抽象一樣。我們知道一個鋼琴演奏者，他是自幼經過單調乏味的漫長基本練習才能獲得獨特的，屬於一己的演奏風格。曾經以《波華荔夫人》一書著名的法國偉大作家福樓拜諄諄告誡他底弟子莫泊桑

的一句話，今天仍屬有效，仍能一針見血，發人猛省。他說，一個卓越的作家必須用筆勾勒出一塊路旁石頭和其他成千成萬的石頭不一樣的地方。這就是寫實的訣竅，一個作家假若忽略了這最基本的寫實的描寫，他底作品是虛偽的，沒血色的，充其量只不過是有趣的故事和讀物而已。寫實是作品的骨骼，沒有骨骼，血肉從何處來？黃娟的作品處處可以看出她有正確地捕捉現實的技巧，這實在難能可貴。在現代標榜現代，從意識之流來塑造作品的方法已普遍地成為每一個作家藥籠中的一套靈藥的時候，我提出這毫不足為奇的陳腔濫調，實招來開倒車，可笑，落後之議，但我仍認為許多年輕作家需要回到這原始的觀點上來磨練自己的技巧。喬哀思的《優力西斯》固然給我們展示著潛意識之流的深淵，但托爾斯泰的一些簡樸明快的寫實主義短篇也仍能沖擊我們心靈，足以使我們瞥見人性黑暗的領域。

　　由於黃娟的寫作態度是寫實，因此她的眼光始終投射在本省的現實環境上。她底作品扎根於鄉土，她是屬於臺灣的。臺灣這一塊地方由於有其特殊的歷史，因此不可避免地有其異於大陸的風俗習慣。本省婦女的訴不盡的辛酸，繁多的不幸皆由這卑視女人的社會構造所發生的。儘管我們現時生活於重視個人尊嚴的民主社會，乍看，女人在本省，似乎沒有受到任何歧視和損害，她所獲得的權利和地位同男人不分軒輊，她是自由的。事實上，如果我們再仔細的察看女人在這社會上形形色色的遭遇，我們會愕然驚覺於本省婦女所揹負的十字架何等沉重。本省婦女的境遇是落後的，趕不上時代潮流的。她們在婚姻、家庭、求學、就職上顯然仍是從屬的，缺乏自由的，尤其下層庶民為然。只要你放眼一看，你不難發見童媳、養女制度所造成的許多無謂的悲劇。本省的環境對於某一部分女人來說仍然是禁錮心靈自由翱翔的牢獄。她們仍是一群被欺侮、被損害的弱者。造成她們這悲慘命運的，便是根深蒂固的封建餘孽。從鄭氏三代到二百多年的滿清統治，臺灣的婦女始終屈服於男人支配之下，常被男人役使，她們既要生男育女以盡傳宗接代的責任，也要操持煩雜的家務，甚至於同男人一

樣下田耕作。她們一直彷彿是一群勞動過重的牲畜。這原因可以遠溯到我們的先民從大陸遷移過來篳路藍縷以啟山林，征服這瘴癘之地的時候。那時由於缺乏勞動力必須借重於女人的雙手終於形成了這特殊的制度。一到日本竊據臺灣，日本人更助重了這一不良的制度。如眾所知，戰前的日本是一個軍國主義的帝國，在那個時代裡日本女人壓根兒就是一群牛馬不如的可憐蟲。當然由於他們本國的情形尚且如此，在殖民地的臺灣，他們要求於本省婦女的亦復如此。在他們的心目中女人只不過是生育的工具，治理家庭的工人，男人的天使罷了。光復給本省婦女帶來了嶄新的觀念，也爭得了解放。乍看她們在憲法的保護之下可以獲得同男人一樣的人權。事實上她們的境遇已經改善，在政治、求學、就職上加上她們身心的舊時枷鎖和桎梏業已毀壞得蕩然無存，這是大家有目共睹的真實。然而從此她們可以踏上幸福之路嗎？這也並不盡然。人類是習慣的奴隸，三百年來的惡劣風俗猶在作困獸之鬥。黑暗仍留在社會隱祕的角落，頑固的歧視和損害仍在肆虐。以女人做搖錢樹的罪惡仍連綿不斷。本省婦女所行走的路仍充滿荊棘，尚待開闢。黃娟把日據時代末期以至於現在的這一段時期，用敏銳的作家眼光，找出各階層的女人出來，把她們放置在繁多的境遇下，記錄了她們的喜怒哀樂、心理創傷和挫敗，闡明了她們所以不幸的癥結。我懷疑，黃娟是否用冷靜的觀念和思想抓住了這癥結，也許她是靠女人的靈魂、心情和體驗直覺地獲悉真相的。無論如何，黃娟所走的寫作路線是正確的，進步的。雖然在《這一代的婚約》12 篇作品中處處可看出思路不清的，傷感和輕佻浮薄的羅曼斯氣味，但大致說來這無損於她作品的嚴正和真實。唯有能夠同情、犧牲和忍受的作家才能創造富於人性的作品。

　　假若在寫作的技巧中只注重呆板、機械的寫實，那麼這作家只不過是 19 世紀遺留下來的亡靈罷了。而且這種寫實的手法實在也不足以描畫現代人的心靈和生活。在這個工業社會裡，豐富的物質固然帶給大家舒適，簡便的生活，但也同樣地摧毀了他們心靈的安寧和恬靜。現代人的心靈是乾涸的，空虛的，縱然有很多玩樂的工具以填彌他們心靈的虛無，但他們仍

是一群疲倦，沮喪的生物。他們業已失去對上帝存在的信仰，亦復不信任舊時足以維持他心靈秩序的道德戒律。現代是繁忙、急躁、喧囂、空虛的一個時代。一個作家假若企圖如實地塑造這現代人的生活，他必須具備繁多的知識、敏銳多樣的感覺，從潛意識底層來捕捉或解釋人們行為的能力。講到這繁多的知識，實在是廣闊毫無際涯的。但作家所必須具備的知識不同於專家學者，他需要的是廣泛而浮淺的常識。我記得有一個故事：當柴霍甫死後，清理他藏書的人確實吃了一驚。原來他底藏書有關於文學方面的書倒很少。他日常閱讀的竟是有關於航海、動植物，甚至於機械學這一類味同嚼蠟的雜書。然而柴霍甫卻把它讀得津津有味，而從這些書裡面確實也吸收了不少的營養。作為一個作家他必須通曉人情世故以及我們人類零零碎碎的生活必需的瑣事；從烹飪、育兒、衣飾、排泄到宇宙的神祕。構成我們人類生活的並非使人心悸的瑰麗傳奇，而是邋邋邊邊，煩死人的，豐繁的瑣碎事的連續。這些常識有時幫助作家洞悉隱藏在事物背面的真相。當我們閱讀毛姆的小說時，常驚奇於他塑造的人物栩栩如生，宛如活在我們周圍一般，如聞其聲，如見其人，使毛姆能把人物塑造得如此逼真，全靠他的一些豐富的平凡的常識。毛姆描寫一個人物從他底衣飾、嗜好、饞相、小動作開始，而最後這零細的特徵在我們腦裡結出完美的映像。講到銳敏的感覺，我所指的是我們一切感官作用。大凡一個作家常擅長於某一類感覺的描寫。有些作家偏頗於視覺，有些作家卻老愛依賴聽覺。然則，在表現現代人複雜的生活，偏向於某一類感官的捕捉顯然是不夠的。當我們讀到普魯斯德（Marcel Proust, 1871-1922）的小說《溯往》的時候，我們驚奇於他驅使感覺的才華。他要重現事物都從視覺、聽覺、嗅覺、觸覺去入手，讓我們得一窺喪失的時間裡觸發的事情和現在的時間微妙地聯結起來。在普魯斯德的小說裡時間猶如一條日夜流著的溪流，無所謂過去、現在、未來之分別。這和卡夫卡的世界一樣。這一種銳敏的感性逼使現代作家不得不從人類潛意識之流來闡釋人類的行為。因此他底表現方式應該是心理的，基於性慾望的，時間是不被割裂的，除去心理的起伏

和轉換之外,無所謂情節的。

由上述這些特徵來分析黃娟的作品,我們知道她的表現方式尚算屬於現代的。

她底作品有心理分析的傾向,有鮮明的感覺描寫,也悄悄地談到性。可惜,她在這方面的努力顯得薄弱。她底作品所採取的形式仍然是傳統的,不單單是形式,其內容也頗注重情節,故事的發展,由萌芽到結束,都依循老式的小說作法一直按部就班地發展下去。

黃娟自己也並非不知道這些缺陷,她夢想著一次飛躍,她要確切地把握住現代人搏動不已的心臟。這野心或意願使她寫成了長篇小說《愛莎岡的女孩》。

然而平心而論,她底這一作並非令人肯定的成功的作品。儘管這長篇小說的手法和巧妙的情節,乾淨俐落的剪接,給我們帶來一丁點兒有趣的感觸和小小的快樂,然而這小說中的現代青年男女的映像是朦朧不可思議的,虛偽的影子。充其量就只是表現黃娟對現代年輕人的幻想罷了。

把存在主義哲學皮相的了解匆促地應用在小說上顯然是黃娟的失策。如果這長篇小說還有可取的地方,那就是這小說較許多同一類的新聞連載小說高明;她採取的手法,特別是故事發展的銜接上可看出獨特的匠心。

然則,很遺憾的,這種小說展開的技巧在現時日本的所謂中間小說抑或新聞小說卻是司空見慣,毫不足為奇的。

寫到這兒,我驟然憶起差不多同時期發表於《聯副》的於梨華的長篇小說〈焰〉。這一篇小說也是讀起來叫人不十分心服的作品。一向主張臺灣文壇缺乏某種寫實主義的於梨華,在寫作這一篇小說時採取的角度的確不同凡響,有異於凡庸的作家,成功地挖掘了臺灣某一個時期年輕人的現實生活和心理的苦悶。然而此作稍顯得冗長而散漫,忽略了現代年輕人真摯的向上性,缺乏理想主義,彷彿把生活看作一連串遊戲的連續,誇張了現代年輕人的本能和慾望的生活。這兩篇作品之所以未能獲得讀者心靈深處由衷的共鳴,其原因很明顯,這兩種作品皆是商業主義下的產物。

　　在現代工業社會裡一個作家常會遇到誘惑，商業主義的引誘，結果是這作品的墮落和挫敗。隨便舉出一個例子；像以《菸草路》、「上帝的小田畝」（*God's Little Acre*）等小說享有聲譽的美國作家柯德威爾（Erskine Caldwell, 1903-1987），雖然他擁有很多讀者，但作為一個藝術家他是失敗的。這是由於他底作品墮為標準化的商品的緣故。

　　黃娟是現近省籍女作家之中潛力雄厚，寫作不輟的一個作家。我們期待她將成為另一個柯烈特夫人（S. G. Colette, 1873-1954）。她孜孜不倦地建造的樓閣，其輪廓大致完成，她已經差不多放置好了基石，砌成了牆，迴廊曲檻也在著手修建。雖然她築成的這樓閣也未必較另外許多樓房遜色，仍然有其悅目的色彩。詩人喜愛的情調，使人樂意踏進欣賞。

　　可惜，她底這樓閣，顯得過分狹窄，不久令人覺得實在缺少撼人魂靈的心曠神怡的感覺。我們就嘖嘖有言了，我們就會說這樓閣太單調，令人窒悶。

　　現在我們要求黃娟的是，她應該在這樓閣裡設計四季花卉盛放的庭園，噴水池、水榭瑤臺，諸如此類足以挽救這樓閣免於流俗、陳腐的裝飾。

　　我們正在痴痴等待著她嶄新的樓閣落成的一天。

——選自葉石濤《臺灣鄉土作家論集》

臺北：遠景出版公司，1979 年 3 月

評介〈愛莎岡的女孩〉

◎隱地[*]

　　〈愛莎岡的女孩〉是曾獲扶輪社文學獎，出版有短篇小說集《小貝殼》（幼獅書店）、《冰山下》（商務印書館）的黃娟女士，於不久前（民國 56 年 11 月 1 日至 57 年 1 月 11 日）在《徵信新聞報・人間副刊》發表的一個近十萬字的長篇，它的內容是寫這個時代的一些年輕的知識分子所面臨的諸般問題，如對理想、抱負的憧憬，以及對婚姻、事業、家庭構想的奮鬥；但黃娟並不僅寫年輕人中積極向上的一些人，同時也寫年輕人中消極、悲觀、自暴自棄的一群，他們雖在早期可能也曾胸懷大志，但當他們受到現實中一點無情的打擊就抱怨了起來，甚至在認識自己的真正才能之前，就開始唾罵他們的遭遇或被別人視為不屑的，也有的僅以對莎岡和沙特作品皮相的認識和誤解，就自以為是的拿「死亡」或「存在」來矛盾自己、折磨自己，我們並不否認現代人生存在科學文明和機械化夾縫中的渺茫之感，寂寞和苦悶的產生是必然的，何況，這一代的青年，的確悲哀多於喜悅，痛苦多於歡樂，但因為寂寞和苦悶就自暴自棄，甚至於拿腐化的社會，作為自己墮落的理由，我們認為卻是不必要的。當然，人的遭遇不同，我們不能以膚淺的認識，來批判生存在今日社會上複雜的人群，然而，目前我們的年輕人中，特別是年輕的知識分子，不能否認有一部分相當頹廢萎靡，他們在言行上可能是激進的，但他們的行為卻像一堆死灰，儘管他們曾經遭遇多少冷酷，他們一旦不能重新振作起來，至多，也只不過是我們同情的對象罷了；如果說，文學應該反映並批判社會的現象，表

---

[*]本名柯青華。詩人、散文家、爾雅出版社發行人。發表文章時為《青溪》雜誌主編。

現並且討論一些有關人生的問題，那麼，無疑的，黃娟女士〈愛莎岡的女孩〉是基於這一嚴肅態度下創作的作品。

但黃娟未能避免沿用一些流行小說的詞彙，如「空洞」、「蒼白」，甚至也隨意抓一些現成的句子，如「灰茫茫的天空，沒有月亮，也沒有星星……」等，遂使部分斷章取義的人誤以為〈愛莎岡的女孩〉是一部時下流行的黃黃灰灰的言情，這顯然是不公平的，但我們也不能不說，此類輕飄飄，而被運用得失卻了文字個性的形容詞，它的重複出現，確是本篇一點缺失。

同樣，我們也不能因為黃娟受到目前壞小說的影響，就把她的文字優點全部抹殺。一般說來，黃娟文字的特色在於明白通暢，婉約之中蘊含著力量，並能表現一種溫柔敦厚的氣質。《人間副刊》前主編王鼎鈞先生，在本篇刊出時曾加以推介，他說：「〈愛莎岡的女孩〉的結構，是比較困難的一種，故事從好幾個方向出發，向一個焦點推進、集中，中途柳明花暗，最後水窮雲起，是『四合式』的結構，雖比較複雜，但條理清楚。所用的語文，明白如話，傳達曲折隱微的情緒，卻能淋漓盡致，就這一方面而言，它是白話文學的代表性作品之一。」

〈愛莎岡的女孩〉是篇第一人稱的小說，以敘述者「我」（陳玫君）為軸心，而引出四個在本篇中占著重要分量的人物，他（她）們是黎瑛、于（余）啓光、林文燕和范慶華（舉），作者巧妙的藉著介紹這四個人物的同時，自然的發展出四段撲朔迷離的故事：

黎瑛是陳玫君大學裡的同學，是個孤兒，生下來正逢二次世界大戰，父親被徵去南洋，在一次大轟炸中，母親以自己的屍體保護了她的生命，長大後她一直活得不平靜，她無法接受這個命運，她心中不停地喊著：我要抗議！可是她無處抗議，沒有人願意聽她訴苦，也沒有人能改變她的命運，後來她發現，她惟一能夠做的是漠視別人，也不關心自己，更不對人生有所期待……只是每天以看小說打發時間，後來她讀到莎岡的小說，莎岡說：「為什麼對人生要有目的呢？你說青春有什麼目的呢？而且我們的周

圍已經開始龜裂了，世界是要崩潰了嗎？如果真的要崩潰了，不也頂痛快的嗎？」就這樣，她像找到知音似的快樂，成為一個愛莎岡的女孩。把自己想像成莎岡作品裡的人物，是她最大的享受。

她滿不在乎，從不和人打交道，女孩子們把她當作怪物，不少男孩子因為她的奇特作風，反而對她發生了興趣，開始熱烈的追求她。龔純就是其中一個。但不久就退怯了。原因是他捉摸不住黎瑛的感情，更受不了她的任性，他決定結束這一場沒有結果的愛，於是他託好友于（余）啓光代他赴約，請他說明自己的痛苦和矛盾。當黎瑛得知這個消息，她禁不住顫抖起來，無論如何，她畢竟是一個人，她有屬於和常人一樣的感受。

何不找眼前這個男孩跟我去玩一玩呢？她想，他不也挺帥的嗎？主意打定，她就拖著他出去。

這次的出遊，她由一個少女變成少婦。新的經驗喚起她做女人的自覺，她開始發覺她並不必做一輩子的孤兒，她一樣可以有屬於自己的家，也可以有自己的孩子⋯⋯。

也許是莎岡的思想在作祟，也許是怕再見面時的尷尬，她沒有問他的姓名、地址，也沒有約期再見。

後來，黎瑛嫁給一個比她大 20 歲的教授，兩人生活恩愛，教授對她尤其體貼，而且還有了兩個孩子。

于（余）啓光是陳玫君中學裡教書的同事。從小就像別的孩子一關又一關地闖著升學的窄門，但當他考進了大學，從升學的壓力下解脫出來時，反而感到有一股莫名的不安，父母覺得他懂事了，不再叮嚀他，老師看到他成功了，也不再給他鼓勵，而他自己更不慣於思索，他受過的教育，並沒有培養他「獨立思考的能力」，也沒有告訴他「學問」本身的價值，他感覺到可怕而難耐的空虛⋯⋯。

在空虛的夾縫裡出現的是情緒上的煩躁和肉體上奇怪的衝動，那一股教人不知如何是好的感覺，使他驚愕、不安。第一次的經驗，完全是偶然的，地點是花街，對象是個賣笑的女人。他們是好幾個人一起去的，只因

為大家多喝了幾杯酒，想借著酒勢，瘋它一下。

從此他對男女關係有了新的想法。男女來往是雙方的事，兩個人藉同一行為獲得滿足，不能說是男人占了便宜，女人受了傷害。只要對方願意，男人並不需負道義上的責任。

這樣，他過了一段風流自賞的日子。但是他依舊空虛。

就在這個時候，龔純選擇了他作為向黎瑛絕交的使者……。

世界上許多事是想像不到的，他竟無法忘記那件事，他願意做一切可能的彌補，自己雖知道她，而對方連他姓什名誰也不問一聲就走了，他開始不安（為的她原是個處女），他暗中祈禱她的幸福，自然也希望藉此減輕心中的負荷。

林文燕也是陳玫君學校裡的同事。一個 34 歲的老處女。她記得自己大四那年，留學像一陣熱病蔓延開來，彷彿誰要是不走，誰就沒有了前途，她就是那樣人之亦之，人云亦云，糊糊塗塗出了國的。

但她並不能適應那兒的生活，離鄉背井，精神苦悶，經濟困難，功課繁重，而且婚姻又那麼渺茫！

拿到碩士學位後，找到了工作，但時間過去了三年，她卻始終沒有找到合適對象。

林文燕決定回國來。當初飄洋過海就沒有抱什麼遠大的目標，何況，她也總算帶了張碩士文憑回來。

范慶華（舉）是陳玫君的未婚夫，電機系的高材生，一個典型的留學青年。「出國」和「留學」是他多年來的夢想，他深知在新大陸婚姻問題不容易解決，出國前必須先找一個，他看中了陳玫君，經人介紹之後一切都很順利，他們訂了婚，準備一起出去，但後來因體檢發現陳玫君有初期的肺病而作罷，他們的婚約也只得取消了。

在無可奈何的心情下，范慶華（舉）黯然的踏上飛機，到達目的地的興奮，一下子就被旅途的勞累和無人迎接的場面所沖淡，且一旦插足於異國的泥土，苦難就開始了，他嘗到了寒傖和緊張，他忍受一切，包括難以

下嚥的食物和難以適應的寒冷……。

　　為了賺錢，他利用暑假做工，夾在許多中國留學生的行列，到餐廳洗盤子，並受著廚師、跑堂等那種輕蔑和揶揄的眼光，惟他必須忍耐，必須昂頭挺胸的接受那目光；洗碗為求下學期的學費，做工為爭取遠大的將來！

　　終於他讀完了碩士學位，而且繼續讀 Ph. D.的課程，生活依然艱苦，可是鬥志亦依然旺盛。

　　他慶幸陳玫君沒有和他一起出來，不然他怎能看著自己所愛的人跟他受苦呢？

　　照前面四個人的故事來看，除了黎瑛和于（余）啓光的可以連起來，其餘幾個人似乎彼此沒有關聯，但黃娟以陳玫君為軸心，藉著一個情緒十分低落的晚上，正翻著莎岡的《某種微笑》時來了一個朋友，這朋友就是于（余）啓光，他們由莎岡的小說談起，無意間把話題引在一個喜歡莎岡的名叫黎瑛的女孩身上，而一提到黎瑛，陳玫君發現于（余）啓光的視線遊移到遠處去了，看的彷彿是遙遠的世界。想想于（余）啓光那驚訝的樣子，她禁不住有一種好奇心，想去看看黎瑛。

　　她和黎瑛是大學裡的同學。去年過年的時候，她們在西門町偶然相遇，兩個人都有說不出的高興，黎瑛給了她張名片，並邀她到家去玩，但她想到別人已經有了丈夫和孩子，而她自己的婚姻，前途看起來卻是一片渺茫，虛榮心的作祟，使得她畏縮不前，如今這好奇掩蓋了她往日的遲疑，她決定去看黎瑛。

　　當然，更主要的原因是她偷偷的喜歡著于（余）啓光，她曾幻想他們是一對情侶，但于（余）啓光似乎只把她當一個談得來的好朋友看待，從來沒有進一步的表示，友誼，本來可以發展愛情的，可是她和他卻一直停留在普通朋友的階段。

　　黃娟以黎瑛的自殺及一封她給陳玫君的遺書造成本篇的第一高潮，在這一部分，作者要探討的是：一個人在記憶的深處擁有的，究竟是他渴望

的呢？還是他想排斥的？以及戰爭給人的影響。她對生與死的問題也有深刻的詮釋。本來，戰爭與死亡，都是一些老問題，從古到今，不曉得有多少作家，拿它們當寫作的題材。而往後的日子裡，只要人類仍舊存在，戰爭和死亡將繼續的被討論，因為這是兩個永恆的問題。

當然死亡有許多種。有人轟轟烈烈的戰死在沙場；有人無聲無息的在床上斷氣，無論那一種，我們可以深信不疑的是——死亡是一椿嚴肅的事，或許有些人的生命在某些人的眼中是卑賤的，死亡也就成為一個微不足道的問題，但無可否認死亡對當事人總是嚴肅的。在這種情況之下，居然有人願意以自己的手結束自己的生命，其中的不尋常，我們也可以想見。

儘管如此，一般人或多或少都曾有過自殺的念頭。事後想想可能很好笑，但在當時那一剎那，你我都可能會產生一種「一死了之」的決心。為何要死？這是一個很複雜的答案，每個人都不會一樣，譬如本篇中的黎瑛，她已經有了丈夫，有了孩子，她的自殺，既不是因為丈夫對她不好，也不是因為她不喜歡她丈夫，她只是感到疲倦，她受不了現實生活中的瑣瑣碎碎，生活似乎只是那樣：管理孩子，洗尿布和髒衣服，打掃房子，煮三頓飯，收拾碗筷盤子……她渴望一個不受干擾的休息，一個長久而安寧的睡眠——她就這樣心甘情願的被死神召喚了去。

對黎瑛這一個人物的刻畫，作者觀察得非常深刻，關於她為何自殺，作者藉死者的丈夫（倪南輝）曾予分析：

「黎瑛是個生活在夢裡的孩子，而她自己卻認為她從沒有過夢。她不了解自己，即使在臨死的時候。」

「她一直認為自己是個拿得起放得下的人，因為她對人生沒有期待，也就不會有失望，更不會有患得患失的心理。可是她一直感到空虛，卻不能接受空虛，正好證明她對人生有所期待。」

「她無法說明她想自殺的心情，曾經借助於沙特的存在主義，因為沙特的人物，通常是悲觀而絕望的，無理由存在的，她不禁想到搖曳著憂鬱思想的她也是個多餘的存在。」

「其實她不了解沙特，不了解存在主義。沙特說：『你除你的生存之外，一無所有。』可見這是嚴肅的生活態度，嚴肅的生活哲學。他不但覺得人要存在，而且要自覺地存在，不要糊糊塗塗地存在，不要掩飾自己的痛苦或逃避痛苦，要面對一切殘酷的現實，勇敢地，自由地選擇自己的人生。」

從作者所寫倪南輝的一番話，我們不難發現作者對生死的看法和態度。當黎瑛對陳玫君說：

「……人生有什麼目的呢？人生有什麼好期待的呢？愛情又有何不同？」時，陳玫君雖然完全給懾服了，惟她寧可不去相信黎瑛的話，而繼續在腦海裡描繪出她自己的「夢」。那怕她看見的是蒙上一層「紗」的「人生」，可是總比看見赤裸裸地裸露出醜惡的地方來得好些。她也相信這樣更能激起人類的生命力，促進人類向上的力量，一味地否認人生，總是不健康的。從這一段，我們更可以明白作者的思想和她的人生觀了。

由黎瑛的死，引出黎瑛的丈夫倪南輝及後來準備嫁給倪南輝的林文燕，本篇雖然從好幾個方向出發，但黃娟仍能運用懸疑的效果，她始終不把主線——于（余）啟光和黎瑛之間的關係說明，使得心急的人一路讀下去，總想獲得這一大堆人之間的糾葛，以及結果和答案。不過聰明的讀者當然會發現，事實上黃娟在第一節中就設下了伏筆，以後每次只要陳玫君談到黎瑛，于（余）啟光的表情總是很特殊，思緒也像飄得很遠，一直到第 11 節，于（余）啟光敘述往事，一切真相才揭曉，但一個高潮過去，又接著發展出來兩件讀者料想不到卻是順理成章的事，那就是：倪南輝和林文燕結了婚，以及范慶華（舉）從國外寫信給陳玫君表示對她不變的感情。

我又要引用王鼎鈞先生的一段文字：「〈愛莎岡的女孩〉……寫一個女孩子，因氣質相近，喜歡讀莎岡的小說，而莎岡作品的風格與人生觀，又反過來影響她的生活。這裡面所寫的都是夢一般的迷離恍惚的人物，但是又非常真實。」在我個人所讀的我國近代小說中，這是一篇結構相當複雜而奇妙的小說，你不能用三言兩語把它整個故事告訴別人，但你若說〈愛

莎岡的女孩〉只是由幾個故事拼湊而成的東西，又實在未免抹殺作者創作本篇的苦心和動機，事實上也是這樣，如果一心一意想從本篇中獲取故事的讀者，可能會對它失望，因為雖然離奇曲折，卻並不緊湊，雖然也寫愛情與性卻又不夠哀豔纏綿和火辣辣；許多片斷討論的是教育和青少年心理的問題，故事幾乎有中斷之感，這種現象，都不容易獲取愛看故事的讀者的好感。

　　大眾是由形形色色的人物所構成的，他們對於作家的呼聲，不外是：安慰我，同情我，關懷我，感動我；使我夢想，使我愉快，使我戰慄，使我悲泣，使我深思或使我有希望，在這種情形之下，大多數的作者都在朝著滿足讀者的這種傾向而努力，只有少數作者，仍堅持著自己創作的原則，黃娟的〈愛莎岡的女孩〉是一個通俗的題材，而所以又和通俗小說有別，主要的，我個人認為她是在藉幾個人物和幾個故事的連串，來表達她對這一代青年的認識，她並不以交代一個錯綜複雜的故事為目的。而是想透過這樣一個題材來解釋並反映現實的生活和社會狀況。

　　如果我們能從這一角度去研讀它，你會發現〈愛莎岡的女孩〉內容實在很廣泛，舉凡愛情、婚姻、家庭、留學、教育、戰爭、死亡以及性心理諸問題都有涉及，它表面平淡，但卻是一篇內涵豐富的作品，可以從多方面去欣賞它。

　　至於說到這篇小說不夠好的幾點，我個人認為除了前面所指偶有隨意拾人用爛的詞彙以及現成的句子之外，其一是人物名字的錯誤，拿于（余）啓光來說，最初出現時是于啓光，中途變成余啓光，到後來又改回原來的于啓光。范慶華（舉）也是一樣，名字前後不符，好在作者還沒出單行本，這些疏忽，出書時都可以改正。

　　其二，是于啓光的身分問題，于是有家室的人，和他同事的陳玫君一直被蒙在鼓裡似乎是不可能的，因為大家都是學校裡的同事，已婚和未婚收入不同，待遇不同，就是對方不說，同事之間傳來傳去也很容易知道，何況，目前的臺灣社會，同事之間，對於對方有沒有結婚的問題似乎都很

熱衷於打聽，更別說男女同事了。

　　其三，小說中的事件，最好在人物活動的狀態下自然進行，作者只需賦予小說中人物的生命，應該避免插話和直接批判對事物的看法，〈愛莎岡的女孩〉主要的四段情節，全是由當事人自己敘述，黎瑛的一段是藉黎瑛給陳玫君的一封遺書表明；林文燕的一段是由林文燕自己追憶；于啓光的一段，作者乾脆寫「于啓光的往事」；范慶華的一段也是藉范慶華的一封來信向讀者交代並銜接了上下文，而這四個人說話的語氣、腔調以及他們的感受，都未能建立起屬於這四人獨有的態勢，遂使人覺得，這些人的遭遇和他們所有的感嘆，其實都有幕後人在有計畫的導演，作為小說要件的人物，一旦失去了他的自由意志，以及喪失了操縱自己命運的能力，這小說予人的衝激力必將削弱，我的意思是，無論黎瑛或陳玫君或于啓光，黃娟在塑造他們時已經很概念化的替他們安排了一條「因為」、「所以」的路，黃娟如能放開手裡那條操縱他們命運的繩索，讓他們自己去走、去生活，這四個人對生命的痛苦或喜悅、悲哀或歡樂底感受，將更深入和廣闊，而不像現在這樣，所有的感慨其實都發自作者本人！黃娟用第一人稱敘述故事，也難免給人一種偷懶的感覺（雖然，我們可以從本篇各節中，發覺黃娟一定寫得很苦），如能把這四段枝節的敘述溶入全篇（當然，黎瑛的遺書可以是必須的）而由人物的活動發展故事，相信讀後的效果比較統一，情感的抽動，也可能比現在的強烈。

　　當然，基本上我們不能以短篇小說的眼光去要求它，沒有一個長篇小說能夠完全避免枝節，也沒有一個長篇小說能給我們一個單一的主題；〈愛莎岡的女孩〉在今日眾多的小說中，它有值得討論的因素，它應當受我們重視，因為，可以肯定的是，至少作者在下筆時，她本身的態度是嚴謹的，她的不只為換得一筆稿費，正如她寫小說不只是交代一個故事、也不只是為出一本書！

──選自《幼獅文藝》第 172 期，1968 年 4 月

臺美文學旗手——黃娟

序《愛莎岡的女孩》

◎鍾肇政[*]

◎先談少女作家——莎岡

　　老友黃娟女士大老遠地從美國來信也來電，要我為她即將重印的舊作長篇《愛莎岡的女孩》寫點什麼；而印行此書的前衛出版社也希望我能執筆，我自然是無由推辭了。

　　《愛莎岡的女孩》——當今的讀者說不定會覺得這是奇異的書名，難以索解，但是在比較年長的人來說，那是一點也不稀奇的。莎岡，是法國的一位女作家，作品曾經風靡一時，且遍及全世界，而黃娟的《愛莎岡的女孩》也曾經風行吾臺，洛陽紙貴，贏得了無數讀者的讚歎。

　　我不曉得莎岡（F. Sagan, 1935-2004）的作品如今還有沒有人讀，在世界文壇上取得了怎樣的一席地，但是在 1950 年代的法國，她以一部《日安悲愁》（1954 年），彗星一般地出現在彼邦文壇，靠一種嶄新的感性，益以簡潔、準確的文風，一時席捲了整個法國文壇，還被翻譯成數十種文字，風行於全世界。而當時，她還只是 19 歲的少女罷了。大概也是其後幾年內吧，此間也有了譯本，同樣地受到熱烈歡迎。

　　根據黃娟女士的年譜，她比莎岡年長一歲，可以說兩位女作家是生長於同一個年代，也同樣地有著不凡才華，但是黃娟可沒有像莎岡那種幸福的社會環境。在後者以一個偶然的機緣嘗試小說創作（據手邊的簡略資

[*]小說家、翻譯家、評論家，長期致力於臺灣文學、客家文化的藝文與公眾事務之推展。發表文章時為臺灣客家公共事務協會理事長，現已退休。

料，莎岡是在就讀大學一年級時，在一個考試的場合嘗到敗績，乃利用一個暑假寫成這麼一部作品），並一舉成名時，我們的女作家黃娟幾乎還是一個不識文學為何物，連運用文字來表達都可能極端困難，遑論夢想成為一個女作家的少女。無他，乃因她也和許多戰後崛起的吾臺作家一樣，成長於戰亂的年代，且最初受的教育是日語的。這一點應獨有事實為證（譬如年譜上的記載），並且她至今仍能操一口流利的日語，亦可佐證。可知當莎岡以少女作家之姿普受舉世矚目、驚歎之際，黃娟恐怕還在苦苦地學習中文，距離文學創作不啻十萬八千里之遙。

根據上述年譜（《臺灣作家全集──黃娟集》，前衛出版社）所載，1961 年條謂：「六月，處女作〈蓓蕾〉在《聯合報・副刊》刊出，從此廢寢忘食，熱衷寫作」，易言之，若以歲數言，黃娟在文學創作上，比莎岡遲了近十年之久，始踏出了艱辛的第一步。

哎哎，這已是整整 35 年前的事啊。

35 年前的這個時候，我剛發表了長篇小說《魯冰花》不久，算是初嘗「成名」滋味的當口，陌生讀者的來信不少。某日一位女性讀者轉來了另一位女性讀者的稿子，一看即覺得才華不俗，的確是個可造之材，但是她如何填稿紙都還懵然的樣子，便匆促中寫了回信，告訴她如何分段，如何填寫。過了這麼多歲月，這一段記憶還留在腦膜上。我甚至也幫她取了個筆名的。這就是黃娟其人，那篇作品該就是〈蓓蕾〉吧。

◎苦多於樂悲多於喜的年代

嘮嘮叨叨地寫了這些，只是為了明瞭一個時代，以及在時代影響下的女作家莎岡與我們的黃娟女士。莎岡出道的年代，是戰後第一個十年快結束的時候。不用說，那是從戰火兵燹摧毀下，漸漸步上復甦的年代，舉世都有重建家園的強烈意願是不用說的，但也正是東西兩大強權對峙，冷戰正熾的年代。於是代表青壯一代人們心目中，一切價值觀似乎都有著無所適從的惶然，「失落」、「虛無」、「荒謬」等詞成了口頭禪。莎岡的作品中那

種易感的、輕愁般的情懷，加上似有若無的一種倦怠感，成了一股新風，給眾多的年輕男女帶來了奇異的撫慰。

至於黃娟發表處女作的 1960 年代初葉，正如吾人所熟悉的，是所謂「白色恐怖」年代，人人都在驚悚裡過日子，文壇上更是一片反共、戰鬥、歌功頌德的黑暗時代。只因時代空氣給人的壓力太大，所以冀求「新風」的心態也來得熱切，尤其在年輕人之間吹起了一陣來自西歐的新思潮，於是人們也有樣學樣，把失落、荒謬那些詞掛在嘴邊，卡謬、沙特成了他們的偶像，到美國留學掀起了一股風潮，俾求掙脫高壓下的心靈苦悶。

不錯，1960 年代大概可以說是留美潮節節步向高峰的年代。每一個年輕人都拚命往臺大的窄門擠，然後出國留學。美國固然是他們心所嚮往的黃金國度，然而如今我們再來回憶那一段歲月，「淘金」也好，扛個學位回來謀高就也好，這些或許也都在他們想望之中，但是那邊的自由空氣，應該才是大家所渴求的吧。

《愛莎岡的女孩》便是產生在這樣的年代的文學作品。正如黃娟在本書上梓時，在後記裡所說：「……我們的苦悶多於歡樂，我們的悲哀多於喜悅……」她自己就有夫婿出洋留學、苦守家園的經驗。她有工作，有家庭，還要帶孩子，寫作便是在這樣多重生活的餘暇勉力進行的。即令有所憧憬，有所期待，眼前的苦悶與悲哀再加上那種沉重的負擔，艱辛的程度，恐怕在吾人想像之外，何況在外讀書的人也不可能事事順遂如意，越過重洋傳回來的訊息，或許免不得有不少是屬於挫折與苦楚的吧。不管如何，黃娟在這樣的窘境當中，終究完成了這樣優美而有深度的作品，實在令人欽佩！

◎一個迷失年代的女孩

本書所描述的，便是那樣一個年代的青年男女，差不多每一個都在夢想著出國留學，而在出去前，暫時找個工作做一做，各有各的盤算，卻都

是身在國內,而心則早已遠颺了。然後,有的一償心願出去了,有的則否,這其間或者有家庭問題,或者有經濟問題,更有婚姻的抉擇,充滿命運的捉弄與無奈。

其中之一的女孩,披一頭長髮,不注意衣著,喜歡聽爵士,有時喝一點酒。她的眼睛大而無神,一副懶洋洋的樣子,「為什麼對人生要有目的呢?你說青春有什麼目的呢?而且我們的周圍已經開始龜裂了,世界是要崩潰了嗎?如果真的崩潰了,不也挺痛快嗎?」這是莎岡文章裡的話,大概也是這個長髮女孩的話。作者就靠這個筆下角色,揭開了那個時代的一個角落。她是個戰爭孤兒──父親被日本人徵去南洋打仗,一去不返,母親在一場盟軍的空襲裡被炸死,而那時她就在母親懷裡僅以身免。好像也是這樣的身世,塑造了她的個性。她一定要擁有自己想要的,甚至也包括死亡,她於是留下丈夫與兩個稚齡的孩子,把自己給毀滅了。

這樣的人物,當然不能代表那個時代──事實是這本書裡仍不乏正面的角色,知道如何活得更像「自我」,然而那種虛無與荒謬,卻與莎岡筆下的人物頗異其趣。同樣是年輕女孩,莎岡的人物卻在輕愁與倦怠感裡,編織出淡淡的浪漫色彩,無疑也是極為動人的。其所以如此,應該也是社會環境不同所造成的吧。

◎從空白到東山再起

黃娟在那種蕭殺恐怖的年代,辛苦經營出這部作品,並因而一躍躋身名家之林。我也還記得此篇在報紙上連載時,人人爭睹的盛況,單行本出來後更是一時風行,迅即再版。這表示,作為一位女作家,她的前途應是一片坦途──當然也可能引來盛名之累,以致在高壓政局下,遭到扼殺。不過不管如何,她確乎沒有像莎岡那樣的幸運,可以把作品一部部寫出來。事實是她在此書出版那年(1968年),帶著兩個女兒,赴美與夫婿團聚去了。

記得我當時的感覺,似乎可以說是一種「失落感」──在留美熱潮

中，誰又能阻止誰呢？並且留學的確也代表著一種求進，何況她是萬里迢
迢尋夫去也，但是私下裡我卻覺得一位可寄予厚望的女作家（**至少我是這
麼認為**）從此可能從吾臺文壇消失。當時，也正是我廢寢忘食地投入創作
的年代，也賣力地幫吳濁流先生審閱《臺灣文藝》的稿件，苦守著這麼一
個僅有的臺灣文學孤城，衝鋒陷陣，目不旁顧，一心嚮往的是臺灣文學的
重建，使她在重重壓制下更茁壯，更欣欣向榮。而黃娟不但是從她邁出文
學的第一步，我便在一旁端詳的，並且也是極少極少的女作家當中，肯力
求上進的一位。我雖然對留學生的生活所知無多，然而想像中在那種陌生
的環境裡，求生活的安定已屬不易，何況她還必需照顧尚在稚齡的兩個千
金。繼續從事創作，恐怕是難中之難吧？

　　果不其然，她赴美之後作品驟減，以致不幾年下來甚至也完全絕跡。
連給我的信也逐年減少，末了只能在歲尾年初之際收到賀卡而已。我所擔
心的事態，終究發生了！

　　再次看到她有新作發表，已是 1984 年——根據她自己的說法，是沉默
了整整十年。從年譜可以看出來，她赴美後第三年有喬璋之喜，她之所以
能夠復出，多半是因為這位「美國製」孩子已經半大不小了，而大的兩位
千金也早已亭亭玉立，至少已唸到大學去了。她已較少有「家累」，可以放
手一搏。再者，蟄伏多時的「浪漫之蟲」終必會再次甦醒過來，不甘再瘖
瘂下去。想來，這也是事屬必然吧。

◎臺美文學的旗手

　　復出後的黃娟，不出所料地又成了多產作家，短篇、中篇、長篇樣樣
來，也有不少研究性的論文發表，到目前為止，上梓的著作已有十本以
上，換一種說法，她差不多是每年寫一本，她的勤奮與毅力，著實驚人！

　　特別值得一提的是，在她完成了東山再起的同時，也完成了蛻變。她
不再躲在家庭裡，也不再兒女情長，輕愁憂傷更一拭而淨，筆下出現的，
多半是所謂的「臺美人」——當然也是不折不扣的「臺灣人」——只因是羈

留異邦，所以他們有他們的苦難與淒楚，外加一股欲已不能的對故土臺灣的眷戀。易言之，她的作品裡增添了濃厚的「臺灣意識」。或許我們也可以說，她更像一名臺灣作家了。

這是一點也不足為怪的。她回到文壇的 1980 年代中期，也正是美麗島事件之後，國內黨外運動、民主運動風起雲湧之際，反抗獨裁統治，追尋臺灣人的尊嚴，是不分國內外所有臺灣人一致的願望，她自然不會置身事外。她用她那枝生花妙筆，刻畫那些形形色色的臺灣人的內心，善盡了作為一名臺灣作家的使命。

除了勤於執筆之外，她也恆常參與社會運動。她曾身任北美臺灣文學研究會會長，最近消息傳來，又當選北美臺灣客家公共事務協會會長一職，顯見作為一個臺灣作家，她的責任時時刻刻都在加重。去冬，她曾為了搜集寫作資料回臺，似乎有個宏大規模的作品正在醞釀之中。可以說，她的創作力與活動力，都處在巔峰狀態，因而可能在近中產生的新著，也就格外令人期待。

在這樣的當口，本書的重新上梓，意義也就顯得相當不凡，非僅可以重溫過往種種，俾能更深入了解女作家其人其作品，同時也可對她即將問世的新著寄予更大期望吧。

1996 年 3 月　識於九龍書室

——選自黃娟《愛莎岡的女孩》
臺北：前衛出版社，1996 年 4 月

異地裡的夢和愛
評黃娟的小說集《邂逅》、《世紀的病人》

◎葉石濤

　　我記得那是 1960 年代末期到 1970 年代初期的時代。嚴酷的冬天還籠罩著整個臺灣的天空，雪融的時代何時會來臨？那是遙遙無期的心願。一群剛開始起步的省籍作家以前輩作家吳濁流先生的《臺灣文藝》為中心，孜孜不倦地為臺灣文學未來的燦爛遠景而寫作。那時代的報刊雜誌很少，為自己的創作找尋發表的園地是非常困難的事。即使僥倖找到發表的地方，得到編者的青睞，但有時是完全沒有稿費的；即使有，只是象徵性的微薄報酬，只夠買幾本書或吃一頓美食罷了！我剛開始恢復寫作不久，自然退稿的機會多，偶爾有一兩篇作品得到發表，也就高興得真的睡不著覺了。而且下筆要相當謹慎，否則因一兩句曖昧的話就被情治單位叫去問話也是常事，我就有這個經驗。我常覺得臺灣作家是被上帝遺棄的一群受苦受難的人們，寫作對他們而言，無異是天譴。

　　在這樣的時代，黃娟的創作活動相當惹人注目。我讀了不少她的作品。時間已久，她的作品給我的印象也很模糊，但我留下的印象是她的作品結構很緊密，描寫力強，文筆很細膩。當然，作品裡的世界大多數以女性的遭遇為主，附帶出現的是家庭問題為主題的小說多。有人批評說，她的小說染上了存在主義的傾向，這使得我大吃一驚。那個時代的確是什麼都要跟存在主義扯在一起的時代，但是給黃娟的小說下了這樣的評語，的確是莫名其妙的。她的小說一向追求事實的真相，以細膩地刻畫人物的個性見長，冠以什麼主義，實在很不相宜。她寫了無數小說以後，忽然從臺灣文學裡消失。當然這是我的錯覺，我既不知道她的身世，也沒見過她，

所以發生了這麼一個感覺。其實,她是跟夫婿一起到新大陸開拓新生活去了。從此,我也不再看到她的小說;其實這也是一個錯覺,一個作家是不容易放棄寫作的,特別是像黃娟這樣已經把生活的重心放在文學的作家,她可以說也是個受「天譴」的一個吧!剝奪她寫作的習價,等於逼她走上發狂的路一樣。當然她一定繼續在寫作。

好像在這二十年來,她仍然在異國的土地裡一面為建立家庭而奮鬥,一面也一直在寫作不輟。

我們終於看到事實的真相了。此次,黃娟由南方雜誌社要上梓兩本短篇小說集,《邂逅》和《世紀的病人》,這才確認黃娟風采依舊,她的筆力絲毫沒有衰退,甚至觀察人生的細微已到爐火純青的成熟的地步。

這兩本小說集,除《世紀的病人》這一本集子的最後三篇小說〈選擇〉、〈陰間來的新娘〉和〈魔鏡〉是以臺灣為小說背景之外,其餘的小說都是以新大陸的生活為題材。但是她的以新大陸為題材的小說,不同於以往常見的那種留學生為主題的小說;抑或把大陸、臺灣、美國的錯綜複雜的政治關係為縱、認同為橫的小說,有濃厚的政治性和意識形態的小說。

黃娟的小說很平實。她把這些外面的政治和思想環境排除在外,只寫平凡的生活現實,而且用新移民的家庭主婦的眼光來看美國的生活現實的。所以她的小說裡有生活的困境,雪地裡的寂寞和孤獨,求愛和婚姻,職業上的挫折和種族歧視,但卻沒有吶喊、控訴和抗議。因此,她的小說從另一方面來說是很原創性的,如寫在異國裡如何適應生活、安排住居,如何跟鄰人相處等外在環境,以及在內心裡所受到的被歧視感、奮鬥、同情、孤獨和愛。

她當然很清楚一個亞裔美國人今日在美國困難的情境,也知道這是民族習慣的不同、政治制度的不同以及各種複雜的因素所造成的。但她不願用任何政治性的大張旗鼓的寫法來突出它,那只有一個原因,因為作為一個作家,她忠實於自己作品的風格,她願意保持她一貫的信念,在人的內心裡看到真實、善行,而不分人種的不同,她的確在新大陸也看到許多平

凡而善良的美國人。如果黃娟本身是地上之鹽，那麼她在小說裡也證實了美國是像她一樣由無數默默的大眾，跟我們一樣富有愛心的地上之鹽所組成的國家。民族雖不同，但人性是一樣的，黃娟的這兩本小說集清楚地告訴了我們這個訊息。

　　然而作為一個敏銳的作家，她也並不是把這世界看得十全十美的。美國社會制度的缺漏，亞裔美國人互相之間無情的競爭，殘酷的生老病死的摧殘，也同時構成了她的小說的另一根支柱。這讓我們更深刻的認知，凡是在太陽普照之下的任何一個國度裡，人性的缺失同樣存在。描寫美國的芸芸眾生的日常生活跟描寫臺灣默默大眾的艱辛生活沒有什麼多大差異。

　　由於這兩本短篇小說集，我們找回了黃娟。黃娟已經歸隊，重新加入了臺灣作家的隊伍。過去我們忽略了她，是我們重大的損失，何嘗不是她的遺憾。然而我們覺得黃娟應該面對更新、更大的挑戰。二十年是不短的日子。她既然在新大陸建立了穩固的生活據點，也融入了那個社會，也就不用再寫平實而風格固定的小說了。臺灣的雪融時代已經來臨，我希望她用更大膽的眼光，選擇更富挑戰性的題材來寫，突破老舊風格，更上一層樓。

——臺灣時報，1988 年 6 月 13 日

——選自《葉石濤全集 16・評論卷四》
臺南，高雄：國立臺灣文學館，高雄市文化局，2008 年 3 月

故鄉心
由《故鄉來的親人》談臺美人及黃娟的政治意識

◎許維德*

　　旅居美國的「臺灣作家」（泛稱），不乏以臺灣留學生為小說題材，但其意識形態上僅止於一般所泛稱「老中」的華人世界；而真正能以「留美臺灣人」（所謂臺美人）為長篇小說主題的當推黃娟為第一人，黃娟起於吳濁流先生所引導的《臺灣文藝》作家中，吳老先生不遺餘力地強調對臺灣本土的認同，黃娟身受這種強烈「臺灣意識」的「沖激」，加上本身對臺灣歷史，政治，文化的研討，使她自然而然地躋身於「臺美人」之間，她由兩本短篇小說《邂逅》與《世紀的病人》中的「華人世界」進入了長篇小說《故鄉來的親人》的「臺美人世界」可說是一條極為尋常的蛻變途徑，這是一般「華人」作家所無法了解，無法想像的；因為他們無法感受到留美臺灣人已不再是「華人」的一部分了。

　　1970 年代留美的臺灣人，大多來自中下階層，他們憑著自己的聰明才智獲取獎學金或借債來到新大陸，讀書之餘，有心無心地研讀在臺灣所看不到的書籍。——這對他們是一種莫大的震撼；身為臺灣人竟然不知臺灣的悲慘歷史。在國民黨的愚民教育下，臺灣人的前途在那天高地闊的中國大陸，臺灣人也一直為著反攻大陸或統一中國的神話而活著。這一震撼使他們啟發了對臺灣前途的重新思考，也由暗地的閱讀進到公開的討論，及至學業完成，在美求得一職半業，溫飽之餘，腦海裡澎湃著的「臺灣意識」使他們無時無刻不關懷著故鄉的一切。他們的處境雖各人有異，但身

*本名許定烽，發表文章時為《海外臺灣文藝》創辦人，現已退休。

處異國，仰人鼻息都有同樣一種「智慧與學識被剝削」的感受！他們為什麼不能學以致用，為自己的故鄉盡一分力量？當一個臺美人，由於對故鄉的認知與關心，進而挺身反對國民黨的暴虐政權，有的是孤軍奮鬥，痛斥國民黨海外爪牙的騷擾與恫嚇而上了黑名單；有的是組織或參加示威活動，公開揭穿國民黨的暴行惡法而被禁足返鄉。他們並不因此而退縮，反而愈戰愈勇，群起正面反抗，挑戰，毫無畏懼國民黨軟硬兼施的嚇阻，不過，有些人因在臺灣長期接受了「大中國」的洗腦教育，腦子裡所憧憬的是：如何當一個「頂天立地的泱泱大國國民」，來到美國讀書之餘，天天嚮往著「偉大的中國」，手捧馬列主義大典，一心一意期望著社會主義的興盛，當然還有少數人，由於其父母或父親來自中國大陸，受了平日父母言行的影響，雖然吃的是臺灣的蓬萊米，喝的是臺灣的自來水，始終無法認同臺灣，而以「中國人」自況，縱然不曾踏上中國大陸一步，仍是全心全意歸向夢幻中的祖國大陸。

《故鄉來的親人》一書中，黃娟以三對夫婦來代表三種不同的類型，囊括了前面所述的三種意識形態。書中主角康義雄由「只關心而不過問」提升到挺身參加活動，反抗無理的暴權，可說代表了 1970 年代初期大部分的臺灣人。當時，大多數的臺灣人不是還在學校，就是剛出校門，經濟能力薄弱；加之美國社會有待適應，自然而然先求獨善其身，及至生活穩定，無形中就對故鄉的一切，由關心而參與，也是極為自然的現象。張哲彥嚮往中國，參與釣運；幸因熟讀臺灣歷史而不致左傾，進而加入反對國民黨的行列。王念京，顧名思義，作者取此名乃在顯示在臺灣少數人，唯「新中國」是好，盲目地憧憬他的「偉大的中國人」。由於一連串政治事件的沖擊，第一類的臺灣人也會在「心中點燃了熊熊的怒火」。從而參加示威遊行，具體地表現對國民黨的不滿。這一類的海外臺灣人乃是在美各種團體組織的基本成員。第二類的臺灣人由嚮往新中國而到認同臺灣，是一件值得欣慰的心路歷程，因為當年參加釣運，後被國民黨貶為左派的人士，很多盲目地崇尚表面上強大的新中國，而儼然以「社會主義」的傳教師自

命，認為今後的世界必然是「社會主義為主導」的世界。其中不乏因左右不逢源而自行消聲匿跡，從此不見影蹤。天安門慘案以及蘇聯的解體，足以印證他們錯誤的思維，因之他們的認同臺灣，其「感受」必定比他人更深一層，第三類的王念京，由於家庭背景的影響，只有盲目地崇拜祖國，並沒有認真地去分辨是非；反正，「好壞都是中國人」，這一類型的人物在美國這種民主自由社會中耳濡目染，如果能夠稍加思考，比較，相信他們也有「脫胎換骨」蛻變的一天。

臺美人雖有不同類型，不同意識形態，但大多數的人由於「政治意識」的一致，使「臺美人」突顯出成為一個與「華人」不同的特殊族群。他們把對臺灣的關心變成了生活的一部分，產生了有如唇齒般密切的關係，作者雖然言明本書「不是政治小說」，也由於本書的主題在於描述舅甥兩代之間的恩怨與人格上的質變；因此對於與大多數臺美人無法「分割」的政治事件，看來輕描淡寫，著墨不多，但卻是無可避免地一件接一件地出現。

在這些大多數臺美人親自感受到政治事件中，以美麗島事件的衝擊最大，也最為突顯，國民黨眼看黨外勢力日漸茁壯，試想一網打盡黨外精英的「錯」施，反而促成了島內外臺灣人的挺身崛起，顯示這一代的臺灣人已成長了。他們繼承上一代果敢無畏的精神，走上街頭，進入法庭，使全臺灣人認清了國民黨統治臺灣的非法性與殘暴性。縱然國民黨擁有絕對的暴力，但其暴力的瓦解乃在於臺灣人政治意識的覺醒與提升。美麗島事件正是一個轉捩點。國民黨將美麗島事件與「叛亂」扯上關係，以避開國際社會的指責，其主因一如黃娟在書中所指出：「中美建交是國府在外交上的一大挫敗，在國際關係岌岌可危的時候，自然不允許黨外勢力坐大，何況以暴力鎮壓來打擊和瓦解臺灣的民主運動，就是當局所採取的一貫政策。」對美關係，國民黨是註定要失敗的，因它堅持代表全中國的空洞神話，已在國際上失去了實質的意義。而在其獨裁獨霸的體制下，三四十年來國民黨就是副「做賊喊賊」的德性。作者對美麗島事件的無理審判，提

示一句：「這怎麼就構成『叛亂罪』呢？」多麼令人震撼而有力的批判！國民黨正是欲加之罪，何患無辭」？她更藉著示威遊行的「口號」喊出由衷的心聲：「不要亂抓愛國的知識分子！」、「立刻放人！」、「取消戒嚴！」、「開放言論，出版，集會的自由！」、「實行真正的民主政治！」等等都是島內外臺灣人共同的訴求！

對於慘絕人寰的林家血案，臺灣人中誰也不敢相信天下竟有冷血的殺手！黃娟在書中對此慘案用筆不多，但她內心無限哀痛的吶喊滲入字裡行間：「這樣沒有人性的殺手，應該不屬於人類吧？」、「彷彿世界上有一些人什麼都做得出來！」國民黨擁有一群舉世無雙，毫無人性的殺手，他們的確是什麼都做得出來的，當年楊虎城一家大小如何遭到滅口，以及舊金山的劉宜良如何被「江南」掉，就是最好的明證。

在美麗島事件發生後，黃娟藉著《被出賣的臺灣》一書而回溯二二八事變來加以比較，她寫著「二二八血淋的鮮明事實」令人「胸口激烈地抽痛，一顆心好像淌下了滴滴鮮血！」這是何等有力而淒切的描述！凡臺灣人讀到這一段悲慘的歷史，誰不悲憤？落淚？國民黨如此草菅人命，多少臺灣精英無辜喪生！而美麗島事件，國民黨更是明目張膽，公開抓人栽贓，以「叛亂」加以審判治罪，毫無天理，臺灣人對國民黨的惡霸作風，敢怒不敢言，顯示萬分無奈！為了證明美麗島人士的無辜，臺灣小民以高票把黨外的家屬送進議場，與國民黨一較長短，向國民黨宣戰，對國民黨是多麼大的諷刺！在國民黨獨裁的統治下，臺灣人「坐牢」成了一種「正義勇敢」的象徵，「坐牢」也是反對運動者走上政治途徑的「踏板」，自美麗島事件後，臺灣人不再以「政治犯」為恥，反而覺得無上光榮，國民黨真是弄巧成拙！

陳文成命案乃是國民黨試想把魔掌伸向海外，藉以堵住海外臺灣人反抗的怒聲，結果卻是適得其反。國民黨的阻嚇反而引起了海外臺灣人的激怒，群起攻擊。美國國會甚至為此舉行聽證會，使國際社會更進一步認清國民黨猙獰的真面目，國民黨任意殘殺無辜，天人共憤！雖然國民黨藉其

御用媒體繪聲繪影地大筆渲染陳文成因畏罪而跳樓自殺，但根本沒有臺灣
人會相信國民黨的鬼話，就陳文成身體的創傷，作者提出嚴苛的指責：「這
明明是刑求致死，是政治謀殺！」這也是大多數臺美人所公認的事實！

　　無可諱言的，黃娟身躋臺美人之列，認知臺灣四百年悲慘歷史，更洞
察了四十年來國民黨對臺灣人的蹂躪與剝削，在寫臺灣移民兩代間的人格
質變之餘，藉小說人物的口中，指責國民黨的凶惡殘暴，這正是身為臺美
人責無旁貸的「政治使命」吧？有些人以為小說家並不需要有什麼政治意
識，其實，作家本身的意識形態正是他寫作意向的指引。日據時代皇民作
家與本土作家的不同，國民黨時代反共八股作家與臺灣作家的差別，都可
看出作家內心意識以及其作品的迥異。黃娟把其高漲的政治意識注入她的
長篇小說之中，對國民黨提出了臺美人共同的訴求與嚴銳的批判，給《故
鄉來的親人》一書賦予特殊的意義，島內的讀者必能由書中了解在美臺灣
人的意識形態，乃在於摒棄國民黨的殘暴政權，追求一個民主自由的共和
國；而海外的讀者可再度感受到過去對故鄉的關懷，更進一步深思臺美人
今後的走向，以及如何繼續回饋故鄉，早日實現臺灣獨立自主的共同願望。

——選自《文學臺灣》第 10 期，1994 年 4 月

從異鄉到故鄉路有多長
寫在黃娟小說集《山腰的雲》前面

◎彭瑞金[*]

　　黃娟又有了新作問世了，《山腰的雲》收集了她近三年間（1988～1991年）發表的 11 篇短篇小說，也是她 1980 年代復出以來交出的第四張成績單。一如過去的每一個文學世代，總有新的、前衛型的作家，跑在時代的最前面擔任衝鋒陷陣的任務，然而卓然有成的作家以其穩健的文學風貌督軍坐鎮，亦有其不可或缺的地位，因為他們猶如掌握了整個時代文學最基礎的磐石，是整個時代文學的重心，黃娟在 1980 年代毅然歸隊，重新加入臺灣文壇，其意義當作如是觀。

　　屬於日據時代的鍾理和、吳濁流、楊逵之於 1950、1960 年代的臺灣文學，戰後第一代的鍾肇政、陳千武、葉石濤之於 1970 年代，李喬、鄭清文之於 1980 年代……，仍勇健地展現其文學，絕不止於是文學譜系承傳的象徵意義，其存在，對文學運動而言是一項實存的宣示，就是最好的見證。屬於 1960 年代的黃娟以勇邁的步伐再踏進 1980 年代的文壇，以一個離鄉二十多年的異鄉遊子精神回家，姿勢尤其特別。無論從《故鄉來的親人》、或者《邂逅》、《世紀的病人》，都證明黃娟的復出，不是僅止於作家對其缺席的作家位置的復歸，她確鑿在這缺席的歲月裡，有其新的體悟、反省，既作為她復出的創造動力，更證明她在 1980 年代所占的文學位置，充實了臺灣文學版圖不可或缺的一角。

　　如果拿《山腰的雲》以及前面的三張成績單和她 1960 年代的作品做個

---

[*]發表文章時為《文學臺灣》主編，現為《文學臺灣》總編輯、臺灣筆會理事長。

比較，毫無疑問地可以證實經歷這一長段缺席的歲月，黃娟由裡到外都有巨大的蛻變，她是以嶄新的身分重現江湖的。早年的黃娟寫作心情，也許正切合她的一本小說集名——《小貝壳》，晶瑩剔透，但也脆弱易碎，畢竟不免是浮現生活亮層的表徵。1980 年代的黃娟，隨著生活環境的變遷，已經成了羈旅異鄉多年的臺美人，更隨著歲月的流轉，一旦重新選擇文學，理當不再有賞玩人間光影的小兒女心情，而是嚴肅地記錄來自心靈、生活深處的刻痕，因此，黃娟的復歸，作為時代文學的見證之餘，她在整個臺灣小說版圖中的位置也是嶄新的。我相信，有臺美人，有臺美文學參與的臺灣文學，無疑會是更完美、更充實的；不過，在接納臺美文學的同時，無論是臺美文學作家或本地讀者，都要做好飛越「留學生文學」的準備。其實，以黃娟臺美人經歷，以及赴美前已卓有成就的小說寫作經驗，她比誰都容易測出從異鄉到故鄉的距離，這樣的距離所提供的觀察故鄉的方法，對黃娟而言，恐怕也是她重新寫作的動力所在。

臺美族的形成可說是四十多年來臺灣社會處在不確定狀態下的產物，臺灣人的出走移民潮汐的起落，正像是臺灣社會的穩定性測劑一樣，準確地測記了臺灣內部體溫發燒的高度。黃娟是屬於 1960 年代後期的移民，她走在那個「出走」的時代行列裡，一定有其理由以及感觸，她以文學精神歸鄉也有其選擇的意義，二十餘年間，從出走到回歸，從臺灣到北美，從異鄉到故鄉，事實上充滿著錯綜複雜、不是容易理得清的關係，而故鄉從令人絕望的棄壤到耐人探索、關懷的生活之根，相信作家和她同時代背景的人心態的轉變，是經過長途的心靈跋涉的。黃娟擁有的追逐生活的作家本質，一定清楚從異鄉到故鄉的路有多長？相信她更清楚這些都是臺灣社會不可切割的一環。

曾經，臺美人是臺灣社會的一扇窗，它延伸了臺灣社會的心靈視野，也許，今天它還是一扇窗，讓鬱積過久的霉氣悶氣從這裡散出去。黃娟作為一個臺美人作家，在眾多的牽牽葛葛中，她並不是因為適巧站在窗子的另一邊，偶而看到了這些人生風景而已，作為長年羈旅他鄉的遊子，這一

扇窗，在她選擇放棄、出走、漂泊之後，終將成為她的希望之窗；也透過這扇窗，她可以找到作為在故鄉缺席的臺美人的精神歸屬，我相信黃娟這樣的心理整備是充足的，《邂逅》和《世紀的病人》已經表達了這一點，《故鄉來的親人》也再一次予以印證，《山腰的雲》則進一步顯示了作家內心歸鄉之情的急迫。

　　1980 年初初返鄉的黃娟，「窗」的意象十分刻板而顯明，她要向窗內傳遞訊息的姿勢還是相當誇張的，她訴說離鄉遊子的孤寂與清苦，傳達臺美人族群的勾心鬥角、互相排擠，異族群間友誼的甘美，甚至是世紀之疾──愛滋病的世界；我相信這些都是因為黃娟落筆之際，站在島嶼邊緣的意識自覺太過清晰，鄉情的濃烈被適度的壓抑著的緣故。看得出來，黃娟寫《故鄉來的親人》時的情緒是經過整理的，它被提升為臺美與島內對話的形式，透過島內外雙方流動的方式，探索故鄉的人與事，雖然，黃娟在之中提供了臺美人為基準的觀測距離，但返鄉的姿勢則要坦然許多，羞怯盡除，也正因為這種理所當然吧！儘管《山腰的雲》仍有部分夾帶；〈燭光餐宴〉還是寫臺美人在擁擠的北美社會互不相容的故事，〈大峽谷的奇遇〉仍然寫愛滋病，〈蘋果花香〉依然寫北美社會的「邪風異俗」，〈波斯灣風雲〉同樣是美國社會的波斯灣戰爭現象，〈艾美的迷思〉也是寫動輒離婚的美國社會下受害的子女，仍有局部的臺美文學模糊的焦點或盲點，比較值得注意的是，直指 1950 年代白色恐怖的〈秋子〉，寫女學生的失蹤，〈警棍下的兒子〉直接抨擊憲警施暴良民、學生、記者、民意代表的五二〇事件，〈劉宏一〉則是從故鄉延長到北美的省籍衝突，《閩腔客調》反映了閩南語霸占臺灣語言權利下的客家人邊緣處境。之間，明顯的可以看出這些作品的強烈與明確，是因為作者拋開了「不在場」、「缺席」、「邊緣」的疑惑與顧慮，縮緊了從異鄉到故鄉的距離，可相信的，這不僅止於作家意識的自覺，已經構成了行動的動力，〈尊姓大名〉從原住民被荒謬安置漢姓的過程，反映外來統治政權一再企圖將臺灣人滅族的相同惡質。

　　這裡，黃娟早已不是早年的婉約清新了，她已經完全拋棄了離鄉遊子

的近鄉情怯，而成為十足的在場參與者了，《山腰的雲》更進一步證明，她不以精神歸鄉自足，親自走向原住民的鄉、走進原住民的家去親近體驗故鄉土地最心臟的部位，聽它的呼吸、聞它的氣味、量它的心跳、暴露了復出的黃娟真正的寫作野心。黃娟絕不是被山腰的雲靄困惑，或者因它的雰圍著迷，而是撥開疑雲見真章。跟著山腰的雲回家的黃娟，腳步是雀躍的，而且不會迷路。

　　我想、臺美族的存在正因為對故鄉的不放心而來，而臺美文學的存在，也正因為無法放心的走進美國文學，可見環環圈繞不可少的是故土臺灣，臺美文學離開故鄉而思考將是沒有意義的，身為臺美文學作家，放心的回家也就成了第一要義。雖然我也不認為，回家是沒有條件的。昔日的倉惶離鄉出走，到理直氣壯地把在北美的豐饒之土上視為理所當然的覓食活口大地，應是不算短的生活跋涉。如今，要顛覆這一切，再重新尋找精神歸鄉的路、路何其漫長而艱辛？黃娟想必已有完整的盤算。固然、臺美人回家的路並非乏味的單行道，跟著雲兒回家也不是唯一的通道。

　　臺灣移民的故事，臺美人的故事，嚴格說來，正是近半個世紀來臺灣現實圖像的縮影，它反映了臺灣人民精神上的一道缺口，黃娟作為臺美文學的作家，如果停留在敘說這些故事而自足，我想她會有一輩子說不完的故事，但黃娟作為臺美人作家的可貴在於她不撿這種便宜，在急著緊縮從異鄉到故鄉路程的同時，並未忘了準確地掌握觀測的焦距。黃娟的文學歸鄉，絕不是一項新的割捨與放棄，設若她一旦放棄「臺美人看臺灣」的寫作焦距，首先她便要失去臺美人社會、心靈底層豐富的蘊藏，況且怯怯地跟在島內作家的腳後學步，也是不智的。舉個例說吧！島內的作家一定寫不出〈劉宏一〉，但是〈警棍下的兒子〉、〈山腰的雲〉對作者或許是全新的體驗，對臺灣文學而言，則不一定非勞煩黃娟動手不可的；我想、黃娟復出以來，的確以「臺美人文學」填補了臺灣文學版圖上虛懸已久的一塊空闕，是沒有爭議的，也慶幸她正站在臺美族群豐富的生活礦藏上，等待的只是如何往下深掘罷了。黃娟以《山腰的雲》對她的返鄉行動，再一次做

了嶄新而堅定的宣示，其用心之切、用功之勤、對所有的臺灣文學工作者
都是深具鼓舞的吧！

——選自《臺灣新聞報》1992 年 4 月 23～24 日，13 版

文學的伴侶

序黃娟的《心懷故鄉》

◎翁登山[*]

德國的哲學家康德（Immanuel Kant,1724-1804）是近代認識論的大師。他相信：「認識」是積極的獲取過程，知識必須經過努力才能求得，所以消極不進取的態度是認識的最大障礙。康德的學說在近代德國人之間引起了極大的反響，於是唯勤主義蔚然成為風氣，人人刻苦耐勞，認真工作，精益求精，奉「唯勤」為道德，視「懶惰」為罪惡。

根據史學家的記載，古代的日爾曼民族（即現代德國人的祖先）是非常懶惰的。男人大多遊手好閒，喜歡賭博和酗酒，一直到了中世紀，文明大開，而德國人仍舊因循苟且，不願奮發圖強。不料自從康德的學說盛行之後，德國人開始崇尚勤勞，甚而迷信：凡是不勞而獲的事物都是毫無價值的。當時的德國詩人席勒（Johann Christoph Friedrich von Schiller,1759-1805）就是康德的信徒之一。他曾經寫道：「我感觸到了你的友情，可惜這一份友情的喜悅是平白得來的，因此我很擔心它是否有道德的價值？」足見唯勤的認識論容易養成知識分子的冷峻與傲慢。再說後來德國人的國家主義特別高漲，推其原因，似乎也是受到康德學派的影響所致。

中世紀的意大利神學家聖托馬斯（St.Thomas Aquinas,1224-1274），早在康德之前就已經在思想界作了卓越的貢獻。他的哲學恰與康德的相反，因為他相信：認識是被動的授與過程，知識是撿來的，並不一定要費力苦拚才求得。人生沒有比生命更寶貴的東西，但生命出於神授，是被動撿來

---

[*]翁登山（1932～2015），嘉義人，黃娟之夫。曾任職於中央研究院植物研究所。

的，所以人生的活動，不論是求學、交友、成家、立業或遊樂，都應該以感恩的態度去進行，如此才能享受人生。總之，一切美好的事物都是被動的授與，這就是聖托瑪斯思想的出發點，難怪康德苦學終生，守時精勤，嘴巴老是閉成一字，身體則瘦削如柴，而且中年以後時常顯出憂鬱症的癥候。反之，聖托馬斯則懂得生活的情趣，結果同是壓倒一世的大學者，他總是笑口常開，心廣體胖，很像東方寺廟廣場的彌勒佛（聖托馬斯的洋綽號是「雄牛」）。

　　夫妻的結合有時是相反而相成的。屈指算來，我與黃娟已經共同生活了 31 個年頭，她的生活態度傾向於聖托馬斯，我則動輒以康德的信徒自居——這是年輕時候的幻想，說不上是見賢思齊，但也無意攀龍附鳳，只是信筆寫下了這個與身分不相稱的比喻，未便賦予「道德的價值」。總而言之，黃娟的樂觀和穩重，從頭到尾都在補救我的悲觀和冒險。我們的家像是一條小漁船，我下水捕魚，她則帶著三個小孩划船跟進。如果沒有小船在旁壯膽，我是不會游水游得這麼遠，這麼持久的。她在船上料理一切，我才能放心向前游，有時離船稍遠，我偶而回頭看她，她總是笑臉可掬，似乎沒有什麼委屈的模樣。如今異鄉的星霜已回轉了 25 次，子女也都長大成人，紛紛離船自立。孰料當我捧讀黃娟的《心懷故鄉》自序時，竟然看到了她描述當年感到孤苦無助的文字：「當親人遠在海角的時侯，這兒沒有一隻替手，也沒有一塊求得安慰的地方，即使病了也要做，累了也要做，每一件事情都要硬著頭皮去闖……」。這一下真叫我難過得無地自容（寫到這裡，我重新讀了黃娟的〈寄母親〉一文，我欲仰首止淚，結果是淚水流更流）。回憶那時我剛放棄了農學，而冒然改攻統計，縱使急須補修許多數學和電腦的課目（也是硬著頭皮去闖的），當也不該那樣淪為沒有感性的唯勤主義者——趁機懺悔一番，以示大丈夫「知廉恥，辨生死」的英雄本色。現在言歸正傳，讓我再說一句心底的真話：黃娟不啻是我的第二生命，那不是被動獲得的，而是我窮畢生之力「刻苦耐勞，認真工作，精益求精」始得的成績；沒有她的笑容和溫存，就沒有支持我苦學唯勤的原動

力，也就找不到奮鬥的人生之道德價值。

笑口常開的黃娟也有她的脾氣。每次我對她說：「妳笑起來像個彌勒佛！」，她就不高興地靠過來用力捏我的尊腿。事實上，仁慈的造物者對她是相當厚待的：即使到了中年，她受賜的仍是一副適中的身材，所以才不必節食寬衣，才有餘地頻頻作感恩狀。只是一聽到「彌勒佛」三個字，她就聯想到那便便大腹，因而不喜歡我做的比喻。不過有一年的聖誕前夕，我心血來潮搬出了我的文具，然後揮毫給她寫了一副對聯（出處不詳）：

開口便笑，笑古，笑今，萬事付之一笑！

大肚能容，容天，容地，於人何所不容？

她看了居然會心一笑，隨又笑得像個彌勒佛。可憐我的尊腿還是難逃一捏之災。

黃娟早在 1960 年代就開始在文壇上舞文弄墨，表演自成一格的「健筆操」，她的文筆有如穿了貼身運動衣的體操女選手：柔和、樸實、輕巧、有魅力。這些特質原是身軀與手腳的綜合力學之化身，是由先天的稟賦和後天練就的工夫合成的。因此依照唯勤主義的標準，黃娟的文章是有道德價值的——有關她在《心懷故鄉》中收集的文章（未包括小說和文學評論），以及她近四分之一世紀的寫作歷程，她本人在自序裡已經作了簡報，恕我不再重複。

1980 年代以後，島內外的民主進步力量日益茁壯，如今島內的政治早已達成了多元化的雛形。然而，道高一尺，魔高一丈，一向騎在島民頭上的保守反民主勢力，眼看潮流不利，反而變本加厲，一面逼迫政府不得認同自己經營的國土，因而導致政府本身的精神分裂，一面繼續加緊掌控大眾媒體和教育系統，藉以消滅島民的本土意識。半世紀以來，本土作家的作品一直受制於當局的畸形文化政策，因而始終不能廣為流傳。現在又遇到保守反民主的殘餘勢力串聯反撲，作品的出路依然困難重重。處在這樣

青黃不濟的艱困時際，黃娟的「筆眼」還是一直緊跟著民主化運動的跑道移轉，一路堅持「只問耕耘，不問收穫」的既定方針，不屈不撓，繼續埋頭筆耕。我在公餘有暇也傾全力幫她從事文學的推廣工作：「妳的文字，無論一橫或是一豎，都是一顆良性的維勒石（Virus），遲早必會蔓延於島內外，引發廣大讀者的『認同感染性』」，我時常這樣安慰她。

　　我是個不郎不秀的科學工作者；本來黃娟請我給她這本文集作序，我是有意要推辭的；後來經她一再催促，且又害怕延誤了時間對我的尊腿不利，便硬著頭皮勉為其難了。

　　我們每一個人都有一首生命之歌。在有生之年，大家最好「攜手合作爭民主，聯聲高唱生命歌」，無論是合唱或是輪唱，都要像滾雪球一般，唱得一批比一批更響亮。那麼有朝一天，海闊縱魚躍，天空任鳥飛，我們便有真正屬於自己的自由天地！

1993 年 12 月　於華府

──選自黃娟《心懷故鄉》
臺北：前衛出版社，1994 年 5 月

十年沉澱

序《婚變》

◎彭瑞金

　　黃娟復出臺灣文壇，整整十年。她這十年間的勤奮，實在不亞於 1960 年代，她初初投入小說創作時的熱切和努力，或許是個性使然，黃娟對文學的認真，只要翻開她的寫作年表，也就一目瞭然——1960 年代和 1980 年代一樣洋洋灑灑。當然，她曾經停筆一段不算短的時日，她自己雖表明，即使停筆亦未完全離開文學，我也曾經預言，1984 年復出的黃娟是有備而來的，她的「出手」明顯地洩露了曾經蓄積了相當豐厚的文學熱力的祕密。

　　復出十年，黃娟對文學展現的既是初戀者的熱切，也是衛士的奮戰精神，幾乎平均一年多一點就有新的作品集問世，短篇小說、長篇小說，都不叫人意外，寫作範疇還兼及評論和報導，全頻道的文學出擊，或許顯示黃娟有急著要捕捉的理想，和焦慮地要展布、散發的文學熱量，補償她曾經空白的、缺席的臺灣文學史頁？還是適時、適境地，她的文學自然地復甦了？

　　其實，這些年來，在仔細觀察，盡量避免錯過黃娟復出後的所有作品，並試著從記憶裡檢索印象裡的黃娟文學，我非常注意重新燃起黃娟文學的始燃點何在？誠如臺灣這座一再被扭曲的島嶼，一再被扭曲的歷史面相一樣，臺灣作家不論是內心裡的，或者展現在作品情節和意念上的尋尋覓覓，坦白說，是相當艱難的自我型塑、標定的心靈建構工程。然而，如黃娟，曾經放下臺灣人，臺灣作家身架，離鄉背井，曾經嘗試在更決絕，更徹底的割棄的基礎上思考過自己的「臺美人」，在 1980 年代，臺灣文學

的旗幟升起，文學本土化，自主性的號角響起之際，文學的問題，的確不是行動歸隊這樣簡單的命題可以輕易克服的，而且最難說服的恐怕還是作家自己的心靈。也許根本沒有人在意，甚至也無人有暇想起，過去一度朦朧、晦暗的歲月裡，誰在哪裡？誰又在某一場文學盛宴裡刻意或不刻意地缺席了？唯獨作家的心不能。

　　黃娟是在 1980 年代以「臺美人」作家的身分，重新加入臺灣文學陣營的，她也是這種身分負荷特別重的作家，雖然「缺席」的話題不是她首先提起，但她對缺席的耿耿於懷卻是「躍然紙上」的。從黃娟返臺的見面禮《世紀的病人》和《邂逅》兩本集子裡，混雜著臺、美二族社會的取材，便透露著一種近鄉情怯的試探心情，也暴露出她內心裡一些朦朧──到底，應該以怎樣的角度、心態切入臺灣本土意識抬頭以後的文壇？相信是她再投入創作之前置思考、一項很在意的課題。

　　包括黃娟的自序在內，若干黃娟文學的評論者也都不能完全擺脫 1960 年代黃娟印象，到底曾經是一個非常家庭、傳統女性觀的閨秀型女作家，如何重新走進衝衝撞撞的 1980 年代臺灣文壇。儘管許多人善意地以「復出」的喜悅來掩蓋這層小小的疑慮，然而黃娟的內心可能還是格外地清楚這一點。黃娟在向臺灣文壇提出創作作為「復出」的「申請」前，她實際上已經透過對其他作家作品的研究，和積極參與了「北美臺灣文學研究會」等程序，在為自己的新作品找位置，對自己的文學進行反省的手續。

　　所以當她實際站穩了「復出」臺灣文壇的寫作姿勢後，便逐漸掌握了自己「臺美人」作家的立場，一方面在形式上以嶄新的面貌出現，另一方面，在作品的內涵上，她在向過去的黃娟進行一項「割捨」的儀式，並且有意的預備了為不在場缺席指控的辯詞，這就是後來，她有些作品在語氣上顯得「激動」，題材上都要沾一點政治味道的原因吧！我相信那個階段的黃娟是有點疑惑的。她在認真地測度從臺美人所處的異鄉到故鄉的距離，或許她對臺美人作家的身分也保留了某種程度的疑慮吧！到底是反客為主呢？還是扮演冷眼的第三者？我想，就當代整體性的臺灣文學本土化思潮

下，以黃娟的文學履歷，要重新走進臺灣文學的心臟地帶，並沒有置身事外的機會，恐怕黃娟心裡也明白，唯有勇敢地跳進去，她的復出才有可能，也才有機會進入臺灣文學的陣地。

當黃娟比較正式，正面的走回臺灣文學之後，除了非常積極地推動「北美臺灣文學研究會」會務，積極地以「臺美人」角度創作之外，她更試著和故鄉建立更緊密的連繫，她回來看漁民，到山腰上看雲──探訪原住民部落，這固然和她嘗試寫《故鄉來的親人》的計畫有關，若就她整體的文學新體質的建立、改造而言，她是在尋找更真切的，更準確的故鄉位置，作為作品的發聲距離，可能再度困擾黃娟的是，她已經不可能若無其事的回到 1960 年代的位置發音，她的臺美人身分是她在創作上必然要脫卸的「枷」，也是她極應轉化的作品立足點的「家」。黃娟自己是相當看重《故鄉來的親人》這部作品的，坦白說，她是破天荒地為激動人，人也被激動的 1980 年代的，各個不同階段和懷著各種不同理由，滯留在海外的、如「臺美人」的海外臺灣作家復出，發現了文學的發音位置，值得記一大功。

不過，捨開黃娟的立場，《故鄉來的親人》是還有些割捨不去的羈絆的，整體的作品主題設計上，她有對自己的文學返航行動充滿了脫卸不了的猜測成分，因此當小說需要透過發生在臺灣的重大政治事件──二二八、陳文成案、林家祖孫命案──提醒小說的臺灣意義或價值時，固然是延續了當初文學返航的一些念頭，卻也不自覺地延續了作者對自己文學的疑惑、自信不足──落入了言詮。1980 年代初期，當政治詩、政治小說、政治文學這些議題被提出來討論時，也很少作家能公開抵抗這種赤裸的非文學職務加諸文學的無理要求，顯然這是源自於臺灣人歷史和文學史的悲情，但排斥政治文學主張的言論中，卻鮮少人是為了劃清文學與政治的界線，只是憂慮政治文學的一窩風，可能成為文學迷失自己的口實。

謝里法在評論黃娟的《故鄉來的親人》──〈從政治邊緣切入的臺灣故事〉一文的結語中說得好，他很含蓄地說到黃娟文學的未來性，他說黃

娟只要堅持海外的角度、挖掘臺灣問題，讓政治溶入，「到那時候也許什麼政治事件都在她小說中消失了，說它是不是政治小說也已經不重要。我們閱讀黃娟的小說將有如雙手觸摸到臺灣人的身形，感受它脈搏的躍動，從而看到一個活生生的臺灣人在自己的歷史舞臺現身……。」謝里法期許黃娟成為真正「臺灣作家」的熱切，為復出的黃娟文學畫好了發展藍圖，卻忽略了黃娟在心裡重新進入臺灣文學的焦急和疑慮，但這種當事者與旁觀者的落差是合理的。

當黃娟再推出《婚變》這部長篇後，相信她是深深體悟了謝里法的期許的。《婚變》是割捨得十分俐落的臺美人的故事，是純粹的臺美人之間的婚姻故事，有婚姻的危機、轉機和破滅，有婚外情，有婚姻暴力、有婚姻生活的檢討和反省。在所謂臺美族群間，有兩性之間的、男性與男性之間的，或女性與女性之間的友誼的濡沫，事業上的互相激勵，患難時的相互照拂。一群臺美人，帶著若隱若現的臺灣人背負──臺灣的親人以電話、書信，親自到訪關懷，「影響」著他們的生活──在美國法律和社會規範下過活，他們藉助美國法律保護自己（也攻擊他人），但從臺灣社會帶去的人際關係，人情觀念，則更深切地影響著他們在行事，做人的判斷和抉擇。臺美人，這一屬於特殊時代的，異文化交雜的產物，在面對一個嶄新的婚姻觀念社會裡，仍表現了特殊的婚姻思考方式。

我以為黃娟在《婚變》裡，非常謹慎地固守了小說家的本色，也是黃娟一貫的創作態度，那就是她並不曾以任何「文化」立場來評斷這些堪稱有些錯綜，但並不複雜的臺美人婚姻病變，她只是客觀而冷靜地觀察到了一些屬於臺美人特有的婚姻變化故事，把它呈現出來。《婚變》中的三對臺美人夫妻和他們蔓衍出來的臺美人社會，實際上是面臨新社會與新世代婚姻關係和婚姻價值的衝擊，他們在臺灣人的根源文化和美國社會學到的新規範中，折衷出一套特有的婚姻哲學來，也是一套具有臺灣人成長文化色彩的哲學，更精確的敘述當時夾在新舊與臺美文化夾縫中的臺美族女性的成長經驗史。

　　《婚變》中實際包括的，不只三種以上類型的婚姻病變故事，男性的一面說，有故意、惡意和非故意、非惡意諸多不同的婚變觸發因素，但就女性的一面說，則只有承受和應變程度的差異而已，有的因結婚而辭職成為家庭主婦，喪失就業能力和意願的，自立能力較弱的，即使委屈求全，往往成為婚變中最嚴重的失敗者，反之，職業婦女能承受的程度和適應力就較強，甚至能在婚姻危機中立於不敗。

　　這樣的《婚變》故事，既讓我們相信黃娟已經緊緊掌握了臺美人文學的寫作自信，既不為迎合臺灣文學的一些風潮而動搖了自己站立的位置，清楚地交割了一些文學以外的創作因素干擾，看起來清朗可愛多了。但另一方面，它仍然有可以觸摸得到的臺灣人身影，《婚變》所傳達的女性成長意識，是牢牢地扣緊著臺灣社會和小說躍動的脈搏，它是臺灣社會新崛起的女性成長運動的一環，它是屬於臺灣的。

——選自黃娟《婚變》

臺北：前衛出版社，1994 年 8 月

序《虹虹的世界》

◎鄭清文[*]

　　有兩個邊緣人。一個是 50 歲的老兵老張，一個是 17、8 歲的智弱少女虹虹。由於客觀條件同樣不足，兩個人結合在一起了。初看，這是一種很悲涼的結合。

　　他們結合 20 年。由於他們的性格，他們的努力和他們的智慧，使這本來很有可能荒廢掉的 20 年，變成了豐富的 20 年。

　　虹虹生病了，是嚴重的糖尿病。一般而言，罹患這種麻煩，而可以致命的病，人會變得消沉、易怒。但是，虹虹不但可以坦然相對，「在住院期間，給醫院帶來了清新罕見的朝氣」，「她那張笑臉，簡直是燦爛的太陽！」

　　在老張方面，「本來以為 50 歲從軍營出來，生活裡只有孤獨和寂寞……」不過，他碰到了智弱的虹虹。老張是用一種慈愛和感恩的心去對待虹虹。「虹虹讓他滿足了長久以來想要照顧『親人』的願望，使他滿腔的感情，有了傾注的對象。」

　　虹虹的本質是純真，老張的出發點是愛，是付出。

　　這是邊緣人的世界。然而，正常人又如何呢？黃娟輕輕的點出，「一個女人起初老是嫌少了一件衣服，不管添購多少件，每次出門的時候，還是叫著少了一件衣服。後來更麻煩了，嫌房子太小，加蓋了一間又一間，還是繼續吵著少了一間屋子……」

　　這是精神世界和物質世界的差異。物質世界充滿著「慾」，而慾望是永無止境的。

---

[*]鄭清文（1932～2017），桃園人。小說家、兒童文學家，發表文章時為華南銀行職員。

　　虹虹是一個近似白痴的女孩。白痴接近聖者。杜斯多也夫斯基也有一本小說《白痴》，他要寫的，也是類似白痴的聖者。

　　主角姆西金公爵，從精神療養院出來，走入現實的社會，碰到了許多人間的醜陋面，而後又回到精神療養院。

　　根據一般的說法，《白痴》是杜斯多也夫斯基最重要的作品之一，卻是最不完美的一部。因為他從最困難的角度去寫它。

　　由此，也可以知道黃娟的這一本書，是黃娟最新，也是最大的挑戰。

　　從規模講，這一本書沒有《白痴》那麼大，人物，相對的，也非常單純。

　　《白痴》因為受不了現實的衝擊，最後似乎又回到了原點。但是，黃娟的書，卻似乎有一種完成。死就是完成，美麗的死。

　　也許，死是一種比較方便的處理方式。也許，同樣會有人說，黃娟的這一本小說不夠寫實。但是，它應該用觀念小說來看待。

　　黃娟出國多年，對臺灣依然有極大的關心。虹虹的智弱，也許是天生的，老張的不幸，顯然是人所造成的。

　　老張用很簡單的方式，解脫了困境。「找個本地姑娘結婚，把她的家人當家人，就有親人了，異鄉也就成了家鄉！」

　　黃娟所看到的問題可能不止如此。有很多和老張一樣的外省人，在臺灣住了五十年，卻依然無法把臺灣的人當作家人，把臺灣這個異鄉當作家鄉。黃娟提出了一個對比。

　　讀了這本書，不禁有一個疑問，難道這個地球永遠存在著這種悲情嗎？白痴更接近聖者，而聖者又必須回到瘋人院，必須死去，讓聰明人的物慾世界繼續茁壯下去？

　　這也是黃娟的一些本心吧。

——選自黃娟《虹虹的世界》
臺北：前衛出版社，1998 年 4 月

臺灣人的啟蒙書
序楊梅三部曲第三部《落土蕃薯》

◎李喬[*]

　　關心臺灣文學發展，或從事臺灣文學創作的人，都有個期許、抱負：在荊棘充塞的文學路上，大家互相扶持，彼此鼓勵；也懷抱兩個希望：希望能寫得好，寫得久；其次，能以詩以小說呈現臺人被殖民的慘痛，以及如何堅持奮鬥，追求天光幸福的來臨。

　　就這點而言；戰後第二代的小說家黃娟，是一個典範。在臺灣歷史上，女性作家幾乎缺席。黃娟今日的業績又是一座標竿。

　　黃娟與筆者出身相似，起步不算早；28 歲交出處女作，迅即作品大量出現。不同的是黃娟猛寫七年之後赴美生活。她的文學因緣未斷。驚人的是 1990 年，57 歲寫出去國後第一部長篇（出國前已出版一部長篇）《故鄉來的親人》。「從此」長篇小說不斷生產，質量驚人。近年來全心全力經營「志業之作」：「楊梅三部曲」。而今第三部《落土蕃薯》堂堂完成並出版。作者已 71 歲！到此，「我們」都只能鞠躬恭立一旁。

　　每一位小說家都有一部屬於彼獨有的大長篇素材，那就是彼家族及個人成長史。這種作品有幾項「優勢」：其一，作品要能感動人；感人之前得先感動自己。這類作品必然感動自己。其二，繁富的背景資料，田野調查等比較容易，且接近人間的真實。其三，個人與家族都不能自外於社會，換言之，個人史的呈現必然貼切如實地呈現了現實人間的諸貌。這種呈現比純虛構的作品更能感動讀者。黃娟的 sage 型大長篇，也就是所謂的「大

[*]本名李能棋。小說家、評論家。曾任《臺灣文藝》主編、臺灣筆會會長、客家委員會委員等，現專事寫作。

河小說」（Roman-fleuve）「楊梅三部曲」正是臺灣小說家引為使命之作，當然也具備以述諸優勢的作品。以後論黃娟的文學世界，「楊梅三部曲」無疑是重點要著。第三部《落土蕃薯》，顧名思義，作者的文學觀，生命思想都歸結在這部書上面。

　　《落土蕃薯》採取的「一線兩面」的敘事策略，一實一虛；以「幸子與健雄」——濃重的作者真實生活的影子——寫如何在故鄉臺灣奮鬥，然後走入西方、苦學、求職、生活種種，可以看成作者「成長的故事」。如何成長？這就跨入第二面：以幸子為主、健雄為副，藉由參與臺僑活動，將六十年來臺灣的被殖民點點血淚展現於世人面前。所以它是一部臺灣人的「啟蒙書」。在文學史上「啟蒙的故事」（story of initiation）源遠流長，主要在描繪「人物」由天真或蒙昧，經過一或多次重大事故，或挫折或誘惑，或傷害或死亡恐懼等「過程」，於是入世而對人世或生命，有所領悟有所改變。幸子夫婦啟蒙時刻何其慢？正如整體臺灣人成長，醒悟十分遲緩一樣。幸子夫婦必需經歷如許深重事故才能達到——小說結尾「枝葉代代傳」徹底知命而「落土蕃薯」的境界。在「歷史中的我們」面對二二八屠殺，白色恐怖，三十年戒嚴統治，美麗島事件，林義雄滅門慘案，陳文成酷殺⋯⋯等等，吾人不禁要端憂問彼蒼：臺灣人何其不幸，何忍底於如斯？不過拉開時空看「我們」，吾人會發覺長期被殖民而異化的族群，這些「歷史痛點」也許是必然又必需的；「必然」是指自古沒有自己的國家；「必需」是說非如此沉痛鮮血淋漓的教訓，難以喚醒逸散的族魂，難以真正自覺奮起。《落土蕃薯》不是美麗好看的小說，卻是極佳臺灣人的「啟蒙書」。這部小說的文學成就，宜待一段時日方能評定；它的文化意義，筆者敢現在就判定：功能顯著，將有其一定歷史位置。感謝作者貢獻其歷練智慧，為臺灣文學塑創一座巨殿，為後生後代留下必修的「啟蒙書」。謹此為序。

——選自黃娟《落土蕃薯》

臺北：前衛出版社，2005 年 6 月

「楊梅三部曲」的虛擬與真實

◎李魁賢*

　　有人說：「小說是虛擬的作品。」也有人說：「小說比歷史還要真實。」互相矛盾的陳述，到底小說是虛擬？還是真實？

　　黃娟的「楊梅三部曲」長篇小說由前衛出版社出齊了，作家完成了一件大工程，是可喜可賀的事。

　　黃娟自述一生度過三個截然不同的時代，而「楊梅三部曲」正好處理了這三個時代的重大社會事件和變化，就外在性條件上已顯示了真實的背景。

　　這是作者超過一甲子的人生記錄，實際上第一部《歷史的腳印》還追溯了雙親的生活，第二部《寒蟬》也涉及母舅兄弟的發展，而第三部《落土蕃薯》又向下延伸到下一代的成長，所以可說是百年來四代家族的發展史。

　　黃娟為了顧忌被誤認為她在寫自傳或回憶錄，所以許多地名和人名刻意以英文字母為代號，企圖把小說內容加以虛擬化，可是由於情節的逼真，讀者很容易按圖索驥。

　　和作者同一世代的人，同樣經過身為日本人再轉變成中國人的身分認同，造成文化體質的混淆和不適應，記憶猶新，在閱讀第一部和第二部時，頗有錄影帶倒帶重放的感覺。

　　在歷史真實的背景下，故事情節的安排，顯示湊巧又緊湊的虛擬布局，而在虛（內在性）實（外在性）之間，自然而順理成章，表現小說家

---

*發表文章時為國家文化藝術基金會第四屆董事長，現為世界詩人運動組織亞洲區副會長。

的匠心。

前二部或許因歲月逝去較久遠，記憶漸淡，或許因作者的青少年時代，對時局感受較疏，故真實事件少而虛擬情境多。

第三部則明顯不同，一方面可能因前進異域，生活挑戰大，與現實生活糾葛多，另方面作者本身對祖國臺灣政治社會變化的深切關懷，切入既深，描述涉獵自廣。因此，不但對臺美人心繫臺灣民主化過程的投注，有詳盡的記錄，有些對異族人士的交往和生老病死的著墨，更令人感受到小說家對國家、社會懷抱大愛的胸襟。因而第三部顯然真實多、虛擬少。

由此似可看出，小說的真實在於歷史的部分。由於歷史記載常有作偽，小說還其真相，故比歷史更真實。而小說的虛擬在於情節的取巧、心理曲折的動人，唯賴作者妙筆生花，而增進效果，故小說是作者虛擬的作品。

小說的真實性，不因作者以英文字母代號的虛擬化企圖而減損，真實性依然真實，反而因不能兼做歷史書閱讀，而若有所失呢。

黃娟雖然以「楊梅三部曲」描寫一個家族史的發展，但在同樣時空座標上成長的臺灣人，都可在歷史的真實性裡感受到自己家族一部分的發展史。因為這是人人的家族史，乃構成臺灣史的發展。黃娟其實是以小說在描寫臺灣史。

常常半夜起床讀完「楊梅三部曲」，最大的感受是「辛酸」，重新回味到臺灣百年來的苦難。面對臺灣不穩定的歷史前瞻，已漸漸耽於逸樂的臺灣人，尤其是年輕一代，何妨透過閱讀「楊梅三部曲」暫且回顧反省一番。

Taiwan News 財經文化週刊第 190 期

2005 年 6 月 16 日

──選自李魁賢《詩的幽徑》

臺北：臺北縣文化局，2006 年 12 月

關於臺灣女性的大河小說
黃娟「楊梅三部曲」

◎許素蘭*

　　原籍桃園縣楊梅庄的黃娟，1934 年出生於日據時期的新竹市，是戰後第二代小說家中，少數的女作家之一。在 1968 年攜女離開臺灣前往美國，與在美國學成工作的丈夫團聚之前，黃娟已是臺灣文壇早露頭角的小說家了。

　　從 1961 年開始發表作品以來，到移居美國前，短短六、七年間，黃娟共出版三本短篇小說集、一部長篇小說。她的小說擅長以女性特有的纖細、敏銳，敘寫愛情、親情、婚姻、家庭等，各種與現實生活息息相關的生命課題，而有其個人獨特的風格。

　　移居美國後，黃娟將生活重心放在照顧子女、家庭上面，而停筆約 11 年，直到 1984 年左右，才又重新提筆寫作。

　　重拾寫作之筆的黃娟，彷彿要彌補過去十多年寫作的空白般，以驚人的毅力與創作熱忱，陸續出版四本短篇小說集、六部長篇、兩本隨筆、一本文學評論集，不僅量多，作品類型與寫作題材也多方擴展；其中，2001 年到 2005 年之間寫作完成的「楊梅三部曲」，雖然不是臺灣文學史上，第一部以臺灣歷史發展為素材的大河小說，但是，從文學史的角度，「楊梅三部曲」卻至少具有以下五個開創性的意義：

　　一、「楊梅三部曲」是有別於男性書寫，具有女性特質的大河小說。

　　不同於之前臺灣大河小說的作者都是男性（如鍾肇政、李喬、東方白

---

*發表文章時為靜宜大學講師，曾任國立臺灣文學館研究典藏組研究助理，現已退休。

等），「楊梅三部曲」的作者是女性，其筆調相對地較柔性，我們在小說中，可以讀到女性的溫暖與柔情。

從書名看來，之前的大河小說往往以較具陽剛意味或國族意涵的名稱命名，如「臺灣人三部曲」、「濁流三部曲」、「寒夜三部曲」、《浪淘沙》，而「楊梅三部曲」的「楊梅」，一方面是作者故鄉的名字，「故鄉」代表的是母親的象徵，是母性的；另方面，「楊梅」也是植物果實的名字，給人充滿生命力的、美麗的想像，這也是女性的。

就小說的敘事觀點而言，「楊梅三部曲」主要以第三人稱「幸子」為聚焦者，寫的是女性成長的故事；雖然其他的大河小說也有女性角色，但往往是男性主角的旁襯，不若「楊梅三部曲」從頭到尾都是以女性為主角。

二、「楊梅三部曲」的故事時間，從日據末期到政黨輪替的 2000 年，就歷史的縱深看來，其中從 1960 年代到 2000 年這段時間，剛好接續了之前，包括鍾肇政「臺灣人三部曲」、「濁流三部曲」、李喬「寒夜三部曲」、東方白《浪淘沙》，以及李喬《埋冤・一九四七・埋冤》時間書寫的歷史空缺，完整地記錄了 1960 年代以後，臺灣人追求民主的奮鬥過程。

三、臺灣男性書寫的大河小說，大都以國內為主要場景（《浪淘沙》雖寫到加拿大，但只寫雅信個人在加拿大的生活而已），「楊梅三部曲」則將場景從臺灣延伸到海外，寫臺美人在海外的奮鬥過程，以及對故鄉臺灣的關懷。

這是很重要的一點。

四、在過去，很多臺灣讀者，一提到「留學生文學」，就會想到聶華苓、於梨華等，其實聶華苓等人的「留學生文學」，寫的是中國人從中國到臺灣、然後再到美國的「二度漂流」，臺灣對於他們仍是異鄉，而非故鄉，那是中國文學中的「留學生文學」，不是臺灣文學中的「留學生文學」。

而黃娟的「楊梅三部曲」則是真正臺灣文學裡的「留學生文學」。

五、「楊梅三部曲」是女性個人生命成長與國族歷史結合的小說創作。

以前有關女生成長的小說，往往偏在愛情、婚姻、家庭，以及女性意

識的覺醒，而「楊梅三部曲」寫的是女性對國族建構、國族歷史發展的關心，其視野是不同的。

——選自《文學臺灣》第 62 期，2007 年 4 月

文學家與政治體驗
序黃娟《政治與文學之間》

◎謝里法*

　　《政治與文學之間》是黃娟女士 1983 年加入臺灣文學研究會以來，在年會中發表過的文學評論集。正如她為自己的小說選集自序裡說的：「重返文壇十年交出來的成績單。」而這本評論集則是她從事文學研究的另一份成績單。在此我願意附加一句：它同時也是海外臺灣文學研究會十年耕耘向島內文學界獻出的一份大禮。

　　收錄在本書第一篇的〈臺灣人的命運──再讀《亞細亞的孤兒》〉，是第二屆臺灣文學研究會在新澤西蔡明殿農場舉行，黃娟應邀加入為新會員時宣讀的論文，雖然不敢說是她文學生涯的第一篇評論文章，至少應視為較早期的評論之一吧，那天在她宣讀之後，我私下曾有過「臺灣與中國之分界含糊不清」的評語。以後十年間，她幾乎每年皆有論文提出，很明顯地已看出她正努力在釐清臺灣與中國的分界，把文學視野一步步地尋回到臺灣文學的領域。她辛苦追尋的歷程，在閱讀本書時我們不難察覺出來，而這裡所謂的「追尋」，不正也是文學研究會同仁的共同課題！

　　因此，黃娟所以將評論集命名為《政治與文學之間》，有其特定的意義。從臺灣文學裡她看到了整體臺灣人的命運，明白一個世紀來的臺灣文學無法擺脫政治迫害的事實。在評施明正的文章裡，她說：「他的文學生涯似乎與無孔不入的政治，有了糾纏不清的孽緣，而他身上正反映著整體臺灣文學的縮影。」因而她說，雖然「他對政治沒有興趣，政治卻對他有興

* 發表文章時為巴黎文教基金會創辦人，現為臺灣師範大學美術研究所兼任教授。

趣」，這是極平常的一句話，意義卻十分沉重。說這是黃娟研究臺灣文學所獲得的心得亦不為過！於是她學習到如何透過政治去看文學，才真正掌握得住臺灣文學的精神，看清楚臺灣文學的真貌的道理。歸根究底，「文學與政治之間」就是身為文學家的黃娟今天的處境。

聽到黃娟欲把評論文章收集成冊，將之出版，雖然替她高興，卻又有幾分擔心。因為她的本行是小說，以創作者而又執筆寫評論，一般認為難免帶上有色眼鏡，寫來一定太感性，而且過分主觀，再怎樣也不像專作理論研究的學者，能夠把持得住應有的理性和客觀。

再讀她寄來的文稿，我終於消除了原來的憂慮。首先她的文字平易近人，推論的層次亦清晰易解。三言兩語便道出每一位作家小說手法的特色，卻極少表露自己也是作家身分，以個人特定的文學觀衡量別人的作品，而在文章裡帶有批判性的字眼。因此，當她執筆寫評論時，儼然又換了另外一個人。於是當我們讀黃娟的這本評論集時，所面對的已是評論家的黃娟了。

更可貴的是她能以平等的地位對待每位作家，費盡心思來替小說寫上註腳，為作者引述創作時的心境，而後把他們的藝術與時代接合在一起，在人文基礎上將小說安置應有的定位。

她作這種努力，還有個目的是：臺灣文學在臺灣本土的市場上一直得不到讀者青睞，即使有很好的作品，也很少能逃避一版之後就絕版的命運。因此文學評論的文章除了是自己的研究，還希望能幫助一般讀者更深入了解並欣賞作品，這是當前作為一個臺灣文學創作者所不得不做而且做來極其辛苦的工作。

她在這本書的自序中提到：島內的政治形勢如今有了很大的改變，「文研會」在這十年裡已完成歷史的任務，往後文學研究的工作應該以臺灣島為主要的舞臺，而評論的事也需要真正的專家來擔當。為此同仁之間正考慮如何將「文研會」結束，而後各自以自己的方式往島內發展，若有必要，海外還可以用另外的形式組合文藝團體，不一定堅持臺灣文學的範

圍，在僑居地作家的文學、西方文學等，只要是值得喜愛的，都是研究的
對象。

　　黃娟的文學之路正走到「文學與政治之間」，她是從文學出發走向政治
的，只要是個真正的文學家，最後她必然選擇走回文學的路，而且從此不
再回頭。因而這本評論集的出版，又可視為是她思想的交叉口，透過「政
治」，她的意識獲得覺醒；她的歸屬又重新定位；她的人文基礎愈加雄厚；
她對文學的眼力更為敏銳，只要黃娟是屬於文學的黃娟，最後終將回到文
學裡去，我在此恭喜她的新書出版，也祝賀她再度創開新的文學人生。

1993 年 3 月 21 日

——選自黃娟《政治與文學之間》
臺北：前衛出版社，1993 年 5 月

獨語與對話的複音合唱
黃娟移民小說語言新詮

◎蔡雅薰[*]

一、臺美作家的「獨語」現象

　　談到 1980 年代以後的旅美作家，黃娟是極其重要而獨特的一位。1968 年移居美國之前，她是 1960 年代臺灣文壇的閨秀作家[1]，而在 1983 年復出後的黃娟，「海外生活」及「關心臺灣」是她小說創作的兩個清晰脈絡[2]，她說：

> 我深知一個作家，除了刻畫人性，也要能反映出「時代」和「社會」。我自然不會把自己圍限在「海外生活」的框框裡，寫出故鄉的「土地」和「人民」，也是我今後努力的目標之一。[3]

　　1980 年代短篇小說集《世紀的病人》、《邂逅》以旅美移民生活為題材，1990 年代更是黃娟長篇小說的豐收期，1991 年出版了《故鄉來的親人》，以臺美斷交後的移民熱潮為經，美麗島事件等臺灣大事為緯，鋪敘而

---

[*]發表文章時為中原大學應用華語文學系副教授，現為臺灣師範大學應用華語文學系教授。
[1]彭瑞金〈十年沉澱──序《婚變》〉：「包括黃娟的自序在內，若干黃娟文學的評論者也都不能完全擺脫 1960 年代黃娟印象，到底曾經是一個非常家庭、傳統女性觀的閨秀型女作家」收錄於黃娟《婚變》（臺北：前衛出版社，1994 年 8 月），頁 5。
[2]有關黃娟及其海外小說的析論，參見蔡雅薰《從留學生到移民──臺灣旅美作家之小說析論（1960～1999）》（臺北：萬卷樓圖書公司，2001 年），頁 309～324。
[3]黃娟，〈文學之路──《世紀的病人》自序〉，《世紀的病人》（臺北：前衛出版社，1994 年 5 月），頁 9。

成，確立她作為臺美文學旗手的地位；1994 年出版的《婚變》，描寫臺美人的婚姻故事，將臺美族面臨新社會與新世代的兩性關係、婚姻衝擊，揉合臺灣的人情觀念，表現出臺美女性的自覺思考；1998 年出版的《虹虹的世界》以大回溯的書寫方式，寫智障人士虹虹與臺灣老兵結婚成家的感人故事。黃娟身處海外，對於臺美族生活的描寫不遺餘力，注重女性自覺意識的成長，尤其著重臺灣政治議題與弱勢族群的關懷，她的創作涉獵多樣而敏感的話題，「臺美人移民」可謂是 1980 到 1990 年代黃娟復出後微觀新世界的主要對象；「臺灣問題」是她宏觀老故鄉的診察記錄。然而黃娟試圖在異鄉發音，與故鄉對話，用了近二十年的時間心力，卻因為沒有充分的發表空間，再加上海內外讀者語境的差異性，黃娟無法與同時期的臺灣作家或旅美作家引起讀者或評論者的具體回響，艱辛奮力的海外孤筆，形同單音孤鳴的獨語現象。黃娟曾寫到這種身為「臺美作家」的困境。黃娟在《心懷故鄉》的訪談中說：

> 寄居美國最大的好處是享受她的「新聞」和「學術」自由。臺灣作家利用這個環境，吸收新知識，收集各種資料，對於啟發思想、充實自己都有很大的益處。加上美國是民族的大熔爐，在這兒有機會認識來自不同國家的移民，得以豐富作家的經驗，並加深作家對不同民族的了解和同情。
>
> 但是這些有利的條件，都不能用以改進「臺美作家」的困境，主要原因是「臺美作家」寫作的對象是「臺美人」和「臺美社會」，他的主要讀者是「臺美人」。
>
> 不幸的是臺美人社會至今還沒有發行量廣大的報章雜誌，所以臺美作家的作品，在美國等於沒有發表的園地。
>
> 我的大部分作品都寄回臺灣發表。由於國民黨本就忌諱海外的臺灣作家，在《公論報》刊登文章的，自然受到徹底的排擠。如果沒有臺灣人經營的報紙刊登我的作品，我很難繼續扮演「作家」的角色。

但是我為臺美人寫的作品，臺美人都看不到；而臺美人對這類作品的
需求，也無從添補的機會。這種空間的阻隔，令人扼腕歎氣！

還有一個難點是以美國為背景的小說，對沒有海外生活經驗、不諳海
外多民族社會的人際關係和工作環境的臺灣讀者，必定會感到生疏而
降低他們對作品體會的程度。因此臺美人看了「拍案叫好」的作品，
在臺灣也許引不起半點反應。這種讀者與作者之間的隔閡，令人十分
沮喪！[4]

　　從上述的訪談不難理解黃娟及臺美作家二十年海外創作時面臨的孤
寂，海外缺乏發表的園地，國內環境當時存在不利於部分海外省籍作家發
表的限制，雖然她立意在美國學術與新聞的自由空間之下創作，對臺灣讀
者進行「對話」的言談努力，卻形成臺美作家「獨語」的言說姿態。其實
形成黃娟小說中「獨語」與「對話」的對峙，主要是來自語境意義的結構
關係上所產生的。當海外作家面臨窒礙難行的空間隔離，黃娟小說的敘述
觀點背後，又有著敏感的政治事件批判、強烈的自覺意識以及歷史文化的
衝突性，使得她的作品在當時的臺灣文壇顯得隔膜不入，視同被動的缺
席。美國學者薩姆瓦（Larry. A. Samovar）說：

縱觀歷史，可以清楚地看到，由於人們的文化背景不同，由於空間上
的隔離，以及在思想方法、容貌服飾和行為舉止的差異，相互理解和
和睦共處始終是一個難題。正因為如此，跨文化的傳通才得以成為一
個專門學科而產生發展起來。值得注意的是，有許多文明在發展過程
中所遭受的挫折，既表現了個性的色彩，又反映出全球普通的共性；
在人類歷史的進程中，斷斷續續而又自始至終地貫穿著民族的誤解和

---

[4]黃恆秋，〈來自異國的鄉音——旅美作家黃娟訪談記〉，《心懷故鄉》（臺北：前衛出版社，1994 年
5月），頁195～196。

正面的衝突。[5]

　　薩姆瓦指出文化背景的不同、空間的隔離及思想方法的差異等是為跨文化傳通的阻礙，而這樣的觀察也頗能點出臺美作家的海外創作在臺灣文壇形成「獨語」的處境。不可忽視的是，誠如薩姆瓦指出在文化、空間、思想隔閡發展過程中，產生既有個性色彩、又能反映普遍共性的文學作品的獨特性與珍貴性。筆者在旅美作家文學作品的長期觀察中，對黃娟小說獨特的個性色彩極其關注，也預見未來在海外文學研究及臺灣研究中，不難找出與黃娟小說「獨語」與「對話」的複音合唱的文學共性。簡述黃娟海外小說 1980、1990 年代的海外文學發展上的特殊顯現在兩方面，一是同時期旅美作家作品沒有相近似的臺美人文本可以歸類；二是臺美人作者企圖與臺灣讀者對話的系列性創作，但少引起關注，形成單音獨鳴的文學現象。筆者以為，所以會造成黃娟作品的獨語現象主因除了臺美人作家身分的困境，其次便是誤讀了黃娟文學與政治議題的緊密性，造成發表過程的被排擠；三與黃娟國族意識的自覺反省鮮明，迥異於大部分海外作家及其小說也有關係。以下再就獨語意義與黃娟小說的獨語現象分析。

二、「獨語文學」的意義與成因

　　本文所謂的「獨語」是指特殊族群的書寫行為，不是局限於個人言說的方式，或是敘事學及語言學中的「獨白」，不指狹義的文學作品中人物自己對自己說話的語言表達。黃娟在旅美作家群中的特徵是「臺美人作家」的身分，她小說中的「臺美人」是指從臺灣到美國的人，包括移民、留學生或出差訪親的居留者等等，「臺灣意識」的自覺精神是臺美作家的主要指標，「臺美人」作家與書寫的族群對象是專指土生土長於臺灣而後赴美的「本省人」，有別於從大陸來到臺灣、而後輾轉赴美的外省第二代的海外書

---

[5]見薩姆瓦等著；陳南、龔光明譯，《跨文化傳通》（北京：生活・讀書・新知・三聯書店，1988年），頁 2。

寫，而定位於「臺美人作家」，其生命經驗及個人的史觀，使他們面對一個
時代的整體性問題，詮釋歷史的精神與生命意義的解讀，往往不同於其他
的海外作家，臺美人移民書寫呈現異樣的生命記憶與文化母體，值得關
注。黃娟小說的臺美族群言說行為在語境上具有的民族言說行為的獨語
性。從語境的結構關係來看，「獨語」的意義是無法排除對話的企圖，意義
較「獨白」寬廣。王列生從跨文化的對話理論，解讀民族文學的特性，並
從獨語語境的產生，談到「獨語文學」的存在與特性。他說：

> 既然存在著獨語語境，也就有與之相吻合的獨語文學。獨語文學既不
> 是保守文學，也不是封閉文學，它是一種自在自為的民族文學言說的
> 存在形態，所以也就既不表明其永久地失去敞開性，亦不表明其與價
> 值普遍性無緣。……
> 我們所首肯的獨語文學，乃是民族暫時離開交談語境後的自我精神反
> 思，在一種文學地言說過程中展開著民族的獨立生存空間。[6]

王列生指出獨語文學的敞開性，並稱許獨語文學中的自我反思精神，
它也是各種民族文學中自在自為的存在形態。黃娟小說具有臺美人獨語文
學的特性，不只是她選擇臺美人嶄新觀測臺灣問題的敞開性，小說的重心
放在美國的臺美人與臺灣人民的互動對話，為臺美人文學精神歸鄉另闢新
路，正是她海外沉潛十餘年後復出的自我寫作精神反思的成果。從語境的
觀點來探求黃娟的作品，她從未放棄臺灣文學的世界性談論語境和參與者
的言說資格，可見獨語絕非是自棄；黃娟善用東西方文化視角的多元理
解，拆卸時空的邊界，選擇文學對話的審美途徑，關注世界性的文學議
題，包括生死、信仰、女性、移民、弱勢族群及政治議題等，她的創作成
就不宜只演繹為政治化的意識形態表現，使她的獨語文學特色，當作是對

---

[6] 王列生，〈獨語與對話跨度間的民族文學尋求〉，《河北學刊》第 3 期（1998 年 5 月），頁 58。

抗文藝的錯誤解讀。

　　黃娟的獨語文學既不是「自棄文學」或「對抗文學」，那麼獨語現象的
成因與特性為何，此處將從話語語境的角度審視黃娟小說的獨語現象，從
三方面說明。

（一）作者位置的孤懸

　　黃娟在海外復出寫作，將自己定位為「臺美族旗手」，這無疑是選定了
一個孤獨的作者方位。臺美人散居各處，若以臺美族移民的書寫為主軸，
一個作者恐怕無法全面觀照臺灣旅美同鄉的生活感受，這是臺美人作家空
間位置的孤懸所形成文本「獨語」特性的可能。彭瑞金說：

> 復出初期，也就是 1983 到 1988 年的黃娟，除了展示部分旅美初期的
> 作品外，她把自己新階段的文學使命清楚地界定為「臺美人文學」的
> 角度，進一步驗證了黃娟文學具有觀察的人生、分析人生和生活性的
> 特質。臺美人深層世界的困境，恐怕不是輕描淡寫可以奏功的，畢竟
> 數十萬的臺美族人，分散全美各地，赴美的動機不同，工作、生活的
> 層次不同，也鮮少明顯的聚落。觀察，實在不是易與的事，所以，無
> 論《邂逅》或者《世紀的病人》，雖無以偏概全的寫作野心，卻不免
> 只觸及零碎的臺美人世界，這裡面有工作、生活的瓶頸待突破，有與
> 其他族群共同生活所需要的調適，更有同族間情感的盲點與弱點，而
> 無法是流暢、概括的臺美人生活的總觀照。[7]

　　翻看 1980 年代的臺灣旅美作家的眾多小說，除了黃娟《世紀的病
人》、《邂逅》及廖清山《年輪邊緣》的短篇小說是以臺美人為描寫對象
外，幾乎沒有其他的臺美人小說，黃娟及廖清山在 1980 年代的旅美作家作
品的觀察中真的是海外的獨語孤鳴。其次，海外臺美人沒有太多相關的文

---

[7]彭瑞金，〈鱒魚返鄉的方式──寫在《故鄉來的親人》前面〉，《故鄉來的親人》（臺北：前衛出版
社，1991 年 11 月），頁 5～6。

學社團或文人互相交流，甚至沒有發表文藝的空間，國內的出版又無法突圍，作者身處海外的言說，究竟可以與誰對話？黃娟有感而發說：

> 臺美社會依舊是不重視「文學」的社會，關心文學的人少之又少，從事文學創作的作家也寥寥無幾。文學作品既沒有發表的園地，出版書籍也沒有銷售網。長此以往，這一代的臺美人在歷史上將會形成一段空白。如果沒有記錄生活、反映時代和社會的文學作品，臺美人高漲的政治意識、對故鄉的熱烈關懷，都將成為歷史的泡影；而臺美人創業的艱辛，異鄉生活的酸甜苦辣等等，眾多可歌可泣的故事，也將永遠埋葬在歷史的塵埃裡……。[8]

　　戒嚴施行期間，因著政治的牽引與禁忌，使許多文學作者或學者心裡有所顧忌，臺美社會對於文學社團的推展有其時空的難度，加上文人對於「臺灣文學」理念各所堅持[9]，出版的途徑與書籍的銷售既無著落，黃娟又立意為複雜的臺美人文學作真實的記錄，就算停筆多年，仍不免失落的感覺。《世紀的病人》與《邂逅》是她旅美初期的生活感慨和無奈，其中〈炎夏的事故〉寫留學生太太因為太過孤獨，又對黑人有陌名的恐懼，在深沉的孤寂中，竟因過度的焦慮，導致心臟麻痺死亡，〈野餐〉以海外孤寂浮雕出小說主角的生命刻痕，〈冬眠〉以嚴冬窗外的冬眠狀態，比擬在異鄉遺失自己，陷入無邊的寂寞，雪白的生命情愫，細膩的沉靜幽怨，深化了與世隔絕的孤獨感。黃娟在小說中隱含了自己與主角的相互對話關係，當小說人物在進行自我發現過程的情意反省演出，實際上正與創作者進行心理的對話，換言之，黃娟身處海外的自覺意識與小說人物的自覺意識相輔相成，作者位置的海外孤懸，是黃娟小說獨語語境緣起之一。

---

[8] 黃娟，〈我的文學歷程——長篇小說《婚變》代序〉，《婚變》，頁17。
[9] 例如1982年底成立的北美「臺灣文學研究會」成立到1993年宣布解散便是明顯例子，期間社團經辦的難處與會員逐漸離開的經過可參見蔡雅薰《從留學生到移民——臺灣旅美作家之小說析論（1960～1999）》第一章第四節「臺灣旅美作家在美國的活動狀況及相關文學團體」，頁47～52。

（二）題材的孤冷

　　題材的熱門或孤冷並非品評作品優劣的必要條件，但是與作者及讀者的語境關係卻息息相關。就小說題材的獨語特性而言，黃娟獨到的眼光，揀選書寫的臺美族現實生存或有關臺灣問題的眾多文學題材，未必是當時臺美人或臺灣讀者正在關注或極有興趣的焦點所在。黃娟〈世紀的病人〉、〈大峽谷奇遇〉、〈奶盒上的相片〉、〈艾美的迷思〉、〈波斯灣風雲〉等題材觸及美國多樣的社會問題，包括愛滋病患、失蹤兒童、家庭暴力、單親家庭、流浪漢以及反戰話語，關懷的層面雖廣，卻未必是奔忙於異域生活的臺美人讀者的最愛，臺灣的讀者恐怕更難體悟海外社會問題的真切性；同樣地，黃娟關懷臺灣土地與人民，〈閩腔客調〉探討臺灣同鄉會中客家少數族群的語言弱勢的壓力，〈山腰的雲〉關懷原住民等弱勢族群的生活困境，〈警棍下的兒子〉記下農民請願遊行時的不幸事件，為農民權益請願，〈尊姓大名〉寫原住民姓氏被改為漢姓的荒謬，並藉著他們的名字變更，顯示還原姓氏的重要性，她所關注的臺灣農民、原住民、老兵及弱勢族群等問題，化作小說的題材，藉文學返鄉，但臺灣的讀者或是臺美讀者身處不同於黃娟的語境當下興趣及境外關注的焦點，是否產生「不知有漢，不論魏晉」的隔膜感？

　　其次，黃娟的小說視野常常切入政治的邊緣，例如《故鄉的親人》固然是臺美新舊移民夢碎的故事，小說背景穿插了若干有關美麗島事件、林義雄家慘案及陳文成事件等政治相關的篇幅，表達了臺美人內心的沉痛與真誠對話的呼籲；《山腰的雲》中的〈秋子〉描寫 1950 年代白色恐怖時期的愁雲疑霧；〈祖國傳奇〉是臺灣人嗚咽沉痛的悲歌組曲，信子的時代成長從日據時期到二二八暴動悲劇到現今為經濟付出汙染代價的臺灣；〈何建國〉寫省籍迷思的內在暗流；〈彼岸的女人〉提醒海峽兩岸的婚姻問題來自歷史的不幸環境等是。黃娟小說處處可見政治迫害臺灣人民的歷史傷口，她的筆滲入政治關懷的情愫正如同謝里法所描述的：「我們閱讀黃娟的小說將有如雙手觸摸到臺灣人的身形，感受她脈搏的躍動，從而看到一個活生

生的臺灣人在自己的歷史舞臺現身。」[10]黃娟文學創作，堅持以海外的角度挖掘臺灣的問題，讓政治事件融入小說題材，可是身處海外可以暢所欲言的政治議題及自由的創作環境，在移位到作品完成的同時期臺灣，因為題材的敏感與政治的禁忌，發表的途徑不免被排除或壓縮，她的作品在 1980 年代的臺灣文壇幾乎是被迫性的暫時缺席是可以充分理解的。

（三）話語氛圍的孤獨

　　黃娟堅持從海外視點挖掘臺灣問題，雖較身處臺灣的作家更有適度的空間距離，也更具備從容的時間觀念等優勢，但拉開空間跨度和時間距離的小說創作，愈容易產生小說題材孤獨帶來的陌生遙遠與辛酸悵惘之感，即她的作品「就小說話語氛圍的獨語特性而言，往往呈現『被拋棄』的壓迫感和『被冷漠』的壓抑感」[11]。黃娟從政治邊緣切入的小說往往出現這種被棄的壓迫與壓抑的話語氛圍，例如《故鄉來的親人》中的舅舅康義雄移民美國多年，為了幫助故鄉來的外甥在美國取得綠卡，出錢出力，未料外甥在老婆的慫恿之下，勾結外人私吞店面的經營權，結果上了外人的當。結尾時康義雄脫口而出：「我覺得自己的命運很像歷史上的臺灣人，幾番辛苦所獲，全被外來者侵占！」[12]，由於臺美舊移民與故鄉來的新移民有了 1970 到 1980 年代時空疏隔，造成人格的存有與喪失，形成兩代出走臺灣人的異化，對話的機鋒不斷突顯時空語境的差距與話語氛圍的疏離。此外，寫臺美人的孤獨也處處可見被忽視被冷漠對待的壓抑，例如〈炎夏的事故〉中的留學生太太具有強烈的被棄與被壓抑的感受：「半年來，這『只有一個人』的『孤獨感』，是多麼深刻地刺進了她的肺腑。這近乎『絕望』的『孤獨』的感覺，絕不是『寂寞』二個字，可以形容的。」[13]〈何建國〉一文談到主角終於有了返鄉的機會，心情卻是：「我一直被灌輸了大陸才是家鄉的觀念，但是真去了，才發覺『故鄉』應是你生長的地方，絕不是地

---

[10]謝里法，〈從政治邊緣切入的臺灣故事——評介黃娟的《故鄉來的親人》〉，頁 320。
[11]王列生，〈獨語與對話跨度間的民族文學尋求〉，《河北學刊》第 3 期（1998 年 3 月），頁 56。
[12]黃娟，《故鄉來的親人》，頁 298。
[13]黃娟，《世紀的病人》，頁 106。

球上的一個地名。」[14]類此皆是臺美人物因為空間跨度與時間距離形成小說話語氛圍的孤獨，也是黃娟小說語言的特色。再以黃娟《虹虹的世界》為例，黃娟談到書寫的動機是在海外寓居三十年後，1995 年回臺訪問，在遊走東臺灣時，重新發現臺灣優美農村時的內心悸動，加上一段汽車上聽到的對話，而後構思以東臺灣的鄉村為背景，寫下退伍老兵與弱智女子「虹虹」的故事。黃娟離臺多年，面對變革後臺灣社會道德的淪落與都市文明吞沒鄉村的感受是如此鮮明，但是讀者的領受未必相當，以寫實為主調的《虹虹的世界》也與 1990 年臺灣後現代性別、國族、情慾等紛陳表達的特定時空位置彼此不相關連，甚至隔膜不入。黃娟《虹虹的世界》以東臺灣的鄉情鄉景為主體，點出外省老兵滯留臺灣的歷史命運及弱智女孩婚姻之路的偶然與必然，老兵「把她的家人當家人，就有親人了，異鄉也就成了家鄉」，小說依然隱藏了黃娟關愛臺灣一致性的深意，如同鄭清文在序《虹虹的世界》指出讀者可能會感覺「這一本小說不夠寫實。但是它應該用觀念小說來看待。」[15]其實這裡提到讀者會感到的「不夠寫實」，也有來自於讀者對黃娟建構的老兵與虹虹婚戀過程的話語氛圍感到陌生與疏離。黃娟不忍看見心目中的臺灣淨土如今人心敗壞、道德淪喪，到處高樓林立取代鄉村景象，立意要寫「一部描寫人性善良，提升人類信心的小說」[16]，因此鄭清文認為應該以「觀念小說」來看待。若從臺灣 1990 年出版品的觀察，黃娟《虹虹的世界》等作品在後現代強勢的話語氛圍之下，的確是處於弱勢的獨語文學，而獨語語境的存在，並非與封閉或開放成直接正比關係，黃娟小說話語氛圍的獨語特性，1990 年代依然存在於各類文本交往頻繁的時代中。

---

[14]黃娟，《彼岸的女人》（臺北：前衛出版社，1996 年 4 月），頁 116。
[15]鄭清文，〈序《虹虹的世界》〉，《虹虹的世界》（臺北：前衛出版社，1998 年 4 月），頁 3～5。
[16]黃娟，〈寫在書前——介紹長篇小說《虹虹的世界》〉，《虹虹的世界》，頁 8～13。

三、移民對話新解

「對話」是研究小說抒情表意的重要門徑。俄國思想家巴赫金（Bakhtin）便極其關注具體語境中具有對話性質的語言運用，他的對話論述尤其注重說者和聽者、意義和語境的關係，並指出對話是作者自覺意識的實現過程[17]，當作者的聲音與小說主角的聲音互相重疊、互為主體的關係時，語言背後深刻的社會危機、存在與命運的門檻、歷史的轉折點等語境意義，都是小說作者與主角對話關係及主體自覺意識得以產生和實現的條件[18]。黃娟的小說飽含了豐富的歷史與社會內涵，考察她的臺美人小說中的新舊移民時，尤其不可忽略在敘述觀點背後的政治、意識形態、歷史與文化的種種衝突。以下就《故鄉來的親人》、《婚變》及《虹虹的世界》等三部長篇小說中的移民對話來作進一步的考察。

（一）獨白與對話的形式結構

《故鄉來的親人》、《婚變》及《虹虹的世界》小說的形式結構均由若干章節組成，每一章節都可見對話，這些對話大抵由兩個或兩個以上人物共同參與圍繞某一個話題進行交流或批判，對話的突出特點就是處於對話中的主角的每一個感受、每一種念頭，都具有內在的對話，或具有論辯的色彩，或充滿對立的氛圍，或已準備接受他人的影響，因此，黃娟小說的對話既不囿限於自身，處於開放性中呈現眾多獨立或相融合或互不融合的聲音和意識。然而細細閱讀之下，黃娟長篇小說在每一個章節中，又常以一個主角的敘述觀點對在場的主角講話或進行自我言說，以《婚變》為例，22 個章節中每一章節都可看見一個主要人物的抒情言志或自我裂變，形成了主角或化身為作者的自我對話或自我的相互質疑，這樣看來，每一章節的對話本質就成了獨白，每一章節的單音獨白又與他章的對話形成複音的對位或反對位，小說從各章節中看似主角或作者的單旋律領唱，整體

---

[17]劉康，《對話的喧聲──巴赫汀文化理論述評》（臺北：麥田出版公司，1995 年 5 月），頁 188。
[18]劉康，《對話的喧聲──巴赫汀文化理論述評》，頁 190。

卻是多聲部的複音合唱。黃娟小說的語言特色是她在設置一種聲音的同時，旋即又設置另一種相對、相應或相反的聲音，使獨白與對話交織成兩種聲音的對稱、排斥或衝擊，看似獨白的敘述中不難發現了雙聲現象。在黃娟的小說中，獨白與對話的形式結構不僅局限於一種段落劃分和總結的層面，獨白與對話既是著眼於長篇小說形式的構成，更是著眼於不同的主角情感的發展。再以《虹虹的世界》為例，小說每章節或以老兵老張、或虹虹或母親阿香等人來進行具有獨白性的對話，表層穩定的結構是以獨白起，獨白終了，再以對話穿插其中，然而細心的讀者將不難發現作者安排前後章節對話的重複性，其實另有作用。例如第一部中的〈不幸的孩子〉及〈虹虹的世界〉，雖有老張與虹虹相識經過的對話重複性，但前者是以老張的敘述觀點，後者則是從虹虹的角度來敘事抒情；第一部〈不辱使命〉與第二部中的〈暮靄〉中有關鄭天福替部屬老張前往虹虹家提親的對話，看似重複，這相同的對話或獨白的功能在小說中不只在於推進情節或是簡單的敘事功能，而是加強不同的主角在其語境中抒情的方式，鮮明了個別主角性格的塑造，推進主角情感的發展，從而體現出一種獨白與對話有意義的形式和小說獨特的抒情意境。而這種獨白與對話的抒情性巧妙展示了抒情主角情感的多層性，是黃娟小說在語言上精密的結構特點。

（二）多聲複調的對話藝術

　　黃娟小說中的主要對話者是各種「移民」，包括在美國及臺灣的人民。《故鄉來的親人》康義雄與楊振家是臺美人的新舊移民，其對話主題在移民者的去留上；《婚變》中三對臺美人怨偶的對話主題在於婚姻的去留；《虹虹的世界》外省老兵與本省弱智女子的對話語境都指出了臺灣歷史移民的複雜性，對話主題在故鄉與異鄉的去留及生死的去留。黃娟以臺美人作家身分創作，不僅是要對臺美人社會大眾、更對準了臺灣的讀者進行對話的強烈意願，因此從作者、主角與讀者三者關係去考察，黃娟小說是新舊移民、移民與原住民、男女臺美人、臺美人與臺灣人、臺灣人與外省人等對話的多聲小說。文本中的複調藝術，出現在作者與主角的平等對話關

係、主角與主角之間各自獨立的意識與對話關係，也讓對話存在於說者與聽者（讀者）之間。首先，理解巴赫金複調小說的關鍵之一在作者與主角的平等與對話關係上。觀察黃娟小說中的臺美人或各式移民，「不只是作者話語的客體，而且也是具有直接內涵的話語主體」[19]。林毅夫從黃娟作品探究其臺灣意識發展過程，從 1960 到 1990 年代劃分出三個階段，分別是「中國人的時代」、「東方人的時代——脫出中國意識的掙扎」及「臺灣人的時代——臺灣意識的成長」[20]，林毅夫並在結論中說到黃娟與小說主角的多聲對話：

> 作者黃娟女士的多量作品供給了她個人臺灣意識發展過程的詳細資料。如果黃娟的臺灣意識的出現如小說「信子」一樣，那則是在 1970 年代的事，但得等到 1990 年代她的臺灣意識才明朗化。她從擺脫中國意識到擁有臺灣人意識的過程並不是單面、直線進展的。……有時兩個不能共存的觀念仍然可各據一方，各說各話，各自左右同一個人的思考與行為。當事人也有可能在這互相矛盾的觀念之間來回搖擺不停。1980 年代的黃娟有三種獨立的意識狀態，她顯示強烈的中國人意識，同時有採納與此不調和的「東方人」「亞洲人」或「華人」的「非中國人」意識形態。另一方面她首先投身純臺灣文學的研究，逐漸放眼國民黨統治下的臺灣社會與政治問題，這時作者（信子）在 1970 年代結晶的臺灣意識幾乎處於冬眠狀態不見動靜，等到 1990 年代她的臺灣意識驟然清醒而活躍起來。顯然她無法只靠臺灣人意識的力量，來擺脫中國人意識的金剛箍，她得經過一個中間階段為跳板才蛻變成為臺灣人。從其著作中我們看到她不時與自己對話，努力精化與充實她臺灣人意識的內涵。[21]

---

[19] 巴赫金，《巴赫金文論選》（北京：中國社會科學出版社，1996 年 4 月），頁 4。

[20] 林毅夫，〈臺灣人的甦醒——從黃娟作品探視其臺灣意識的發展過程〉，《文學臺灣》第 44 期，（2002 年 10 月），頁 208～218。

[21] 林毅夫，〈臺灣人的甦醒——從黃娟作品探視其臺灣意識的發展過程〉，《文學臺灣》第 44 期，頁 217～218。

　　由上述結論中可知，黃娟臺灣意識的成長與確立，是經過二十年長久的創作過程裡，作者、主角與讀者不間斷的對話關係，成就了她小說對話的複調藝術。就作者與主角的平等對話關係而言，黃娟臺灣意識的自覺與自省，是主體與他者（例如〈祖國傳奇〉中的「信子」）自由、平等的交談對話以尋找自我的過程；就主角與主角之間而論，黃娟透過臺美移民與臺灣人民進行人物眾多、獨立而互不融合的聲音和意識，由許多各有充分價值的聲音（聲部）組成她的複調小說；就作者與讀者對話考察，黃娟以臺美人及臺灣人民作為主要對話的讀者假設，臺美人及臺灣讀者既是她現實的讀者，也是觀念的讀者，導引她的語言對話策略，同時並不影響她的海外作品是為跨文化的文學現象的開放性及動態性。黃娟獨語文學與複調小說的成就，正如同林毅夫等讀者知音對她尋求「對話」欲望的理解與回應。

四、結論

　　黃娟小說在獨語與對話關係中呈現獨特的歷史語境與審美圖式，更豐富了文學意涵，其臺美人的獨語文學特性與移民對話，在精神與功能體現具有特殊的成就：一是記述了臺美人內部的生活，也就是文學化了的臺美人生活縮影，展現旅美作家群中臺美作家獨特的文學觀與文學史觀；二是揭示臺美移民關懷鄉土的精神隱憂，為臺美移民各個存在位置及各種存在問題的個性化作解讀，她的小說具體帶有臺美人文學空間與移民言說的氛圍，更帶著臺美作家關懷臺灣政治、歷史、文化的濃烈情懷，從臺美人的另一種角度看臺灣問題，使黃娟小說的文學實質展現臺美特定的移民族群思想性的發生歷史，小說由此保存臺美人精神意識的歷史風貌；三是表現臺美移民作家獨特的言說方式，不僅有臺美人個性之思，而且具備個性之言，儘管黃娟會不斷地從美國異鄉擷取新材或新意，黃娟主要依憑的仍是自身的語言與臺灣主體的說法，其具獨語文學特色的臺美人移民文學得以建構獨立的完整邊界，也在海外華文文學及臺灣文學具有本質性的獨特性格與區隔性。她藉著獨語文學向臺灣對話，包括作者、小說的主角、臺美

人讀者及臺灣讀者存在不同對話，形成複調多聲，穿插臺灣政治與歷史語境的對話效應，藉此文學與文化的審美圖式，記錄以臺灣意識為立足點所體現的海外華文文學與臺灣文學。黃娟以臺美人作家在海外重塑追尋臺灣的動力，在虛實交織的故鄉想像中，移民小說文本與特殊的文化審美圖式產生多聲部的對話場景，皆是她在臺灣文學發展與海外華文文學中的具體貢獻。

本文研究書籍

- 黃娟，《世紀的病人》（短篇），臺北：南方叢書出版社，1988 年 5 月。
- 黃娟，《邂逅》（短篇），臺北：南方叢書出版社，1988 年 6 月。
- 黃娟，《山腰的雲》（短篇），臺北：前衛出版社，1992 年 6 月。
- 黃娟，《黃娟集》（短篇）：臺北，前衛出版社，1993 年 12 月。
- 黃娟，《彼岸的女人》（短篇）：臺北，前衛出版社，1996 年 4 月。
- 黃娟，《啞婚》（短篇）：臺北，前衛出版社，1998 年 4 月。
- 黃娟，《故鄉來的親人》（長篇）：臺北，前衛出版社，1991 年 11 月。
- 黃娟，《婚變》（長篇）：臺北，前衛出版社，1994 年 8 月。
- 黃娟，《虹虹的世界》（長篇）：臺北，前衛出版社，1998 年 4 月。

參考文獻

- 巴赫金著；白春仁、曉河譯，《小說理論》，河北：河北教育出版社，1998 年 6 月。
- 巴赫金著；白春仁、曉河等譯，《文本對話與人文》，河北：河北教育出版社，1998 年 6 月。
- 王列生，〈獨語與對話跨度間的民族文學尋求〉，《河北學刊》第 3 期，1998 年 5 月，頁 56～62。
- 林毅夫，〈臺灣人的甦醒——從黃娟作品探視其臺灣意識的發展過程〉，《文學臺灣》第 44 期，2002 年 10 月，頁 208～218。

- 陳瑜，〈對話與獨白：《離騷》抒情方式的重新解讀〉，《荊州師範學院學報》，2000 年 4 月，頁 47～50。
- 黃娟，《失落的影子》（短篇），臺北：前衛出版社，2000 年 10 月。
- 黃娟，《媳婦》（短篇），臺北：前衛出版社，2000 年 11 月。
- 黃娟，《心懷故鄉》，臺北：前衛出版社，1994 年 5 月。
- 黃娟，《文學與政治之間》，臺北：前衛出版社，1995 年 4 月。
- 彭瑞金，〈十年沉澱──序《婚變》〉，《婚變》，臺北：前衛出版社，1994 年 8 月，頁 3～9。
- 彭瑞金，〈鱒魚返鄉的方式──寫在《故鄉來的親人》前面〉，《故鄉來的親人》，臺北：前衛出版社，頁 3～10。
- 蔡雅薰，〈臺美人的飄泊離魂──廖清山的移民書寫〉，《2003 海峽兩岸華文文學學術研討會論文集》，中國現代文學學會、南亞技術學院，2004 年 1 月，頁 325～347。
- 蔡雅薰，〈新故鄉的流放者──八〇年代臺灣旅美作家的移民小說書寫〉，「一九八〇年以來臺灣當代文學學術研討會」，高雄：中山大學主辦，2001 年 9 月 29 日。
- 蔡雅薰，《從留學生到移民──臺灣旅美作家之小說析論（1960～1999）》，臺北：萬卷樓圖書公司，2001 年 12 月。
- 劉康，《對話的喧聲──巴赫汀文化理論述評》，臺北：麥田出版公司，1995 年 5 月。
- 謝里法，〈從政治邊緣切入的臺灣故事〉，《故鄉來的親人》，臺北：前衛出版社，頁 309～320。

──選自《修辭論叢　第六輯》
臺北：洪葉文化，2004 年 11 月

《故鄉來的親人》裡的離散經驗與身分認同

◎徐韻媖*

一、以「離散」詮釋臺美人

　　離散人造就的離散文化，從過去、現在、未來，以三方面的時間線並行或交織發展著，述說著離散族群飄泊的生活經驗。在不同的時間與空間裡，因離散人身處生活背景不同，於是有著別於他者的認同觀與價值判準，因此，離散人所敘寫的故事，其發展與脈絡也就有了多元的詮釋和意識。

　　如本文第二章所提，離散源自西方世界，字面上的表意有著離開、散播的移動之意。這個詞彙的濫觴是從西元前古希臘時代論起，《聖經》中記載的猶太人族群成為巴比倫帝國的囚犯，大規模地逃亡遠離鄉土；爾後基督教的興起，猶太人背負著神的旨意開始飄蕩的生活型態；以及強盛的羅馬帝國大軍打敗猶太人族群，敬仰的耶路撒冷的教堂在戰爭期間焚毀，開始了集體的飄散人生。因而猶太人集體的離散人生構成歷史最明確也最早的開端，也被稱為典型的離散型式。隨後，第二波大規模的族群遷移是發生在 16 世紀初，即非洲黑人的奴隸買賣，送往當時的新世界提供廉價的勞役，根據以上，「離散」被指稱為大規模性的族裔非自願性離開原鄉之行動。

---

*發表文章時為交通大學客家文化學院客家社會與文化學程碩士生，現為新竹縣新豐國民中學國文教師。

　　到了 20 世紀中期，許多被殖民的地區，因宗教、權力、經濟、利益等
各種原因一一獨立建國，此連鎖效應進而產生全球性的移民活動。臺美人
離散就是在這樣的大環境底下產生。1960～1970 年代從臺灣到美國的留學
生，從美國完成學業後，進一步開展他們的婚姻、家庭與事業，最終定居
於美國。之所以選擇美國為永久定居地，經濟、政治與發展性，都是考量
的因素。雖然戰後臺灣經濟建設著有成就，工商發展也是日益蓬勃，但總
體來看，臺灣天然資源貧乏，經濟發展的格局不大，政治上又因戒嚴統治
而使人心不安。相較之下，美國社會的開放姿態、發達的現代政治制度與
優厚的物質生活條件，對留學生更是產生莫名的吸引力。而從發展性的角
度來看，留美學生大多滿意在美國所接受的教育，也考慮到在美國所得到
的學識能力留在美國較能發揮所長，回到臺灣是否能加以應用則是未知，
因此，選擇留在美國而非回臺灣開創事業。

　　綜合以上，蔡雅薰才會認為：「此時期的留美學生心態不同於以往的留
美者，他們不約而同地帶著以美國為人生最終落腳地的移根心態，而非短
暫過度的過客心情。」[1]當移居國外成了事實，日漸熟悉現實環境後，即以
重新扎根的心態去面對新天地。然而族群與文化的差異，使這批移民與美
國社會始終存在一層隔閡，也難以融入美國社會。這樣的因素下，移民們
轉而回顧自己的故鄉，尋找自己的原點，並積極為故鄉的未來而努力。據
此可知，多數留學生在選擇移居美國之初，國族認同的情感仍不強烈，直
至異文化（美）與母文化（臺）發生碰撞以及生活周遭產生的族群歧視問
題，才使移民們認知到自己與寄居地土生土長的人民仍是不同，轉而探索
自己的身分，尋找自己存在的價值，而正式進入「離散人」的領域。

　　離散人共有的特質，是一個跨越單一地域或者國家的身分，儘管遷移
原鄉多年，仍然保有完整的集體文化、族群團結、族群意識、國家忠誠與
思念懷舊，而且心中有一股重返原鄉的情懷。臺美離散之所以相異於華美

---

[1]蔡雅薰，《從留學生到移民──臺灣旅美作家之小說析論 1960~1999》（臺北：萬卷樓圖書公司，
　2001 年 12 月），頁 5。

離散，就在於「國族想像」的不同，要突顯臺美人的臺灣定位，必須由文化身分再現的角度，去重現臺灣的被殖民背景，進而塑造出一種對鄉土、人民的集體認同，並且透過以安德森「想像的共同體」概念，說明多數臺灣人在血緣上雖與中國大陸相繫連，但因歷史經驗與文化符碼的不同，早已塑造出相異的民族性，藉由與中國大陸不同的特質，凝聚了臺灣人（以及臺美人）的國族認同。

　　臺美人離散即是建立在上述的基礎上，但此種離散經驗並不是非自願的漂泊遷移，而是具有開創性的意涵。被稱為「臺美人」的這個族群，多數屬於高知識分子，他們學有所長也事業有成，有更強大的力量與企圖心參與故鄉的事務，因此無法以典型離散或中國文人「花果飄零」式的飄泊無依、難以尋根來詮釋。本文中選擇以魯賓・柯恩（Robin Cohen）的離散概念詮釋臺美人離散，即在於此種觀點較能將臺美人致力於將家園打造成繁榮、復興新樣貌的特質呈現出來。

二、黃娟與臺美文學

　　筆者在論文寫作之初，有幸電訪黃娟女士，並與之討論到臺美人的認同問題，黃娟女士表示，在臺灣時從未思考過「自己是臺灣人還是中國人」的問題，生於斯、長於斯，對她而言，土地的眷戀遠比空泛的國族更強烈。

　　對應到黃娟女士的小說寫作歷程，1960 年代開始發表作品的她，多是以女性溫婉的筆觸描繪出該時代的女性，在父系社會下所遭遇的迫害。這些遭遇不平等待遇的女性，她們有的選擇順從，有的選擇反抗，但不管如何反抗，還是爭不過父系社會下，以男人為首的結構。所以黃娟對筆下所刻畫的女性，大多保留一份關懷惻隱之心，亦可感覺到黃娟溫柔敦厚的書寫風格。當時的她雖也有一些觀察社會病灶的作品，但多只是如實呈現，而未有批評成分。赴美之後，她如同許多留學生一般，接觸了大量在臺灣禁制的思想言論，讓她的眼界更加開闊，在接觸了「臺灣同鄉會」這一類

的臺灣人社團後，她對於自己「臺灣人」的身分開始有了認同感，並開始省思：自己是否能為家鄉做些甚麼。因此 1980 年代的她在文壇選擇了「臺美文學」的位置，作品風格雖不失以前的溫婉，但內容以偏向寫出異國社會問題以及對臺灣現況的關注，許維德曾針對黃娟 1980 年代的寫作風格作評析：

> 黃娟起於吳濁流先生所引導的《臺灣文藝》作家中，吳老先生不遺餘力地強調對臺灣本土的認同，黃娟身受這種強烈「臺灣意識」的「沖激」，加上本身對臺灣歷史，政治，文化的研討，使她自然而然地躋身於「臺美人」之間……[2]

復出之後的黃娟選擇了以從美國看臺灣的方式去寫作，從她的身上，可以看到 1970 年代出走的移民欲在美國大陸扎根，卻猛然發現自己的根一直都附著在故鄉的「精神回歸」[3]情形。

從黃娟作品中能窺探到從早期的中國人、華人、東方人進展到近年來的臺灣人意識，可知黃娟早期的國族認同意識仍十分模糊，對照黃娟的「鄉土認同」說法，推論黃娟的認同觀與其說是政治上的國家認同，不如說是歷史文化經驗積累下的土地認同，一直到了美國之後，面臨到必須與中國大陸移民切割或融合的問題，才發展出臺灣不等於中國的政治意識，進而企圖將國家邊界從整個中國大陸縮小到僅剩臺澎金馬，將臺灣作為自己國家認同的表徵，此部分的思想發展與前述美國移民的臺灣認同意識形成的過程是相符合。本論文所選擇的文本《故鄉來的親人》與同時期關於認同的短篇小說，正是屬於黃娟以「臺美旗手」身分復出的作品，她描述

---

[2] 許維德，〈故鄉心——由《故鄉來的親人》談臺美人以及黃娟的政治意識〉，《故鄉來的親人》（臺北：前衛出版社，1994 年 6 月），頁 321。
[3] 黃娟在 1968 年赴美與丈夫翁登山團圓，雖是以依親方式出國，但她與丈夫皆是當時臺灣的高知識分子，其夫婿也確為戒嚴時期赴美的留學生之一，因此在探討其認同轉折時，仍是採留學生精神回歸的模式。

了三種臺美人的國族認同觀點，即使是親中的左派人士，也因他的出身臺灣以及關心臺灣處境而被黃娟視為臺美人，雖然在文章裡，黃娟對這一類人士仍帶有批貶之意，但仍可見她赴美初期對臺美人的定義較之日後寫作「楊梅三部曲」仍是較為寬容。

所謂的「臺美文學」，即是居住在美國的臺灣人，以臺灣本土為題材的創作，從不同國家的角度去觀看臺灣，讓海外人士展現出臺灣文學的另一新風貌。一如「臺美」與「華美」兩個對立的概念，臺美文學也應相對於一般華文文學。筆者試著站在臺美作家的角度去理解臺美人亟欲與中國切割的心意，認為臺美文學無法放在以中國為中心的海外華文文學或世界華文文學的架構下解讀，因此試著以史書美著重各地方在地性的「華語語系文學」概念來詮釋，以表彰臺美文學的臺灣性。

以寫作資歷和多產作品而言，黃娟可說是臺美文學的開拓者。她在臺灣文學界的特殊性即在於以臺美文學作為她重新出發的視角，這種超然客觀的角度正可填補臺灣文學的缺角。因黃娟離開臺灣已許多年，未參與到臺灣近年來社會經濟上轉變，正可看出臺灣在快速發展下產生的種種問題，並透過她一貫細膩的筆法將其具體呈現在她的作品中，以《故鄉來的親人》來說，即是以兩代赴美臺灣人待人處世的不同態度，刻畫出 1970 年代以後的臺灣人短視近利的自私心埋，其他關心臺灣族群問題、弱勢團體的篇章，也都透露了黃娟的故鄉關懷與其清楚的臺美人定位，黃娟的作品，正是以鱒魚返鄉的形式，讓異鄉的臺美人，有了精神返鄉的機會。

三、從作品中得到的啟示：認同、回歸與臺灣民主

選擇以《故鄉來的親人》作為主要的研究文本，是因為筆者認為本書所呈現的概念與筆者意欲探討的臺美人的「離散經驗」與「認同」有著相當類似的意涵。故事中的主人翁，因為在臺灣生長的時間與空間的差異，有著不同的離散移民軸線，也因為接觸的價值體系不同，他們的處境、遭遇與身分建構也有所差異。在 21 世紀的今天，全球化人口大遷移的趨勢

中，同樣的離散族裔議題，仍然以更廣泛的形式與意涵存在於世界各個角落。而在臺灣外省與本省的省籍議題依舊在政治版面不定時出現，特別是選舉時間一到，政治人物的出身背景就會再一次的搬上檯面，討論族群背景是否可以達成其對臺灣的效忠。從臺美人的國族認知建構，其實可以看見一個共同點，即血緣、宗族這一類長久以來認定的國族建構要素，其實已經不是我們定義「我是○○人」的主要方式了，共同的記憶，共同的歷史符碼，才是一個族群凝聚力量的開始。

在黃娟的小說裡，直接或間接的提到了許多臺美人對臺灣近代史的悲嘆，以及「美國居大不易」的經驗，我們毋寧相信，這樣的共同意識，方才建構得出臺美人獨特的國族想像空間，而長久以來存在於臺灣的族群問題，黃娟也以她獨特的溫和筆法告訴我們：關懷弱勢族群，包容與接納才是臺灣強盛的關鍵，因此她筆下的康義雄，雖然是中間偏右的思想，但仍基於「臺美人要團結」的因素接納了左派思想的王念京，身為外省人第二代的李明煌與程光世也因為生長於臺灣的因素，學會了臺灣民謠與福佬話，甚至加入了「臺灣外省子弟臺灣獨立支援會」，他們認為：

> 臺灣人的首要任務是建立一個主權獨立、具有國家尊嚴的自立政體。這需要臺灣四大族群：福佬人、客家人、原住民、外省人共同的努力……
>
> 在臺灣以外的地方，「中國人」是指「中國大陸」來的人。不管您願意不願意，人家都稱我們是「臺灣人」，那麼為什麼不做真正的「臺灣人」，為臺灣的獨立建國而盡力……[4]

黃娟不是登臺高呼「臺灣獨立」的極右派激進分子，她的內心盼望是當臺灣人都能意識到自己是一個群體，能夠將所有的歷史夢魘都塵封起

---

[4] 黃娟，〈何建國〉，《彼岸的女人》（臺北：前衛出版社，1996 年 4 月），頁 125～126。

來，一起為這片土地打拚時，臺灣才能真正走出自己的一條路。

　　筆者曾經一度疑惑，臺美人既然如此關懷臺灣政治，為何仍選擇定居美國？他們支持臺獨，可是當臺灣真正對中共主張獨立的當口，臺美人又能為臺灣島內的子民做甚麼？中共武力犯臺的恐慌下，犧牲的不是在臺灣的人民嗎？在論文的寫作期間，筆者將黃娟的作品翻閱了一遍又一遍，逐漸有了清楚的答案。在戒嚴時期，若沒有海外的知識分子以及從海外歸國的學者大力的將「民主、自由、人權」的思想透過報章雜誌向全民散播，現在的臺灣，也許還是延續著戒嚴時期的白色恐怖；如果沒有海外臺獨力量支持著臺灣島內的黨外人士，使之逐漸發揚光大成為與國民黨抗衡的力量，臺灣或許會因一黨獨大而走向專政獨裁的局面；如果沒有海外臺灣人努力在世界各地發聲，臺灣的現況、臺灣的問題將無法得到國際社會的重視。以臺美人來說，他們的認同回歸，對於臺灣的民主發展，有著實的貢獻。

四、未來展望

　　近年來因為臺灣文學蓬勃發展，臺灣文學作家的作品的研究也如雨後春筍般紛紛冒出，以黃娟作品的研究論文來說，筆者所能拜讀到的，也是近十年來的研究成果，其中，最受人青睞的主題，應屬「楊梅三部曲」這部黃娟半自傳式的大河小說。這部精采的臺灣近代史在筆者欲以黃娟女士的作品為研究文本時，已詳加閱讀過，後因研究前賢已有精闢的剖析，故在本論文中未予以著墨。除此之外，黃娟仍有許多作品引發筆者不同的想法與思考方向，但因囿於章節與研究主題的範圍，未能加以深入研究，深引以為憾。除了期盼自己日後能進一步探索，也盼望對黃娟女士作品感興趣的同好或對臺美文學感興趣者能進一步的作探討。茲列舉如下：

　　1.黃娟女士以女性的視角描寫許多兩性相處的篇章，不管是 1960 年代臺灣島內受著傳統觀念束縛的男女，或是 1980 年代以後作品中臺美家庭中女性的孤寂感，都有著很細膩的情感描繪。在這一類的作品底下，許多都

透露著淡淡的無奈，這是否與黃娟本身的價值觀有關？身為客家女性的她，雖然受過高等教育，似乎仍帶有客家女性吞忍、堅韌的性格。筆者發現，黃娟書寫兩性關係的小說有很多，但是專文研究者幾稀，因此，此一主題似是可研究的範疇。

2.在本文中，筆者試著將黃娟作品與留學文學作區隔，以解讀其離散與認同回歸的歧異性，但礙於篇幅，無法明白列舉出黃娟作品與其他留學生作家在寫作手法與作品內容上的分別，盼來者可深入探究。

3.筆者在論文計畫發表時，曾被提問：「『臺美文學』是否能成為一個文學體系？」在本文中，筆者試著列舉出與黃娟同屬臺美體系的吳木盛、周明鋒、許達然等作家，證明臺美文學確實可列為臺灣文學的一個分支，可惜，在其他研究中，很難找到有關其他臺美作家的研究報告。就此推論，臺美文學仍是一塊可耕耘的園地。

4.呈上所述，大多數臺美作家身分角色皆為男性，且多數皆是在美國學有所長的高知識分子（學者、醫師或工程師），而黃娟是以一介女子，又是家庭主婦的身分去作觀察，兩者在關注主題與敘事的角度上是否會有不同？

5.臺美文學呈現的都是高知識分子的價值觀，是否有描述其他階層華人的移民文學文本可與之對照、比較，以呈現不同階層的華人移民心聲？

臺美人的世界對土生土長於臺灣，未曾踏進過美國新大陸的筆者是十分陌生的，對於如何揣摩臺美人的心理，其實一點把握都沒有。再加上筆者的原生家庭，一直是傾向海峽兩岸和平共處的政治意識，受到家庭環境的影響，對於臺獨，多少也有「敬而遠之」的想法，因此在決定以臺美人的意識回歸為主題作為論文書寫時，心裡其實充滿了矛盾與掙扎。最後決定勇於嘗試，還是因為被黃娟女士的作品深深的吸引，因此期勉自己擺脫故有的意識形態，以全新的視角去看待臺美人的生活，去解讀他們的想法。

透過黃娟女士細膩的文筆，在筆者論文已近到尾聲之際，對於臺美人

的生活、離散經驗、身分認同,甚至美國居的苦與樂,都有一定程度的了解。其中,最讓筆者深感收穫的,莫過於體會了臺美人的築夢踏實:當他們在美國已享有一定社會地位時,仍不忘回過頭看顧故鄉臺灣,「吃果子,拜樹頭」的飲水思源,構築了臺美人的回鄉之路,他們夢想臺灣有一天能成為自由之島,並且用自己的方式積極的去鼓動這股民主風潮,終讓中華民國所在的臺灣成為亞洲第一個民主政體。

　　臺灣人或臺美人在政治意念上仍有許多待釐清價值體系,透過本論文,希望能提供讀者多元的思考空間,畢竟臺灣的民主化還有很長的一段路要走,多元的角度、嶄新的視野,可提供大家更寬闊的思考方向,對於臺灣的民主進程,相信也有一定的幫助。

　　　　——選自徐韻媖〈黃娟小說中的離散經驗與身分認同——以《故鄉來的親人》
　　　　及其相關短篇作品為例〉
　　　　交通大學客家文化學院客家社會與文化學程碩士論文,2011 年 7 月

《歷史的腳印》
日治時期臺灣女性生活史

一、沒有歷史的歷史——日治時代臺灣庶民生活

　　「楊梅三部曲」當中的第一部曲《歷史的腳印》是各章節結構較為獨立、無連貫性的一本書。就時間上的軌跡，亦無所謂的順序法或者倒敘法，而是以日治時代小女孩幸子為主要敘事觀點。各篇故事跟著幸子的眼光推移，隨著空間的不同而有各自獨立的故事篇章。因此探討《歷史的腳印》的章節安排，只有空間的展演，而無時間的推距，可發現黃娟一開始的創作意圖，似乎並無大河小說三部曲那樣的宏偉，而是想藉著自己（幸子）的眼光，對自己的童年做一次尋根的洗禮。因此第一部曲可以說是平面的，將歷史的時間延展成為同一平面時間，平鋪在不同的空間裡。《歷史的腳印》的章節安排分別是：

　　1.遙遠的故鄉、2.夢裡的火車、3.難忘的便當、4.震耳祖父聲、5.外婆家、6.猶憐女兒身、7.婚姻的方式、8.鄉間一少年、9.紅娘登門、10.君子好逑、11.柚子園、12.婚前婚後、13.入學風波、14.不同的風俗、15.從城市到鄉下、16.大海那邊、17.古廟、18.戰時生活、19.送行、20.父親的信、21.鄉間小屋、22.小媳婦、23.兵隊桑

*發表文章時為清華大學臺灣文學研究所碩士生，現任職於嘉義縣大林鎮公所。

　　〈遙遠的故鄉〉作為三部曲的第一章，具有十分重要的回頭的姿態。
這個回頭，有兩個層次。一層是回顧故鄉、童年，也是一個重新認同的態
度。另一層是再發現，再賦予新意義，「古書今讀」、「舊書新讀」之意。這
一章，一開始便是現代的幸子，藉由朋友的陪伴，回到她從前較少了解的
故鄉。而這個回首，不似黃娟以往的作品，預設一個等待啟蒙的讀者，述
說著海外的見聞、新的觀念，而是回頭來親近、了解的和諧的身影。另一
層歷史的意義，則在於寓過去予新的時代意義。黃娟創作這三部曲的意
義，就作者自己所言：

> 我決定透過自己的眼光，把自己經歷過的人生，當作一面鏡子，以便
> 反映臺灣的一段歷史軌跡。[1]

　　前車之鑑，便是以史家之眼光，重新檢視一段過去的歷史。黃娟的這
段自白，亦是說明這三部曲是作為縱向時間軸的歷史軌跡的紀錄。然而作
家自己之言與作品所呈現，本可以作為兩面不同的探討。創作意圖與創作
結果，也許不盡相同。〈夢裡的火車〉、〈難忘的便當〉、〈震耳祖父聲〉、〈外
婆家〉可以當作同一個時間點的歷史。這三章的歷史背景皆是女主角幸子
幼年時期，並且是同一個時間點作不同空間的描述。由此可看出與其是對
於時間的敏感，不若說是對於空間的記憶。因此歷史的時間感在這裡是沒
有的，甚至連標誌著重大歷史事件所代表的朝代亦感受不到，只有由庶民
生活當中的物件的符號，拼排出歷史的時間感。
　　而以上四章的記憶，由許多生活當中的、細微的五官感受所交織成為
黃娟小說中的歷史。〈夢裡的火車〉描寫火車對於幸子記憶當中扮演的角
色。火車意味著幸子幼年時期優越的象徵。她們一家人搭火車到北投溫泉
旅館泡湯，幸子身著乾淨的鞋襪與洋裝（與髒ㄌㄌ的臺灣小孩不同），在溫

---

[1]黃娟，〈關於「楊梅三部曲」〉，《寒蟬》（臺北：前衛出版社，2003 年 8 月），頁 14。

泉飯店裡操著流利的日語和同樣穿著旅館浴衣的日本小女孩由美的邂逅。
其中關於溫泉旅館的描寫，如「溫泉宿」的招牌、掛著寫了店名的「行
燈」、日式的木造房子、玄關、鞋箱、榻榻米床、緣側、障子、下駄、跳
石、風呂等營造出了古日本幽玄的文化風味。甚至連女主角的名字都是幸
子這樣的日本女孩名字，便可看出，幸子對於記憶中童年時代的日本，其
實是抱著美好、眷戀的回憶。因此〈夢裡的火車〉當中的歷史，毋寧說是
日本古文化於臺灣上演的混雜的「空間歷史」。而〈難忘的便當〉寫的亦是
火車對於幸子童年優越感記憶中的一角。在坐火車回 Y 庄探望祖父與外婆
的路程中，會有難忘的美味火車便當。下了火車，由人力車腳夫的話題牽
引出了社會的階層。當時還是小女孩的幸子（就是到了第三部曲，幸子依
舊沒改名。）便說出了：「拉人力車不像是好的工作」……「我想，如果他
們學會講日本話，就會有好的工作。」幸子自以為是地說。[2]對於年幼的幸
子，不能以高傲的姿態解讀這句話，筆者認為幸子的優越感來自這些沒有
歷史的歷史[3]，亦即陰性的歷史。由於太過執著於生活中的點點滴滴，因此
隨處都是比較，優越感因此而生。

　　而小說中的許多符號，都可看出黃娟試圖營造出來歷史氛圍。這些無
關乎歷史事件的零碎配件，如木造房子、玄關、鞋箱、人力車、腳夫等等
記載，都指向一個幸子記憶中的過去，即是日據時代的臺灣。藉著這些零
件，幸子找到了自己童年的身分定位。

　　不同於男性史觀的陰性歷史觀，黃娟著重於內心的、個人的、細節
的、非帝國的描寫。這些細碎的符號、日常生活中的話語，取代了重大歷
史事件成了第一部曲當中的「空間歷史」。這樣沒有歷史的歷史，這樣的庶
民生活史，在第四章〈震耳祖父聲〉、第五章〈外婆家〉當中亦可發現。這
兩章描寫同在 Y 庄祖父家與外婆家的所見所聞。祖父代表的是傳統的中國

---

[2]黃娟，〈難忘的便當〉，《歷史的腳印》（臺北：前衛出版社，2001 年 1 月），頁 21。
[3]這裡「沒有歷史的歷史」指的是沒有政經社會等重大歷史事件的歷史故事，僅有屬於幸子自身的
　生活，切身的歷史故事。

父權的象徵，其附帶的配件有：派頭十足的大辦公桌、又圓又大的眼睛在粗眉下炯炯發光、洪鐘般的喉嚨、一字不變的例行性帶著威脅的斥罵：「妹仔屎（女孩子）帶轉來作麼介（什麼），快快賣掉就好了。」等典型化的客家父權象徵。這樣的象徵亦可看出屬於日治時期客家父權的典型代表。幸子藉由這些配件，書寫出她個人的歷史事件以及觀感。而關於外婆以及外婆家的形象配件，亦有其典型化。關於外婆家的描寫，十分具有「臺灣客家傳統」電影運鏡的特點。這裡的括弧，指的是典型化、表演性質的臺灣客家傳統，而非代表性、普遍性的客家文化。關於外婆家，黃娟是這麼描述的：

> 外婆家則夾在一長列街房之間，是那種中間有天井，後面有院子的長方形房子。……進入大廳，右側是一道長長的過道，由於左右兩側都是鄰居的房子，過道是相當陰暗的。左側是一間又一間的擺了古式木雕眠床和衣櫃的房間，門坎上垂著長長的布簾。走到中途視界豁然大開，出現了天井。那塊水泥地中央有一座飲水用的圓口古井，……[4]

以上的場景，運用十分細膩的運鏡慢動作拍出了典型臺灣北部客家平房的模樣。臺灣的客家建築與中國大陸客家建築不同，是由於不同地區所能採集到的建材，以及土水師傅、當時流行等等不同而使得建築物擁有特殊的時空性。然而何謂客家典型住宅？徐正光於《徘徊於族群與現實之間：客家臺灣與社會》[5]當中曾指出，「他鄉日久是故鄉」，意指幾度遷徙的客家族群，就是同在臺灣的客家人，北、中、南三區的建築亦有很大的差異。因此這裡的關於客籍祖母家的回憶描寫，便不似前行的日本古傳統幽玄文化的那樣定型。這裡的外婆家的描寫，毋寧說是參雜了傳統中國的弄

---

[4]黃娟，〈外婆家〉，《歷史的腳印》，頁 35。
[5]徐正光主編，《徘徊於族群與現實之間：客家臺灣與社會》（臺北：正中書局，1991 年 11 月），頁 33。

巷，十分細長、陰暗的，與鄰居相緊連的胡同。而中央的天井亦是中國古建築的一個特殊配件，古式木雕眠床、門坎上長長的布簾、古井等等。帶出了似乎是古中國的意象而非臺灣的客家的符號。因此這樣的「空間歷史」似乎略顯得簡單，帶出的是個人的記憶中的歷史，甚至不是家族集體記憶、種族集體記憶。然而卻可看出這段描述，是臺灣傳統家庭，相對照於臺灣島內的日本文化。

以上四個章節，幸子以過客的身分描述了兩個文化於她生活當中扮演的角色，令筆者禁不住進一步追問，那麼幸子所居住的房子是屬於哪種建築呢？

在 T 市住日式的榻榻米房子，看慣了白天裡，紙門全開，每個房間互通的敞開場面，外婆的家，常給幸子帶來某種神祕感。[6]

由以上可知，臺灣傳統住宅對於幸子而言，是個神祕的「他者」。就如同西方人眼中的東方情調，神祕、曖昧、女性、柔和等等東方主義式的情調。而幸子，就如同她的名字一般，是屬於日本的。幸子居住的場所，亦是日式的榻榻米。筆者疑惑的是，幸子若是一出生就住在日式榻榻米，然而日治時代的臺灣人，卻對臺灣式的建築感到神祕。又幸子一家是外婆家客房中的常客，對於臺灣傳統建築，竟是以神祕視之，這當中，似乎仍可嗅出一絲知識分子返鄉的菁英意識。

〈猶憐女兒身〉、〈婚姻的方式〉、〈鄉間一少年〉、〈紅娘登門〉、〈君子好逑〉這幾個篇章亦可看作是同一時間針對同一主題所進行的不同空間的活動。其共同的主題，亦是黃娟所熟諳的題材：傳統女孩命運以及婚姻的模式。這幾篇故事以幸子的母親素芬為主角，描述早期日治時期的臺灣女人一生的命運及對於女人重大聯繫的婚姻的命題。素芬身為客家長女，從

[6]黃娟，〈外婆家〉，《歷史的腳印》，頁35。

小便一肩挑起家裡大大小小裡裡外外的家事。有一句客家諺語十分能傳達
出客家女性的「德行」：家頭窯尾、灶頭鍋尾、針頭線尾、田頭地尾。[7]這
句對於客家婦女德行的諺語，在客家文化研究當中普遍的被引用。而〈猶
憐女兒身〉亦可以由文本當中印證了客家婦女的辛勤勞苦：

> 素芬的母親是個典型的客家女性，勤儉耐勞，從不偷閒。如何在相夫
> 教子之餘，增加積蓄，添購田地，是一般賢慧妻子的共同目的。……
> 一如一般客家婦女，每年每季種有花生、蘿蔔、蕃薯等等的農作物，
> 又經營不小的菜園。[8]

家頭窯尾、灶頭鍋尾、針頭線尾、田頭地尾這句諺語指的是，不論是
家中大大小小的家事，廚房鍋碗瓢盆，細至針線等細活，甚至田裡的工
作，都是客家婦女一手包辦。素芬的母親，便是典型的勤儉的客家婦女，
並且亦以此標準要求素芬。

> 母親是個很嚴厲的人，而且也是個深信「男尊女卑」的人。……她認
> 為生為女兒身，就是要吃苦，沒什麼好討價還價的。[9]

客家人由於渡海來臺的時間較晚，因此多以山區為其居住地。山區生
活不便，因此男子多外出經商或者尋找其他的出路。由文本當中便可看
出，外祖父的缺席，以及父親的缺席，都是由於尋找更理想的出路而離開
故鄉。而男尊女卑，亦是客家婦女的普遍公認的處境。

〈猶憐女兒身〉亦記載了日治時代的公學校以及小學校的教育狀況。
由於當時日本人鼓勵臺灣人念日本書，因此不論年紀多大，都可以就讀島

---

[7] 劉還月，《臺灣的客家族群與信仰》（臺北：常民文化出版社，1999 年 6 月），頁 246。
[8] 黃娟，〈猶憐女兒身〉，《歷史的腳印》，頁 44。
[9] 黃娟，〈猶憐女兒身〉，《歷史的腳印》，頁 45。

內人設立的公學校。素芬由於家中需要幫忙，因此弟弟雖小她兩歲卻已就讀公學校，而素芬拜日本政策所賜，得以晚兩年的年紀就讀公學校。

> 公學校六年，沒有人關心過她的功課，她也很少有做習題或準備考試的時間。往往是起床到上學前，要做許多家事。[10]

這是當時臺灣大多數女孩子的命運。就算有機會就讀公學校，也是因為日本政府鼓勵的政策使然。賴和曾於〈歸家〉[11]討論過日本對於臺灣人的教育目的，是培養服從、現代化的國民性。然而這一系列日本教育賦予臺灣人特殊用意的後殖民議題，在第一部曲當中不但找不到，甚至可以明顯看出一條指向日本的認同感。這一點容後討論。

好不容易完成了公學校教育，素芬要求報考當時臺灣女子最高等教育，即是俗稱高女的高等女學校。雖然遭到父母的疑難，然而畢竟是自己親生的女兒而非養女，對於素芬的要求，便以以下的條件得到了首肯：

> 「我也想念高等女學校！」她向母親要求。
> 「妳也想讀……」母親吃驚的反問。彷彿她從沒有想到女兒會有那樣的念頭。
> 「是的，人家阿柑伯的菊妹也去念了，他們家也沒有比我們有錢哪！」
> 「細妹仔讀再多書也是嫁人，生細人（孩子），有麼介用？」
> 「讀書多，可以嫁好老公……」她紅著臉回答。[12]

由此可知，素芬一家人對於女孩子讀書，是站在功利的位置。女孩念

---

[10]黃娟，〈猶憐女兒身〉，《歷史的腳印》，頁47。
[11]賴和，〈歸家〉，《賴和全集一——小說卷》（臺北：前衛出版社，2000年6月），頁21。
[12]黃娟，〈猶憐女兒身〉，《歷史的腳印》，頁48～49。

書是為了嫁個好老公。至於念日本書，於臺灣人的自我定位是否會受到影響，素芬一家子是沒有想到的。只有一條路：念書、尋找更好的生活方式。這樣的觀念亦貫穿著幸子的一生，「楊梅三部曲」一直都是以這樣的觀念度過了三個不同的時代。這也是日據時代女性生活史的一部分。而考高女需念的書：「考題都是從小學校的課本裡出來，一定要念『小學校』的課本才行。」由此可得知日據時代，學制是有小學校以及公學校之分。小學校是給日本人念，偶爾有幾個臺灣孩子穿插其中，大多是有錢有能力的臺灣子弟。然而亦有臺灣人不願讓自己的小孩念日本書，這又是日治時的另一類臺灣人。而幸子一家，在日治時期看不出有無臺灣人的自覺。

　　而〈婚姻的方式〉寫的是日治時代女孩子的婚姻方式。當時的女孩子結婚的年齡都很早，尤其是「童養媳」，多以「送作堆」的方式圓房，有些甚至才十四、五歲。

> 高女的同班同學，有一些已經訂婚了。到了最後一年，傳出喜訊的人數，有明顯增加的趨勢。顯然「女學生」畢業後的出路，也不過是「結婚」罷了！[13]

　　以上反映出日據時代女孩子的出路。這裡的女孩子，不同於《浪淘沙》[14]當中的丘雅信（蔡阿信），是個日治時代第一位臺灣女醫生，從小到大受過教會女學的教育、甚至遠渡重洋到日本女子醫學校習醫。黃娟筆下的女孩子，雖然是屬於臺灣社經階級較優越的一群，然而卻也是屬於當時的民俗，庶民生活的一部分。有論者以為，黃娟「楊梅三部曲」雖觸及到身分認同問題，但是以較粗淺的筆墨，敘述一般人皆可看出的身分認同矛盾。然而筆者以為，與其說「楊梅三部曲」是屬於身分認同轉變的書寫（雖然黃娟本身亦有這樣的聲名），然而身分認同的筆墨，在第一部曲當中

---

[13]黃娟，〈婚姻的方式〉，《歷史的腳印》，頁53。
[14]東方白，《浪淘沙》（臺北：前衛出版社，1991年9月）。

卻似乎是個背景。並且是黃娟在意識到自己正在創作關於臺灣人認同的大河小說，始刻意放入的議題。因此身分認同，筆者以為在第一部曲當中並不構成問題，小說中女主角自始至終都叫做幸子，是個認同日本的臺灣人。

那麼，第一部曲的重點呢？筆者以為是關於日治時期一般女性，甚至是不同階級女性的生活的描寫。因為「楊梅三部曲」第一部曲，使得日治時期的女性的一生有了詳盡，甚至是細節、心理變化的描述。相較於男性客籍作家的臺灣大河小說，鍾肇政的「臺灣人三部曲」當中的女性，如桃妹、鳳春、韻琴，其生命當中似乎只有愛情、婚姻，除了關於愛情與婚姻的篇章，女性的角色便無從出場。並且那些愛情、婚姻，似乎是男性作家所想像的。而鍾理和的《笠山農場》當中的淑芬等客家女性，其面對愛情、婚姻的方式如同「臺灣人三部曲」，都是較為大膽，甚至風騷的。如以下這段話描述：

> 他覺得秋菊是不能跟桃妹比的，桃妹豐滿的使人不敢逼視。好比一朵盛開的牡丹花，濃豔富麗，使人陶然欲醉。[15]

以上的描述，可以發現，男性作家的大河小說當中的女性，多半是被觀看的，其中關於情慾的想像，更使得讀者們以為，日治時代的客家便是如此的開放，如此的以山歌和男性調情。

雖然同是客籍作家，但是身為女性的黃娟筆下的素芬、貞蘭等等女性角色相對而言卻是較為保守、矜持的。一樣是透過相親、媒介的方式，女人的命運便交由那第一次見面的印象好壞。而高等女學校的女生，因為受過教育，有過閱讀西方書籍的機會，而有了戀愛、羅曼蒂克的想像。然而這樣的想像基本上，在當時仍是屬於私底下、較為隱密的女性密友之間的

---

[15] 鍾肇政，《沉淪》（臺北：遠景出版社，1993 年），頁 62。

對話。這兩種差異性極大的文學當中的客家女性,並非孰對孰錯,而是可觀察出男性與女性,面對同一個主題、對象時,所感知到的印象居然有如此大的不同。因此女性作家的臺灣大河小說,與男性的臺灣大河小說,便有一個拉開距離的參照點。

以下篇章是關於幸子對於歷史的參與。而第二節所定義的歷史參與,便是公領域的參與以及活動方式。由於日治時代女性能夠參與公領域的方式,似乎便是學校教育。因此筆者將以探討日治時代學校教育找出書中女主人翁幸子對時代的參與。

二、幸子對於當時歷史的參與──日治時期的小學教育

由於「楊梅三部曲」當中的第一部曲,歷史的時間感在當中幾乎感受不到。因此小說中的主要描繪,是圍繞在庶民生活的題材當中。其中女性對於公領域的參與,亦即學校教育,占了第一部曲的一半篇幅。以下的幾篇文章可看出日治時代女性受教育的景況:〈入學風波〉、〈不同的風俗〉、〈從城市到鄉下〉、〈大海那邊〉、〈戰時生活〉、〈送行〉等。而第一部曲的歷史,由此開始有了「歷史」感。即是記錄了史書上可能記載的教育歷史。因此第二節以日治時代幸子受教育的狀況探討幸子對於時代歷史的參與。

日本的學年度是四月一開始。三月三十一日以前出生的叫做「早生兒」,可以在七月入學。四月以後出生的,就要等到八歲。這樣的學制,到了臺灣光復以後,仍然沿用。只不過學期開始的時間由四月改為七月。關於日治時代的許多公領域社會經濟制度,在光復後仍可看出其痕跡。而小學校與公學校的招生、授課與教科書,在〈入學風波〉當中有了較為「個人記憶性質」的描寫:小學校是日本子弟念的學校,臺灣孩子僅有幾個點綴其間,亦都是家世不平凡的人家。而幸子一家人,便打算將幸子送入小學校。由於小學校需要申請,申請過後便會由一位老師作「家庭拜訪」。為了迎接家庭拜訪,幸子一家便開始模擬對話:

「你為什麼想念小學校？」是父親問的。

幸子想不出什麼好的答案，只好老實地說：「因為離我的家近。」

父親看了母親一眼問：「這個答案妥當嗎？」

母親說：「標準答案應該是接受更好的教育，做大日本帝國的模範國民。」[16]

　　以上是個人記憶性質的描述，不一定代表黃娟。然而就筆者對於黃娟創作「楊梅三部曲」時意識上的「斷層」，因此以第一部曲當中的幸子與黃娟畫上等號。作者為何要描述這一段的記憶？關於小學校的申請？由以上可知幸子一家人所認同的，是日本人的小學校。因為能夠受更好的教育，做大日本帝國的模範國民。最末一句，也許是為了應付家庭拜訪的老師，然而對於受更好的教育，應該是幸子一家人的真正目的。筆者以為，不需將幸子與日治時代堅決抗日的文人相比，也不需跟「日本的走狗」相較，這樣子的「唯利是圖」的心情，也許是日治時代大多數中間臺灣人的心情吧！

　　終於到了家庭訪問的日子。

　　他們把房子掃得乾乾淨淨，父母親還一再囑咐幸子：要特別注意禮貌，講話不要忘記使用「敬語」等等。[17]

　　關於整齊、清潔，有禮貌、守規矩等等是日本殖民臺灣後帶來的現代性價值觀。在當時，想要將子女送進小學校的臺灣上層階級居民應該也不少，由黃娟的第一部曲當中可看出當時代一部分中上層臺灣居民對於日本的想法。然而老師主要是來考家長，而不是學生的。當時家庭拜訪老師對於家長的問題如下：

---

[16] 黃娟，〈入學風波〉，《歷史的腳印》，頁156。

[17] 黃娟，〈入學風波〉，《歷史的腳印》，頁157。

「你們對日本治臺政策的看法怎麼樣？」

「對當前時局有什麼認識？」

「有沒有皇民化的決心？」

「如何配合國家政策？」等等。

……母親注視茶几上未經碰觸的茶點，也不高興地說：「那個老師好像不敢吃我們家的東西，其實我用的是最好的茶具，什麼都擦洗得乾乾淨淨。」[18]

　　在訪談的過程當中似乎不大順利。黃娟於書中的解釋是，父母親一致認為要應付皇民化運動實在辛苦，即使錄取了，也置之不理。筆者以為，這裡有一種阿 Q 的精神在內。因為皇民化運動針對的，應該是臺灣子弟就讀的公學校。就如同日本人沒有理由在內地（日本）提倡皇民化運動。又比對於之前幸子一家事前所做的訪談練習，父母親即知應會有關於皇民政策的問題。因此對於幸子沒經錄取，歸因於自己是個臺灣人，不願意當作皇民似乎有點馬後砲，自我說解之意。又接著黃娟於書中嵌入關於外婆的一段描繪：

　　外婆就是典型的例子，她老人家一句日本話也不會說，穿的總是灰黑色的臺灣衫和長度及膝蓋的黑褲子。……外婆的家也是臺灣式的……[19]

　　以上幸子將未錄取小學校的原因歸於自己與外婆一樣身為臺灣人，並由服裝、語言來展示自己自覺的臺灣身分。然而幸子一家於 T 市的住家是日本式的，又幸子未入公學校便已講得一口流利日語，父母與自己亦以此為榮。幸子姊妹經常是一身洋裝，甚至到了溫泉旅館，還換上了日式浴衣。因此這一段關於外婆的嵌入段落，不但沒有替幸子的臺灣精神做背

---

[18]黃娟，〈入學風波〉，《歷史的腳印》，頁 157～158。

[19]黃娟，〈入學風波〉，《歷史的腳印》，頁 158～159。

書，反而成了一個有趣的對照組，也就是不同於幸子一家的另一種臺灣人。

於是幸子進入了一般臺灣子弟念的公學校。關於日治時代公學校的教育精神，周婉窈於〈寫實與規範之間——公學校國語讀本插畫中的臺灣人形象〉[20]當中已有指出，旨在教育出服從、柔順之日本國民。

> 「老師講了一天的話，全是這個不能做，那個不能做；和這個要遵守，那個要遵守……」
> 「我們從前念書，好像沒有那麼多規矩，是不是在戰時體制下，學生也要接受軍事管制了？」母親疑惑地問。[21]

以上的節錄印證了周婉窈於論文當中的觀察。公學校的教育目的是要培養愛國、服從的國民性，與小學校「長進取之風氣」的教育目標不盡相同。然而母親素芬亦是日治時代的女學生，由以上對話可見，學校教育的軍事化於日治時代的太平洋戰爭後始越來越明顯。臺灣目前的中、小學教育體制當中，亦可看出日治時代遺留的軍事化學校教育。如校園的圍牆、司令臺、值星官、教官、朝會、升旗等等，無不滲透於臺灣現今的中小學教育而不察。然而這樣的軍事教育，亦有其方便性與時代必要性。然而這不是本篇論文欲處理的議題，因此詳待後人的研究。

學校當中的老師，亦有本島人以及內地人。筆者的外婆，今年 87 歲即曾經於日治時期公學校任教，其記憶中日籍教師與她相處融洽，雖不免有文化、待遇的差別。又筆者外婆於家中皆操臺語，若有機會才使用日語，幾乎不會講國語。這是否意味著外婆對於日本以及臺灣的認同，遠高於國民黨政府？這是否亦是屬於黃娟那個年代的那一小部分的臺灣人？黃娟的

---

[20]周婉窈，〈寫實與規範之間——公學校國語讀本插畫中的臺灣人形象〉，《臺大歷史學報》第 34 期（2004 年 12 月），頁 87～147。
[21]黃娟，〈入學風波〉，《歷史的腳印》，頁 162。

小說當中，透露了當時公學校的本島籍女老師相較於日籍女老師，較為嚴厲。而日籍女教師多半溫柔又漂亮。幸子父母斷言，可能是因為本島籍女性受教育不易，要得到女教師的位置更是需要強悍的精神力使然。

　　〈戰時生活〉、〈送行〉描寫的是小學校女學生與日籍老師之間的情感。面對日治時代的殖民，臺灣作家多半抱著一種抵抗、憤怒的心情抑或是逢迎、一心得到平等待遇的姿態。然而黃娟的〈戰時生活〉、〈送行〉卻殺出了一個中間地帶，較為持平的觀察公學校裡的日籍老師。筆者以為，日本殖民下對臺灣人的不平等以及不滿，可能並不完全是由於種族的不同，亦有可能，是對於何謂「及格」何謂「標準」的精準度不同，亦有可能是因為日人較禮遇臺灣仕紳階層。對於戰爭時期，入夜之後便實行「燈火管制」，目的在使來襲的敵軍（米軍），在一片黑暗裡找不到方向，擊不中目標。當時可能還未有紅外線偵測器，因此才有這一對策。

> 日警非常嚴格，非常挑剔，只要有一絲光線外露，必定賞以震耳叩門聲，叫人聞聲而喪膽。……日警總是不厭其煩地挨家挨戶檢查，強迫臺灣人對日皇表示忠誠和服從。……對於筆跡拙劣的，也要嘲弄一番……。[22]

　　由這些回憶性質的文字，可看出日軍的紀律以及嚴謹，比照於當時臺灣大多數人的「大概」、「似乎」、「也許」等等較為不現代化的生活態度，應是個文化衝擊。而日軍對待本島人於小說中卻呈現出太為殘暴，動輒拳打腳踢。而防空頭巾的製作，到遇到敵軍來時的防空演習，黃娟以細膩的筆法詳盡描述日軍對於演習的認真：

　　在教室內遇到「空襲警報」（敵機已到）時，全體學生要迅速地躲在

---

[22]黃娟，〈戰時生活〉，《歷史的腳印》，頁218。

課桌下面，兩手的大拇指各捂住一邊耳朵，其餘四根手指併攏遮住雙眼。……所有的城市、鄉鎮，很快就成立了壯年團、青年團和婦人奉公會等等的組織，可以說把所有的成年人，依年齡和性別，納入了各個不同的團隊裡。[23]

對比國民黨統治下的軍隊以及現今臺灣的防空演習，其對待一件事情的認真態度、精神力實在遠遠不及。許多小細節，執行的十分徹底。這樣子的差別，於現今臺灣以及日本社會，亦可看出。國家公權力的巨大，所有島內人民無一倖免。與國家公權力相對的，便是社區自治。賴和於〈鬥鬧熱〉[24]中描寫出地方力量的強大，各村與各村之間的廟會活動，所有村民都是必要參與者。然而在公權力壓迫的狀況下，地方自治便無有權力甚至蕩然無存了。

〈送行〉描寫了「非常時期」（戰爭時）公學校老師帶領一大群臺灣男學生進行「日本男兒」教育的情況。這一章節的重要性，在於日人對臺灣人的嚴厲以及不近人情，是否與殖民畫上等號？每天早上，勝田老師便帶著班上的所有學生（全是男生），接受他特加的非常時期精神教育：

好幾次勝田老師氣呼呼地從臺上衝下來，跑到惹怒他的學生面前，一語不發就一巴掌打過去。被打的學生立刻搖晃起來，但是勝田老師從不輕易放過，總要連續打下去。……但是勝田老師認為帝國軍人不怕熱、不怕冷、不怕站、不怕累，也不怕癢。要有鐵打的身體，遵守鐵般的紀律。[25]

以上這段文字，若拆成兩個部分來看，以刪節號作為分線。上半部勝

---

[23]黃娟，〈戰時生活〉，《歷史的腳印》，頁 222。
[24]賴和，〈鬥鬧熱〉，《賴和全集一——小說卷》，頁 33。
[25]黃娟，〈戰時生活〉，《歷史的腳印》，頁 235。

田老師對學生的打罵，是否可以與日本警察對於臺灣人的拳打腳踢形象相連？與因遲到、不守時、標語未掛出、標語做得不夠標準而遭到無情打罵的臺灣人相連結？然而刪節號下半部，則道出了勝田老師對自己同樣的一套標準，即是「日本男兒」的精神。這一篇章，是以勝田老師應召出征的送行為主軸。勝田老師這樣的「日本男兒」，便是以「出征」為其最高的目的。也許這樣的「日本男兒」精神，亦適用於小學校男學生的教育，在送行的過程當中，勝田老師班上所有的學生都哭了：

> 「他們說勝田先生很關心他們。他們那一班，一大早就在操場集合，一起晨跑，一起做功課，和勝田先生的感情很深。」
> 「他們說只要像個堂堂男子漢，勝田先生一點也不會罵人！」[26]

　　以上是本島人學生與內地老師之間最真實的感情。若對照臺灣人作家描寫日治時代，亦有溫馨、感動的故事。如賴和的〈高木友枝先生〉[27]描寫臺北帝國大學醫學校的內地老師對賴和的影響。然而筆者想指出的，是關於種種本島人乍看之下「不合理」的種種日人行舉，是否不完全沒有道理？因此對於日治時代的種種不合理，也許需要更加小心的檢視、區分，而不是一味的將過錯推向日本人，將受難者昇華為純潔、毫無過錯的弱者。

　　綜觀以上《歷史的腳印》當中對於日治時代庶民生活的描寫、女學生的生活以及公學校生活的紀錄，筆者想進一步追問的，是幸子於這時，是否有身分上認同的問題？這將於以下第三節詳述。

---

[26]黃娟，〈戰時生活〉，《歷史的腳印》，頁239。
[27]賴和，〈高木友枝先生〉，《賴和全集二——新詩散文卷》（臺北：前衛出版社，2000年6月），頁285。

三、生命傾向的光譜——日本人抑或臺灣人客家人？

　　認同問題何時產生？並非每個人，都會面臨這樣的難題。紀錄片《諾亞方舟》描寫一群越戰時被教會團體帶至美國的越南孤兒，其於美國成長後，回越南的「尋根之旅」。當時經由基督教教會團體穿針引線，接受美國人認養的嬰兒陸陸續續高達近兩千名，然而「尋根之旅」的「越南美國人」僅有十多位。而這十多位，皆是於美國成長、生活的過程中不順遂，抑或發生問題接受心理師的建議，回到出生地越南尋根。

　　筆者以為，一個人過得不好（可能是精神的），便會開始望回看或者檢討，看看那個環節失落了？而日治時代的幸子，與日本人相處的經驗當中大多數是融洽的。於〈兵隊桑〉當中亦可看到幸子與小野一等兵的情感，對於日軍軍容的讚嘆。於公學校生活中亦有對女性內地老師如井口老師、岡山老師的喜愛、欣賞。因此第一部曲當中，似乎看不出來幸子對於身分有太多的思索。

　　黃娟亦於〈文學漫談〉當中自言：

> ……好像整個制度就在培養那種日本精神，因為那時候是戰爭的時代，他們很講究要鍛鍊戰時的小孩，意思就是說，身體健康、精神上有毅力……這是日本精神之一，他們那時的教育好像就把你養成很認真、不偷懶、不投機取巧的性格，所以受過日本教育的臺灣人跟完全沒有受過的，我想性格上或做事態度上，有很大的區別。[28]

　　以上黃娟的自白，剛好可以與第一部曲關於日治時期學校教育老師嚴屬的部分做一個呼應。小說當中的幸子亦以為，日本精神是一種高度現代化的展現，是正面、積極的態度。雖然在實行上可能太過不近人情，但是

---

[28]莊紫蓉，〈文學漫談（專訪黃娟）〉，《面對作家——臺灣文學家訪談錄（二）》（臺北：吳三連臺灣史料基金會，2007 年 5 月），頁 56。

在幸子以及黃娟的眼中，卻是抱持肯定的態度。

　　而幸子這樣的名字，亦可代表書中女主角對於日本的傾慕。書中亦有描寫日人對於本島人的欺侮，然而對幸子而言，她似乎是個例外，並無將自己與被輕視的本島孩子畫上等號。而對客家的文化的認同，只出現在小學校申請未通過時。在這個不順遂當中（精神上），幸子發現自己與日本孩子無法畫上等號，而開始企圖將客家人與自己連接。然而僅在這裡有過連結。客家文化於第一部曲當中，對於幸子，似乎是個神祕、新奇、有趣的「他者」，並且關於外婆以及外婆家（客家庄）的刻畫，似乎稍嫌籠統、表演性質，而非有實際的精神上的感動與幸子相連結。一個作家描寫某一種文化時，代表的是一種尊重、認同，然而並非等同於自身的身分傾向。筆者以為，第一部曲當中關於客家文化的描寫，似乎無法與閩南文化做一個明顯的區隔。不同於鍾理和的《笠山農場》、鍾肇政的「臺灣人三部曲」可看出客家人的山歌文化、不肯輕易低頭的客家「硬頸」精神。而「楊梅三部曲」的第一部曲，其中的客家文化，卻隱身在閩南文化，甚至中國文化當中而無太鮮明特色的記載。客家文化在其中，只有與日本文化相襯始突顯出中、日的不同。因此這裡的客家文化、客家精神似乎並不是幸子，黃娟所關心的。

　　而日本精神、日本文化，在這一部曲當中確有相當深刻的記載。日本的古幽玄的文化、溫泉的美、善，以及「日本男兒」的精神，在在都是第一部曲當中相當強調的。相對於臺灣客家文化於記載中的薄弱，似乎可看出幸子的認同感。

　　而幸子於日治時代的經驗基本上是相當美好的。莊紫蓉於〈文學漫談〉中亦與黃娟對話：

　　　　戰爭時，可能大人比較會感受到那種戰爭的艱辛，小孩子也許因為不

用上課反而覺得自由自在。[29]

黃娟亦於對話當中回憶起童年搭火車、到北投泡湯等美好的回憶。對於日治時代，甚至戰爭期，仍保有許多眷戀的感情。若說對戰爭的恐懼，亦並非源於對日本的厭惡。因此幸子對於日本的美好的回憶使得藉日本帶來的現代性，對幸子來說亦有很高的接受度。

對照於《諾亞方舟》裡的尋根「越南美國人」，幸子似乎是屬於於美國生活、適應良好的那一群人。因此尋根、尋找認同在這裡似乎並不存在。因此筆者並不覺得幸子有著太強烈的臺灣人意識，或者尋找的急迫、焦慮。而更可能是傾向日本的身分。然而這個傾向，亦只是輕輕的劃過，而非刻骨銘心。因此只能說是傾向日本，而非意識到自己是個日本人。

關於認同的意識，將在第二部曲《寒蟬》裡逐漸明朗。

——選自賴宛瑜〈臺美人與世界人的文學實踐——黃娟「楊梅三部曲」初探〉
清華大學臺灣文學研究所碩士論文，2008 年 2 月

---

[29]莊紫蓉，〈文學漫談（專訪黃娟）〉，《面對作家——臺灣文學家訪談錄（二）》，頁 51。

《寒蟬》
戒嚴體制下的生命醞釀

◎賴宛瑜

一、扭曲的歷史——戒嚴體制下的時代「背景」

　　第二部曲《寒蟬》以日本宣布無條件投降為開端，幸子進入中學就讀，到幸子由師範學校畢業，進入教職、打入文壇為終。其中的背景，便是以 1946 年陳儀政府接管臺灣、1949 年國民黨政府撤退臺灣後發布的戒嚴時期為小說的背景。而「寒蟬」便是貫穿這第二部曲肅殺氛圍的意象。

　　由於第二部曲，黃娟是有意識的想要記錄臺灣的歷史，參與時代共名，因此第一部曲以幸子為主敘事角度的方式已無法較全面的觀察臺灣二二八、白色恐怖、戒嚴重大歷史事件，因此將小說分成兩條主軸：一條是代表當時臺灣留日知識分子的幸子大舅志明、二舅志宏為主要敘事主角，另一是以幸子為主，代表當時的臺灣女學生面對二二八、戒嚴白色恐怖時期的內心感受。《寒蟬》是有歷史感的，其篇章的安排便可看出當中有一條連貫的時間脈絡：

　　　1.終戰、2.家國之間、3.祖國官兵、4.新政府、5.亂象、6.震盪、7.入學考試、8.風滿樓、9.彼岸的戰爭、10.祖國的面目、11.腥風血雨、12.另類的經驗、13.千頭萬緒、14.萬里歸人、15.弱者之家、16.清晨的槍聲、17.戰時首都、18.黑色的鉛印字、19.反共基地、20.走出校門、21.趕考的日子、22.一本雜誌、23.敲開文壇的門、24.君往何處去

　　作為一部歷史小說，書中除了黃娟自身的「陰性歷史」，也穿插了
1950 年代的許多重要歷史事件。以下僅舉例列出並加以探究其在此書中的
性質以及特色。如在第一章〈終戰〉出現的「天皇陛下的玉音放送」重大
歷史事件，這樣的政治性濃厚的戰爭歷史關鍵，在黃娟寫來卻無比感性、
令人動容。這一段是以幸子大舅李志明作為敘事主體：

> 「他⋯⋯宣布無條件降伏⋯⋯」方君說時，眼淚潸潸地流下了面頰。
> 李志明也覺得面頰濕漉漉的，一時弄不清楚自己為什麼流下眼淚。
> 是因為終於「停戰」了嗎？再沒有敵機的空襲，再沒有親友的出征，
> 再沒有戰死的年輕生命⋯⋯
> 「原來是他——天皇陛下。只有他能制伏軍部，撫順死硬派軍頭，而
> 向全國宣達『無條件降伏』的意願。」方君感動的說。[1]

　　相對於男性歷史對於這一段的書寫將重點放在天皇的「玉音放送」內
容，《寒蟬》中對於其內容僅有十個字：「忍其不可忍，耐其不可耐⋯⋯」，
接下來全是對這一段歷史的感性的補白，以臺灣人的角度書寫其當時的感
動。然而書中的 1950 年代臺灣人的淚水，是為了日本的投降？為了回歸祖
國？我想黃娟要表達的，是因為再也沒有敵機的空襲，沒有親友的出征，
沒有戰死的年輕生命。沒有太多政治性的聯想，而是單單純純臺灣人民的
生命得到了喘息的機會。並且對於日本天皇，書中的本島人卻有著本能的
尊敬與愛戴，這與反共意識的 1950 年代文學便有著截然的不同，因為情感
的真實，反而令人動容。國民黨政府來臺後，曾以臺人具有傾日性格而斥
之為奴化。然而就臺灣三世知識分子，成長、受教育於日本統治，對於日
本的特殊情感，在當時原為自然。如同鍾肇政於戰後小說所呈現的對日本
的特殊情感，如〈插天山之歌〉：

---

[1] 黃娟，〈終戰〉，《寒蟬》（臺北：前衛出版社，2003 年 8 月），頁 6～7。

「我要唱歌！我要唱歌！日本歌也好，怕什麼，只要是歌就好。就
『預科練之歌』吧。」「插天山，你也來吧！我們合唱『預科練之
歌。來呀！』」[2]

　　當時臺人對日的情感，原不能以現在之眼光看待，認為其奴化。筆者
於章節名稱「背景」兩字加框註解，是由於這裡的歷史背景，相對於第一
部曲，較有清晰的描繪。然而描繪的目的，並非是作為敘述主體，而是將
歷史事件當作大綱，重點則是放在大綱以下的枝葉細節。這樣的創作手
法，可以避免許多太細碎的個人情感、經驗如大水般漫延而無法收攏。對
於大河小說，由於篇幅的長度龐大，因此需要事先做好支幹的規畫再加以
描寫細部。與之相對照的，是李喬的「寒夜三部曲」（1981 年）。「寒夜」
當中的《孤燈》，亦是描寫日本投降前後的臺灣，然而李喬的小說主軸是放
於臺灣人的抗日活動。因此對於小說中主人翁劉阿漢一家極力反抗的日
本，只是輕輕帶過：傳言日本投降，人民趕往大湖街上一探究竟得到證
實。對於日本，除了憤怒、反抗情緒外，並無其他較正面的情感。若僅閱
讀「寒夜」，對於日治時期的臺灣歷史，便僅存著「寒夜」那樣的淒涼、悲
傷，令讀者沉重不已。並且「寒夜」的書寫，相較於黃娟的女性大河小
說，是屬於「大英雄歷史」式的。書中援引當時臺灣抗日的重大歷史事
件，包括文化協會、農民組合、二林事件等等。日治時代的重要人物亦如
歷史課本般的一一記錄。如：蔣渭水、林獻堂、羅福星、黃石順、簡吉、
趙港、蔡培火等等歷史人物。因此「寒夜」的企圖心不僅是歷史小說，而
是「小說歷史」，企圖藉由小說的形式為大量的臺灣歷史人物、事件以臺灣
人的角度作史書紀錄。

　　由於「寒夜」脫稿日期為 1981 年，當時臺灣尚未解禁，因此懷抱著臺
灣精神的作家書寫大河歷史小說便有著十分強烈的與史書對抗的使命感。

---

[2] 鍾肇政，《插天山之歌》（臺北：遠景出版社，1993 年）。

因此「寒夜」是一部重要、奠基的「小說歷史」，而「楊梅三部曲」成書日
期已至 2001 年，臺灣政治亦已改朝換代。因此「楊梅三部曲」的價值，不
是對於國民黨歷史的顛覆，而是對於男性臺灣大河小說的顛覆，對於日治
時代臺灣「寒夜」生活的顛覆。因此由這樣的角度來看第二部曲《寒蟬》，
便會發現許多與「寒蟬」意象並不十分貼近的小說橋段。

　　就筆者觀察，第二部曲篇目的安排，可能是事先預定好，再開始一章
一章逐次創作。「終戰」代表著歷史上日治時代的結束，而「家國之間」便
是順著第一章主要敘事觀點李志明，進入了相對於國事的家庭、婚姻故
事。「祖國官兵」、「新政府」、「亂象」、「震盪」則是順著小說中的另一敘事
主角幸子（仍舊叫做幸子，而無更改為中國姓名。）以學生的身分，由學
校老師帶領著迎接祖國官兵的到來。「新政府」、「亂象」、「震盪」則是描寫
幸子對於陳儀政府的到來，「祖國」兵官於臺灣製造的種種不守秩序、不注
重衛生、不理論紀律等等非現代性的行為，對幸子所代表的臺籍女學生們
所帶來的困擾以及觀感。因此第二部曲的兩個敘事聲音，筆者想將之區分
為：大舅李志明代表著歷史的敘事聲音。幸子代表著女性對於時代的感受
以及不同於男性的獨特的記憶。因此關於大舅李志明的篇章，將於第一節
「戒嚴體制下的時代背景」討論。而幸子發聲的篇章，將置於第二節「書
中主人翁對時代的感受」做處理。期比對出男性史觀與陰性史觀的異同。
又幸子的故事究竟是否真的屬於陰性歷史？抑或是陰性歷史的書寫卻帶著
男性的價值觀？亦有一些篇章，是大舅與幸子同時出場，端看敘事主角為
誰來區別究竟是屬於「誰的故事？」。

　　以下便是屬於臺籍知識分子所經歷的時代、歷史事件：

同一年，臺灣陳儀政府對於臺灣發放的官方宣言：
「從今日起臺灣正式復歸為中國領土，所有領土及住民的主權都屬於
中華民國政府。」陳儀在受降儀式後，經電臺廣播，向臺灣島民發表
聲明。

「陳儀的廣播，給人官僚的印象……」大哥回家來時，李志宏表示了
他的意見。

「我怕臺灣人對祖國的熱情，只是一廂情願罷了！」

「我覺得陳儀政府，只是熱心接收日本留下的財物。」[3]

　　對照於幸子外婆、母親對於政府的無言抗議可以看出，臺灣男性知識
分子對於白色恐怖或政府的劫收有著直接的反抗精神，並且這個反抗，是
積極、正對面直接衝撞的。然而《寒蟬》最大的特色即是對於歷史事件的
主要事幹的省略，對於旁支人物的情感、生活做詳盡補白。這也是第二部
曲獨特的敘事聲音：不同於史書般的較中性記載事件，卻也無臺灣男性作
家大河小說的理論先行，或者說是有一個清楚明白的一貫的反抗精神、認
同於其中。而是較為忠實的將自己的情感灌注於歷史事件當中，以致有認
同猶疑或者反抗力量被削弱的傾向。這個特點在第二節有關幸子的歷史特
別明顯。筆者擬於之後做較詳細的討論。

　　〈風滿樓〉取「山雨欲來風滿樓」的意象。這個風雨，指的便是二二
八事件的到來。小說當中以「沒有燈罩遮掩的赤裸的燈泡」道出了因戰時
「非常期」而無「換面」（更換燈泡燈罩），如今光復了，卻也無法更換。
臺灣各地，所有的「正」的長官，一律是大陸來臺的外省人。臺灣人不管
資歷多深、專業能力多強，頂多冠上「副」首長的職位。若是以幸子的女
學生角度，應不會關心社會上的官職，因此以大舅李志明代表的留日臺灣
菁英，更可以說出屬於日治「臺灣男人的故事」。這時的歷史重大事件如
下：

　　臺灣省不設政府，而設立「行政長官總署」，陳儀不但是最高行政長
　　官，還兼警備司令部總司令。「警備司令部」令人聯想到日本在戰時

---

[3] 黃娟，〈新政府〉，《寒蟬》，頁37～38。

最囂張的極權機構「憲兵總司令部」。這兩權集聚一人的制度,比日本總督因「六三法案」而享有立法權的情形,還要壞。……[4]

小說在這個篇章當中,不斷的將陳儀政府與日本殖民政府相比擬,並得出了日本政府吏治清廉、效率超高,各項建設也都能如期完成,的確建立了現代化的臺灣這樣的結論。甚至出現了這樣的言論:

早知道祖國的懷抱,藏了滿滿的針刺,還不如請米軍登陸,我們陪日本「玉碎」好了。省得這麼多痛苦![5]

以上是二二八事變之前,尚有言論自由的空間,本省男性李志明對於政府的評論。而〈祖國的面目〉、〈腥風血雨〉、〈黑色的鉛印字〉則進入了所謂的二二八、白色恐怖時代。小說裡記載的歷史背景是 1949 年 2 月 28 日的二二八事件以及稍早之前的陳儀政府領臺社會上發生的亂象。大河小說,不同於長篇小說,除了字數皆有一定的篇幅外,便是小說中展現的企圖心。除了為時代的歷史做見證外,最重要的便是翻案的精神,勇於挑戰官方書寫的歷史,採取另一種不同的角度發聲。就臺灣的大河小說,可發現東方白的《浪淘沙》、吳濁流的《無花果》,都有關於二二八、白色恐怖的描寫。黃娟的「女性大河小說」與以上大河小說很不同的,便是歷史事件的描述。如對於二二八事件的導火線:公賣局的緝菸警察,打死了賣私菸的女販這個事件,黃娟的描寫裡居然有這一段:

「忍其不可忍,耐其不可耐……」他不知不覺地輕聲說出來。
方君以「不以為然」的神情看了他一眼,略為提高了聲音說:
「對這批無賴和流氓,那是行不通的!他們只會得寸進尺,不給臺灣

---

[4] 黃娟,〈風滿樓〉,《寒蟬》,頁 78。
[5] 黃娟,〈風滿樓〉,《寒蟬》,頁 83。

人留半條生路。」[6]

　　李志明遭遇到蠻橫不講理的陳儀政府，脫口而出的居然是日本天皇宣布無條件投降時的話語。對照之前天皇玉音放送時李志明淚流滿面的情景，更可發現李志明對日本天皇的虔敬、遵從內化到了最深處，遭遇到事情時脫口而出的，竟是天皇陛下的話語。第二部曲成書於 2003 年，在臺灣一片高聲呼喊愛臺灣、愛鄉土的當下，第二部曲呈現的，是在愛臺灣的遮掩下，對於日本精神的懷念。也許第二部曲當中要表達的臺灣人精神，不同於彭瑞金、葉石濤臺灣文學史當中的反抗精神的臺灣文學，而是另有一批受過日本教育並將之內化的「三世」臺灣人，所展現出的臺灣文學。這將於第三節做一個較詳盡的探討。

　　對於白色恐怖、二二八事件，黃娟的女性大河小說與吳濁流的《無花果》相較之下，最大的不同便是以女性的觀點，道出對於二二八事件的受難者家屬的心情。亦不同於萬仁導演的《超級大國民》，述說的是一群慷慨就義的男性臺灣知識分子之間的情仇糾葛。與男性作家的筆觸相較之下，黃娟毋寧是務實、忠於生活的的。第二部曲當中對於二二八事件的描寫主角，很自然的由被殺害的無辜的臺灣男性精英分子，轉移到了他們的女性家屬：

　　　「你知道嗎？」她開始：「他們殺了芳美的爸爸……。芳美媽媽用了好幾個布袋去裝錢。」[7]

　　　「W 夫人暈倒了吧？」
　　　「沒有，人家受了高等教育的究竟不同！她請人把屍體運回去，然後找衛生局的醫師來驗屍，再找法院的人來做證人，最後還叫照相館的

[6]黃娟，〈祖國的面目〉，《寒蟬》，頁 103。
[7]黃娟，〈祖國的面目〉，《寒蟬》，頁 112。

人來拍照。一切妥當之後，才為丈夫屍體清洗和更衣……」[8]

　　由以上可知這些對話是屬於女性的。雖然這三個篇章的主要人物仍是男性臺籍菁英分子，然而對於避難、傳達等等話語卻多由女性來擔任。對話當中沒有男性角色的名字，而是芳美爸爸、W 夫人作為訊息內容的主角。這樣的策略於大河小說當中卻是十分特殊。然而黃娟並不認為自己是個女權主義者，由以上的對話亦無法將之歸納為女性主義，而是一種敘事重心的轉移。這些報紙上、社會上有名的臺籍菁英人物遭受到迫害，與黃娟最切身的關係應是這些人物的女性家屬、友人，黃娟僅是忠實的揀自己最熟悉的、身邊的人物加以描寫，而不去管什麼主義，什麼才是歷史的重心。因此她關心的是芳美，而不是芳美爸爸，是 W 夫人，而不是 W。這便是黃娟小說的一大特色，刻意的避免引用偉大的歷史人物、隱去歷史事件，而以英文符號或者旁敲側擊的方式表達重要歷史。因為黃娟所關心的，並不一定等同於史書所關心的。與李喬拚命將臺灣重要歷史人物、事件記載於小說中的態度截然相反。黃娟於〈文學漫談（專訪黃娟）〉中亦曾自言：

　　我真的是稱不了什麼派。從前我碰到一些比我稍微晚幾歲的，他們背了一大堆詩詞古文，我跟他們講，我什麼也沒背過，所以自己的文字好不好，自己也搞不清楚。[9]

　　因此這是黃娟式的寫作特色。她不去管現在流行的是什麼主義，什麼樣的文學形式，也不去管男性大河小說的書寫策略，應是以臺灣的男性、政治歷史為主要書寫對象，而是誠懇的、甚至固執的描寫她所在意、關心

---

[8]黃娟，〈腥風血雨〉，《寒蟬》，頁 119。
[9]莊紫蓉，〈文學漫談（專訪黃娟）〉，《面對作家——臺灣文學家訪談錄（二）》（臺北：吳三連基金會，2007 年 5 月），頁 66。

的事情。因此雖是這樣的小人物，寫來卻格外親切。就連關於日本天皇陛下橋段的書寫，也是因為將他當作自己感動、景仰的對象而書寫，因此寫來格外的動人。比對東方白的《浪淘沙》當中的丘雅信篇，亦較其他「重要」人物的篇章感人、深刻，因為丘雅信亦是東方白身邊的親密的友人。

與之相對應的，是萬仁導演的《超級大國民》。片中的受難家屬，認認真真的在生活著。然而她們僅是臺籍男性知識分子許先生、林先生的配角。對於受難家屬苦難的描寫，其主要的策略是將受難者的受難形象加以凸顯，用以控訴或者對抗以往官方對二二八事件的註釋。而「楊梅三部曲」當中無論多麼有名、有社經地位的臺籍菁英，卻都沒有名字被記錄。其作為大河小說的目的：不僅是記錄，更是翻案、重寫歷史的企圖心，也因黃娟運筆的「自然」而減少了力量。因此作為大河小說的「楊梅三部曲」，若要以大河小說作為其書寫目的，便有溢出、出軌的可能。這樣的大河小說策略，亦可能是黃娟的「自己流」（じこりゅう）[10]

二、書中主人翁對時代的感受

而女性對於事件的反應，和同時代的男性知識分子有著截然不同的表達方式。然而這樣子的女性的歷史事件描述，卻不容易被記錄下來。因此這一節，將以小說中女主人翁幸子為主要敘事角度的篇章為探討，發掘出「黃娟式」大河小說的女性角度歷史。

〈祖國官兵〉描寫的是臺灣人於車站迎接光復後祖國前來接收官兵的情景。同樣的描寫亦曾出現在吳濁流的《無花果》：

> 我盡量站高身子去看，但那些軍人都背著雨傘，使我產生奇異的感覺。其中也有挑著鍋子、食器以及被褥的。感到非常的奇怪，這就是陳軍長所屬的陸軍第七十軍嗎？我壓抑著自己強烈的情感，自我解釋

---

[10] 莊紫蓉，〈文學漫談（專訪黃娟）〉，《面對作家——臺灣文學家訪談錄（二）》，頁67。

說：就是外表不好看，但八年間勇敢地和日本軍作戰的就是這些人
哩。實在太勇敢了！當我想到這點以安慰自己的時候，有一種滿足感
湧了上來。然而，這只不過自我陶醉的想法而已。[11]

　　以上對於迎接祖國官兵的描述，亦可於第二部曲發現，並且對於官兵
的外型描述、觀感皆大同小異。然而吳濁流的筆中仍帶著希望，並自我安
慰的說明，這些便是勇敢對日抗戰的祖國官兵！然而黃娟硬是殺出了一條
屬於「黃娟式」的觀後感：

　　幸子突然有了「掩面大哭」的衝動，她太失望了。[12]

　　幸子失望的是什麼？這是個耐人尋味的問題。以小說的脈絡看來，幸
子失望的，並不只是因為祖國官兵衣衫襤褸，而是因為她的世界，日本教
育為她建構的現代化的世界，突然間粉碎了！並且隨之而來的祖國，又給
予她如此大的震撼對比。她感受到自己由日本人變成中國人，而這個中
國，似乎是日本人口中那個樣子：國勢衰弱、政治腐敗、人民懶惰，社會
落伍的國家。因此同樣是對於祖國官兵的失望，吳濁流筆下男性角色的失
望，是因「愛之深，責之切。」幸子的失望，則是由於自己將要由日本
人，變為中國人。因此第二部曲幸子對於國民黨的反抗的精神其實是很務
實的，因為她不如日本。不同於男性大河小說的想像，將祖國想像為美
好、擁有悠久文化的泱泱大國。反抗日本、盼望國民黨政府，憑著大多是
自行想像架構好的憧憬。男性大河歷史小說當中，反覆出現的一組詞語，
便是「理想、想像、幻想」，鍾肇政的「臺灣人三部曲」當中的男子對於女
性總有不可抑止的想像，李喬的「寒夜」當中的男性人物，對於日本亦有
許多幻想，使得小說當中的女性、日本人都投注了大量的主觀的情緒：女

---

[11] 吳濁流，《無花果》（臺北：草根出版社，1995 年 7 月），頁 147～148。
[12] 黃娟，〈祖國官兵〉，《寒蟬》，頁 35。

子皆充滿著肉慾美、日本人皆是醜惡不堪。這樣的簡單形象，這樣的將日本人劃一的形象，似乎是另一個「反共抗俄」小說模式。為了反抗，硬是將對方塗抹得黑之又黑。因此以小說中的性別差異看來，女性毋寧是較為務實，憑著感受、經驗行事，而不是預先幻想祖國官兵的樣貌、幻想外族日本一味的殘暴，因著幻想，而發生了許許多多的落差、不協調。

接下來的篇章，由於亦是以幸子為敘事角度，因此教育問題便是首當其衝的被關注。從「大日本帝國」過渡到「中華民國」的觀念逐漸落實，因此新語言的學習便是幸子所遭遇到的現象：

> 幾個月來，她看到大人們忙著讀漢文。連母親手上也是一本紙質極差，印刷簡陋，訂書的白線赤裸裸地暴露在封面上的漢文書。……她覺得醜陋極了，但是不敢說明。[13]

語言的過渡，在由日語到國語的階段並無割讓日本時，由方言過渡到日語那樣的歷經波折。相反的，臺灣一般人民雖目睹了祖國官兵的衣衫不整、無紀律，卻對祖國抱著極大的希望，男女老幼皆自力救濟的勤讀漢字。然而幸子卻將漢語冊子和日本書相比，發現它的粗糙、醜陋，連帶著對漢語產生了奇怪的念頭：

> 漢文必定是奇怪的東西！[14]

這裡的奇怪語氣，是帶著不滿與不快或者不解。以周婉窈的論文[15]當中對於日治時代小學校、公學校的教科書研究可以發現，當時的課本插圖十分豐富，裝訂也有一定水準，因此幸子才會有如此的落差感。臺灣的男性

---

[13] 黃娟，〈亂象〉，《寒蟬》，頁46。
[14] 黃娟，〈亂象〉，《寒蟬》，頁46。
[15] 見周婉窈〈寫實與規範之間──公學校國語讀本插畫中的臺灣人形象〉，《臺大歷史學報》第34期（2004年12月），頁87～147。

大河小說，尤其是小說中日治時代的男性，對於祖國，總有一種難以言喻的幻想、理想，因此早在臺灣光復以前，便往中國遊歷，甚至移民的大有人在。例如賴和、翁鬧、劉吶鷗，小說中的人物如大舅、二舅、三舅、父親等等。似乎只要是有能力的男人，於當時因不免有左派的傾向，而對於中國共產黨大本營的中國產生了無限的嚮往。對於光復後學習漢字，亦是充滿著熱情。然而幸子卻反其道而行，將日文教科書與自製的漢字教科書相比，覺得漢語教科書十分的粗糙、醜陋。也許幸子代表的，是日治時代某一部分中上階層的臺灣人，不過這樣的臺灣人由於並無因親日而體會到內心的苦悶，感受到殖民地的痛苦，又不似慷慨激昂的反日、抗日民族英雄，作為臺灣民族運動的表率，因此除了黃娟這樣的「自己流」，一般臺灣作家是不會把這樣「奇怪」對漢字的觀感放進大河小說當中。

〈亂象〉與〈震盪〉描寫臺灣光復後臺灣物價飛漲、治安混亂的景象。這樣的描寫似乎是臺灣大河小說所闡述的重點。由於大河小說著重於反抗的臺灣精神，因此對於 1950、1960 年代國民黨歌功頌德、反共懷鄉等文藝政策，必定會有不一樣的聲音。如同吳濁流的《無花果》對於國民黨來臺後帶來的亂象，描寫得十分精采。然而黃娟的三部曲當中由於傳遞消息的都是女性，因此小說中的亂象亦都是女性所關心的話題。例如缺米鬧米荒、沒有肥皂、鹽、糖等等生活物資。對於女性來說，亂象毋寧是務實的，由生活周遭開始關注：池塘中的鯉魚不見了、開雜貨店的同學描述中國兵買東西挑三撿四，挑了又要講價，講好了還是不付錢就走了。（日本當時是不二價）。女性對於衛生、生活起居尤其關心，因此小說中還描述了中國兵一大早一整排脫了褲子在水溝上大解等等，讓嚴肅的大河歷史小說硬是增加了許多黃娟式的「自己流」。

女性的話題當中，對於中國兵強姦臺灣女性的消息更是傳得比誰都快。女性生活圈從古自今，不分國界皆有傳播小道消息的功能。因此對於亂象的小道消息，藉由文字記錄在大河小說中，亦是一種奇觀。其中關於阿久妹被中國兵強暴：

「老公（夫婿）正猴（不易伺候）……」

「佢講中國兵×過介婦人家，佢不愛……」[16]

　　以上由客家方言傳布的客家庄裡的小道消息，連受害者丈夫的沒道理的事後感都能被女人們傳誦並且被記錄下來。這樣的話題似乎並不是男性作家所關心，生活當中聽得到的流言。

　　再來是〈另類的經驗〉當中的火車停駛事件。一部北上的火車在 T 市（臺北市）附近失火了。火勢凶猛，燒死了三個車廂的乘客和他們帶上去的黑市貨。《寒蟬》記錄了這個歷史事件，然而其重點卻十分的耐人尋味：

　　幸子這些火車通學生，自然首蒙其害。但是叫幸子特別難以忘懷的，
　　不是學校為此停課，……主要是因為鄭玉妹母親在那次車禍裡喪生。

　　「難怪她不來！」恍然大悟的口氣。
　　「原來她的母親也幹那樣的事！」帶點兒鄙視的聲音。
　　「多麼可憐！沒了母親，可要怎麼辦呢？」感同身受的鼻音，透著濃
　　厚的同情。
　　「她現在是孤兒了嗎？」姊姊突然問。
　　「什麼？她沒有父親嗎？」反問的聲音。[17]

　　以下還有占了約四頁的篇幅描寫鄭玉妹的喪母事件。火車停駛事件的重心從男性的角度：由可能藉此表達對陳儀政府的不滿，轉移到失去了母親的鄭玉妹，以及玉妹母親從事黑市交易大家對此的態度上。身為女性的幸子關心的是玉妹的將來，以及一探玉妹的私家家務事。這樣的小敘事手法將重大歷史事件巧妙的轉移，亦可在維吉尼亞吳爾芙的《奧蘭多》（1928

---

[16]黃娟，〈震盪〉，《寒蟬》，頁58。
[17]黃娟，〈另類的經驗〉，《寒蟬》，頁133～134。

年）[18]裡看到：對於英國 19 世紀的霜害事件（The Great Frost），使得愛爾蘭農作物大幅虧損，許多人因此餓死。然而小說中對於此歷史事件的記載卻是：

> 鳥兒在空中突然結冰接著像石頭一樣直接掉到地上。一個維京的年輕鄉村女人和往常一樣的試圖跨過一條街道，卻被路人看到變成可看見的粉末並跟著灰塵一起飛，就像在街角襲擊她的那些冰霜一樣。[19]

以上文字一貫著吳爾芙的細膩的筆法，卻可發現，對於霜害事件這樣重大的歷史事件，卻記載著天上的鳥兒如何結冰，鄉村的婦人如何變成粉末，以及往下記載著牛群、羊群如何變成石頭的細膩描寫等等。描寫的對象刻意選擇非重要人物，而是以村婦、動物為主。並且小說帶著一種詼諧、喜劇的手法，試圖顛覆大英帝國正經的、嚴肅、不容忽視的形象。相對於男性書寫，這個事件對於民生、經濟、政治的損害卻隻字未提，這也是常民文化（everyday reality）試圖顛覆傳統史書的例證。

同樣的，1950 年代發生在臺北的火車翻車事件，黃娟省略了其對於政治、經濟的重要影響而去描寫她的同學，鄭玉妹在這次事件經歷的家庭翻轉：因母親是二太太，故母親過世後便到大太太家與父親團聚：

> 臉上雖然難掩悲傷，身上的衣服、鞋子，反而比以前更講究。[20]

這是當時的女學生所關心的事情：衣服、鞋子、身上的配件等等。黃娟忠實的記載了當時她所關心、記憶的細節，不似男性的大河小說，有時為了記載重要的歷史，而將自己未曾接觸不甚熟悉的故事寫下，讀來有史

---

[18]Virginia Woolf,*Orlando*(UK:Oxford,1993),p.32.
[19]Virginia Woolf,*Orlando*,p.32.
[20]黃娟，〈另類的經驗〉，《寒蟬》，頁 137。

的意味而無小說的令人感動。如李喬於「寒夜三部曲」〈後記〉寫著：

> 許多情節、事件與「常識」，筆者不得不求教有親身經歷的人事──這
> 幾年來，筆者至少請教了三十位以上的先生女士。[21]

　　李喬（1934 年～）與黃娟（1934 年～），皆為桃竹苗一帶客家人。然
而李喬的「寒夜」書寫策略卻十分具歷史企圖心。「寒夜」由 1737 年始，
至 1945 年臺灣光復終，期間以家族興衰為描寫對象，歷經兩百多年，因此
書寫前的歷史材料蒐集、相關人物探訪便已花去許多心力，似乎抱著為臺
灣寫史的心情創作。而黃娟的三部曲僅以自己家族三代為主，自己一生的
一甲子為書寫時間，因此對於家族之中的歷史，便能較為詳實、細緻的書
寫。李喬三部曲當中對於徵夫徵召於南洋的戰爭場面、野地求生場面極其
鋪寫，黃娟則是對於家庭瑣事、生活周遭刻畫深入，同一時代的臺灣客家
人，因性別的不同而有十分不同的書史觀點。
　　黃娟的「自己流」故事，亦忠實的記錄了女學生幸子對於戰時參與日
本太平洋戰爭的臺灣男人背後的女性故事：

> 「兩個人很相愛呀！」
>
> 「……有愛人為什麼還要去衝呢？」
> 「不衝的男生也不行哪！沒有勇氣，沒有同胞愛。」[22]

　　以當時的女學生的角度，也許私人的愛重要於勇氣、同胞愛。然而當
時的男性為了勇氣、同胞愛可以出征，亦可以為了祖國夢而拋妻棄子，只
為了一圓回到祖國的理想。尤其是以「反抗」為主軸的臺灣文學，具有史

---

[21]見李喬，〈後記〉，「寒夜三部曲」（臺北：遠景出版社，1991 年 8 月），頁 517。
[22]黃娟，〈千頭萬緒〉，《寒蟬》，頁 149～150。

家意義的大河小說不能太重於描述僅有私人愛而無家國愛的片段。如同鍾肇政的「臺灣人三部曲」，當中有許多關於家國愛與私人愛的衝突的段落，如《沉淪》當中的張達對於春鳳的感情，歷經波折，最後他選擇從軍來報償他對春鳳的虧欠。《滄溟行》當中的維樑與日本女子松崎文子、妻子玉燕的感情，然而他最後仍舊以家國之情為重而離開她們。《插天山之歌》中的陸志驤與奔妹亦是以分別為終。於李喬「寒夜三部曲」更是如此。李阿漢一家的男性，皆「以身相許」的反抗日本人，留下「一個妻子，一堆像乞食者的兒女。」男性論者可能以為，男性以家國為重，是一種捨小愛為大愛的表現。然而相對於大愛的男性，女性獨自承擔家務，甚至懷胎生子撫養成人的辛苦，是否能夠被看見？尤其以「反抗」殖民為重的臺灣文學，抵抗之餘的女性的心聲，也許是另一種全然不同的聲音。因此含蓄的女性的聲音是：「有愛人為何還要去衝？」以及對始終於幸子一家女孩成長時長期缺席的爸爸的心聲：「爸爸何時回來？」黃娟的大河小說，除了記載了當時的重大歷史事件，更重要的是記載了女性對於歷史的另一個全然相反的視角，使得女性的聲音也參與了大河小說的書寫。

　　關於日治時代女學生的求學狀況，東方白的《浪淘沙》當中的丘雅信亦有十分生動、細膩的記載。然而記載的是丘雅信用功、勤學、調皮不服輸的一面。《浪淘沙》當中似乎感受不太到雅信是位女學生，以東方白的描寫看來，更像是一位女中豪傑，不讓鬚眉的「去性別化」的花木蘭。而黃娟「楊梅三部曲」當中的女學生，卻像極了女生。如〈清晨的槍聲〉：

> 當她開始以鄉音敘述，同學們立刻低下頭，把要做的事（如刺繡），要看的書（如小說）擱在膝蓋上⋯⋯[23]

　　這一篇章的背景是白色恐怖時期，許多臺籍文人、菁英分子突然失

---

[23]黃娟，〈清晨的槍聲〉，《寒蟬》，頁186。

蹤、被槍決。然而對於女學生們而言，學校臺籍老師的失蹤，替代而來的外省籍老師的南腔北調，才是令她們頭痛、難過的切身的問題。而 S 女中，亦有一名女學生黃秋子，在體育課時眾目睽睽的被四個憲兵帶走，再也沒有回來。然而校方與同學沒有人知道她為什麼被捕。二二八、白色恐怖藉由女學生幸子，記錄了其滲透到學校的痕跡。1949 年，蔣政府以及軍隊撤退到 T 市，由幸子以及母親的角度記錄了以下生活狀況：人口暴增帶來的排泄物的暴增，家家廁所爆滿。公車總是姍姍來遲或者到站不停，因為擠滿了人。因學生太多，故中學二班制，上早班或者晚班，教室輪流使用等等幸子姊妹們最關心的切身問題一一浮現。

爾後幸子進了 T 女師，女子師範學校又正逢國民黨反共抗俄的戒嚴時代。女師一向予人保守、聽話的形象，因此更是國民黨宣傳、示範的重點學校。

　　「你在看什麼書？」
　　「女兵十年。」
　　「看完了傳給我好嗎？」[24]

臺灣，成了反共基地。謝冰瑩的《女兵十年》，變成了那時的搶手書。校慶時，更是決定舉行閱兵式，呈現女學生受「軍訓」的成績。而每年的國慶日，亦是 T 市中學以上學生必須參加的盛會。總統華誕時，全校女學生列隊到「華堂」拜壽，耗掉一個下午的課換一顆壽桃。那之後，學校為響應蔣夫人的「中華婦女會」推動的縫軍衣工作，各班輪流至婦女會踩縫紉機。而幸子亦記錄了自己踩縫紉機時，巧遇總統以及總統夫人。

黃娟是忠實於自己的作家。因此對於 T 女師中生活、學習的紀錄，似乎個人的回憶性質重於大河小說的反抗精神。對於反共抗俄，對於蔣中正

---

[24]黃娟，〈反共基地〉，《寒蟬》，頁 235。

的閱兵、拜壽，參與「中華婦女會」的縫軍衣活動，其實是欣然，或者說是沒有什麼反抗的心情參與的。這之中的紀錄有反抗意味的，卻是縫軍衣時，對於官夫人的傲氣不滿：

> 「夫人要等一下才會來！」
> 身著合身的暗紅色旗袍的那位女士，面帶傲色，微微昂起眉毛回答。
> 幸子覺得此人太過於驕傲，不適合做「接待」的工作……[25]

因此幸子並不是客觀的記錄這些當時臺灣人的共同記憶，而是帶著個人的情感來看待的。幸子對陳儀政府不滿，對於蔣政府，可能由於身處 T 女師這樣安分守己的學校氛圍，又深受白色恐怖的威嚇，因此並無太多的反抗情緒。走出校門，由學校變為教師，對於國民政府反共抗俄的宣傳，便由被動轉為主動了：

> 朝會時，值週老師領頭喊的口號是：幸子曾經跟著教官喊過的口號：
> 「反共抗俄，消滅共匪！」
> 「反攻大陸。解救同胞！」
> 唱的也是一樣是熟悉的反共歌曲：
> 反攻、反攻、反攻大陸去＼
> 　　反攻、反攻、反攻大陸去
> 大陸是我們的故鄉
> 　　大陸是我們的家園……[26]

這時身為女教師的幸子，也逐漸的感到厭煩和「憂鬱」了。幸子想起從那要「反攻」的大陸逃出來的同學，由於 T 女師的大陸人沒人是高官或

---

[25]黃娟，〈反共基地〉，《寒蟬》，頁244。
[26]黃娟，〈走出校門〉，《寒蟬》，頁250～251。

高階軍人的子弟，因此沒人要特權，然而比起臺灣的學生，她們還是活潑外向，尤其喜歡開玩笑，十分俏皮。因此幸子對於大陸來的外省人，並不抱著一概的排斥，而是較客觀的區分出特權階層以及一般階層的外省族群，的確是有著十分不同的生活方式。對於那些逃難出來的流亡學生，甚至抱著同情的心理。

國民黨來臺後，實行「三七五減租」以及「四萬舊臺幣換一元新臺幣」等政策，幸子一家以及外婆一家一下子由地主變窮人了。為了家境，幸子只好一邊於學校任職一邊於補習班兼職。家中的父親，仍舊是一貫的瀟灑、自若，有「潔癖」，自願放棄祖父遺產的繼承，只為了不跟後母以及其弟弟們爭財產。長期「缺席」的父親帶著理想去了中國，帶著失望回來。於家境辛苦的同時，仍然扮演著瀟灑的角色。甚至因臥病在床，怕耽誤公事而辭去了當中收入主要來源的公職。這樣的父親形象，在當時的男性當中十分普遍。而幸子一家的女性，則為了家計連進修念書也不敢貿然行動，為了不讓人議論家中太多女性，三妹甚至女師一畢業，便嫁給素昧平生的相親對象。相對於父親的浪漫、瀟灑，女性毋寧是務實、善於適應環境的。也因著這樣的特性，幸子在面臨身分轉換時，總是能入境隨俗。因此身分認同轉換的問題，在幸子身上，發生了與其餘男性大河小說作家十分不一樣的狀況。

三、認同的種子——中國人抑或臺灣人？

黃娟小說中的幸子，不同於男性作家筆下的堅毅、果敢、始終堅持不變的臺灣男性或女性角色，而是隨著時代，務實的跟著環境變化。因此探討女性面臨改朝換代、身分轉變，心中認同的轉換其豐富度要比男性作家筆下的男性角色多樣化。范銘如亦於〈臺灣新故鄉〉[27]當中指出，1949 年隨著國民黨來臺的外省族裔當中，女性因著務實的心情，便把臺灣當家，

---

[27] 范銘如，〈臺灣新故鄉〉，《性別論述與臺灣小說》（臺北：麥田出版公司，2000 年 10 月）。

努力的於其中認真的生活並且早已放棄反攻大陸的念頭。相同的，黃娟對於身分的轉變亦是因為務實的特質，隨時將注意力放於不同時空的生活細節當中，因此較容易融入不同的時空。

日治時代童年的幸子，對於自身日籍的身分，並無太多的質疑以及不滿。並且可能因為家庭的因素（父親與日人做生意，日人較禮遇臺灣仕紳階層），臺灣光復後，對於回歸祖國的懷抱卻有十分痛苦的經歷，並非常懷念日本帶來的現代化政治、經濟、社會。然而這個痛苦的來源，是因為陳儀政府帶來的物價飛漲、生活艱難、治安敗壞、人心惶惶等切身問題的浮現。於蔣政府遷臺後，就讀 T 女師的幸子一家姊妹三人，安分守己的配合著當時的升學教育，更為了家境，兼職補習班以貼補家用。面對蔣政府的種種措施，較切身的有反共抗俄教育的推行、國慶日閱兵、校慶閱兵、「中華婦女會」的縫軍衣活動、蔣總統的拜壽活動等等皆欣然，或者說木然接受。這樣的隨順的態度，於臺灣的大河小說中的男性人物身上十分難見。男性大河小說，對於不顧一切以肉身與日本搏鬥的男性人物總是大書特書，並且可能便是小說作者的理想或者自身的化身。然而幸子與家中眾女性，因為務實的態度，不得不妥協。因此這時的幸子，仍然未有清楚的意識到身分的問題，直到〈一本雜誌〉當中提及，幸子閱讀了殷海光的《自由中國》半月刊。

這份刊物，亦是由帶著浪漫理想色彩的幸子父親所介紹。幸子父親與家中的生活瑣事，似乎沾不上邊。並且為了理想可以放棄遺產繼承、放棄公職、放棄家庭到中國做生意，直到因不諳中國政府的紅包文化而兩袖清風的回到臺灣。病癒後找到新工作，下班後總熱心翻閱一本雜誌，並且客廳的茶几上下左右，皆堆滿了這本叫做《自由中國》半月刊的雜誌。不同於幸子一家女性的謹慎、務實，父親不顧當局戒嚴時代的肅殺氣氛，公然於家中閱讀並且堆滿家中客廳。幸子亦因這份雜誌得到了思想上的啟蒙，意識到自稱「Free China」的臺灣，其人民卻無法呼吸到「自由」的空氣：

在所謂「黨化教育」、「反共教育」下，他們的思想是不是已經因為「洗腦」而僵化了，還有她自動設在大腦裡的紅燈，不時警告她不要有逾越的言行和思想……那種「趨凶避吉」的膽怯，怎能保住獨立性？[28]

藉著這份刊物的啟蒙，幸子首度開始思索黨國教育以及戒嚴體制的合理性。這一章節亦是個關鍵的轉折，由第一部曲到第二部曲讀來似乎感受不到幸子與臺灣知識分子的關連，而僅是日常生活當中瑣碎的描寫。藉由這一本雜誌，幸子開始思索臺灣知識分子所關心的課題：如自由、民主等思想。更藉著第二部曲末了幸子丈夫溫君的出走至美國這個自由大陸，開始了不同以往隨波逐流的身分認同。

因此身分認同這個日治、國民黨戒嚴時代臺灣知識分子不免思索、無法逃避的問題，開始進入幸子的思想。這個認同的種子開始萌芽，直到第三部曲《落土蕃薯》始真正成熟。

　　　　——選自賴宛瑜〈臺美人與世界人的文學實踐——黃娟「楊梅三部曲」初探〉
　　　　清華大學臺灣文學研究所碩士論文，2008 年 2 月

---

[28] 黃娟，〈一本雜誌〉，《寒蟬》，頁 282～283。

從〈蓓蕾〉花開，到深耕《落土蕃薯》

探索黃娟文學之女性自覺與臺灣意識

◎陳錦玉*

一、前言

　　本論文採取的寫作方式是議題式的，以「女性自覺」及「臺灣意識」二觀點切入黃娟的作品來論述。標題〈蓓蕾〉花開，乃借由黃娟文壇首作為題[1]，表達黃娟一開始的小說主題，如同一般女作家以愛情、親情、婚姻、家庭為焦點，但她所構思的一篇篇女性的故事，卻不停留在夢幻唯美的情愛憧憬，而是與生活息息相關的寫實故事。浪漫的、悲悽的，美滿的、苦悶的，都可使女性讀者在閱讀當中，得到切身自處的反省。另外標題：深耕《落土蕃薯》，則探索黃娟文學中的臺灣意識，由漸漸形成的軌跡，到落實堅定的立場。

　　「自覺」是一種正面意義的「覺知」，其萌生的條件，一方面是天性使然，另一方面是環境影響，這兩者決定了「自覺意識」的發展形態。若要使這「自覺意識」持續扎根，無疑地必需在受「教育」啟發思想之後，再透過大量閱讀，隨時吸收新知識[2]，並開拓生活接觸面，方能成就智慧。雖

---

*發表文章時為南榮技術學院專任講師，現為南榮科技大學專任講師。

[1] 黃娟自撰年表標明這篇處女作刊載於 1961 年 3 月《聯合報‧副刊》，黃娟多次在受訪時提及：「〈蓓蕾〉收錄在短篇小說集《魔鏡》，1968 年夏交給蘭開書局之後，整本稿件遺失，從此不得再見天日。」乃因發表月分不在六月。真理大學臺文系大四生傅勤閔同學增修「黃娟年譜」，親至成大圖書館查閱當年報紙，證實〈蓓蕾〉發表於 1961 年 6 月 12 日。

[2] 「猶太人認為，知識如同銀器，要經常擦拭，如果一天偷懶，銀器就會蒙塵。」語見王中合編

然，「教育」的內容又受限於時代政策，使得受教育者的思想性格隨著制式的政策塑型，不一定人人皆具有獨立思考的智慧，然而，「受教育」畢竟是意識啟蒙的開始。在日本明治維新之後，鼓勵男女接受教育的機會均等，但是殖民心態下，臺灣人受教育的機會比日本人有更多的限制，即使如此，這也使得近代臺灣女性，有機會跳脫傳統文盲的生命模式，而進入知識女性的生命形態。

誠然，個人的自覺意識是否能跳脫傳統觀念、超越時代社會，而成為先知先覺者，其間的複雜過程，絕不是單一事件所能培養而成，而女性自覺與現實人生的幸福圓滿也無對等關係，那麼自覺的意義在那裡呢？本論文從黃娟的文學，探索身為臺灣女性作家的女性自覺之歷程與臺灣意識的立場。全文主論從三方面探討：1.臺灣女性自覺的啟蒙與新面貌；2.海外臺灣女性的自覺與認同；3.臺灣意識與女性觀點的歷史小說。

本文所要探討的這三個議題，彼此間是一條漸進形成的道路，且環環相扣。凡一國的知識分子，從自覺之後將認同自我生命，而自我認同之後，又將正視自己所處的時代社會、國家政策。因而，一個臺灣的知識分子，循著這自覺的歷程，最終必然碰觸臺灣意識、臺灣國家前途的議題，這條啟蒙進路，是不分性別的臺灣知識分子覺醒的航道。因本論文著眼於黃娟的文學，故由女性自覺開始探究，直至臺灣意識的呈現。

二、臺灣女性自覺的啟蒙與新面貌

（一）女性自覺首要突破男尊女卑的觀念

有關突破男尊女卑的觀念這主題的小說，黃娟早期一篇短篇小說〈古老的故事〉很有意思。描述一對即將訂婚的男女到了海邊，遇見一個漁夫述說一個名叫 mah-beh 的小女孩差點一出生即被掐死的故事。女主角一聽，陷入意識迷茫中，彷彿回到一百年前那個重男輕女的時代，聽著一位

著，《教育孩子的床頭書》（臺北：靈活文化公司，2005 年 4 月），頁 121。

老太太刻薄且惡狠狠的咒罵，嚴厲地嫌棄生女兒的無用和麻煩。[3]

「楊梅三部曲」中幸子的母親「素芬」可為近代（19 世紀末以後）臺灣女性自覺的典型代表（「幸子」是黃娟的化身）。在男尊女卑的傳統下，男孩子被認為要繼承家業，傳宗接代，所以讀書越多，越有發展，為了栽培兒子即使蕩盡家產也在所不惜。至於女兒即使出身地主之家，也不一定擁有受教育的機會，有時連大戶人家生了女兒都立刻送別人當童養媳。在《歷史的腳印》〈猶憐女兒身〉中描述，素芬是家中長女，沒送人家當養女，因為家中需要幫手，除了繁重的家務及田裡的工作，她還負責照顧四個弟弟。又因時逢日本時代鼓勵臺灣人念書，她很幸運的得以進入公學校讀書，畢業之後，素芬的父母也沒打算讓她繼續升學，只因認為「細妹仔讀再多書也是嫁人，生細人，有麼介用？」。公學校畢業兩年後素芬忍不住向父母極力爭取考「高等女學校」，而她說服父母讓她去考試的理由是：「讀書多，可以嫁好老公……」，「阿姆的時代，細妹仔沒有人讀書，沒有比較。現在不同了。不讀書，只嫁耕田人。」[4]終於，素芬父母答應她去考試，但只有一次機會，並強調不能拿讀書當藉口，家事要照做。素芬就這樣積極地自修，終於把握住這難得的機會。

四年高等女校畢業後，果然媒人婆登門提親的對象江永發，也是鎮上大地主之長子，又是商專畢業後在臺北市的日本商社當「給仕」。雖然不是什麼大官，畢竟在日本統治下，臺灣人得以晉升領薪階級，是很體面寬裕的。在《歷史的腳印》小說中，堅持去念高女的素芬，原是希望嫁個同樣受了教育的男人，雖然永發的家庭成員不是她理想的情況，幸好永發沒叫他失望，文靜而不多話，對素芬始終都很體貼，即使素芬後來生了七仙女，永發對女兒們的教育也一向支持，疼愛之心未嘗減少，最後終於讓他盼到了一個兒子，素芬的遺憾也才釋懷了。在《寒蟬》中，黃娟補敘一段插話：

---

[3]黃娟，〈古老的故事〉，《媳婦》（臺北：前衛出版社，2000 年 11 月），頁 61～70。
[4]黃娟，〈猶憐女兒身〉，《歷史的腳印》（臺北：前衛出版社，2001 年 1 月），頁 49。

還應補充的是：父親返家之後，家中添了兩個孩子，是一男一女。

母親總算為江家生了個「繼承香火」的兒子，這才完成了身為人妻及媳婦的重任……不過先來的還是女嬰，硬給江家湊成一隊「七仙女」，然後「小弟」才在親人引頸企盼之下誕生……

就拿幸子來說，日常對話裡，最怕人家問：「你有幾個弟弟？」「沒有弟弟。」「哥哥呢？」「也沒有。」「全部都是女孩子嗎？」「是的。」「一共幾個？」「七個。」，……「沒有送掉半個？」……「你爸爸真了不起！」……現在幸子可以很驕傲地說：「我有一個弟弟。」多麼難得的機會！[5]

《寒蟬》第 20 章，在這標題為〈走出校門〉的章節最後，黃娟卻以上段插曲作為結束，可見黃娟筆下的女知識分子依然克服不了生個兒子以傳宗接代的傳統女性價值觀。這種生了兒子才算盡了妻子、媳婦的任務的傳統女性觀念，即使如素芬般自覺的女性，仍然是很在意的。此外，除了傳統女人在意是否生了兒子，傳統男性同樣也認為有子萬事足，有了孫子才能延續家族香火的命脈，黃娟早期的小說，便由這些觀念的執著衍生一系列分分合合的故事。

我們從「楊梅三部曲」的第一部《歷史的腳印》第 4 章〈震耳祖父聲〉，就不斷聽到祖父對幸子母女們的喝斥：「妹仔屎帶轉來做麼介？快快賣掉就好了！」[6]這些童年返鄉的可怕經驗，在幸子幼小的心靈，種下了深刻的恐懼，黃娟早期短篇小說〈乾杯〉，那位嫌棄女孩子是賠錢貨的祖父與此相同的形象，這位祖父對女孩的歧見影響了女主角努力進取及長大後不婚的想法。[7]祖父的咒罵最令人難堪的不是做錯事，而是生錯了性別。但假

---

[5]黃娟，〈走出校門〉，《寒蟬》，（臺北：前衛出版社，2003 年 8 月），頁 261～262。

[6]黃娟，〈震耳祖父聲〉，《歷史的腳印》，頁 29。

[7]黃娟早期小說〈乾杯〉中，這位不滿媳婦生太多女兒的祖父，使得黃娟自幼要為女孩爭口氣的信念，而認真讀書，也影響年少時認為結婚會使一個女孩放棄理想的擔心而遲遲不婚。不過，這位祖父到了晚年，還會與酒友說起他的孫女兒書念得多麼好。參見《媳婦》，頁 141。

如是生了「私生子」，則又另當別論了，他是不被上帝祝福的孩子，是「不名譽」的，〈冰山下〉這篇小說就在探討這個問題。

（二）女性自覺要透過教育的啟蒙

「自覺」的路徑不分男女，都必須透過教育的啟蒙。黃娟在《歷史的腳印》中寫出日治時代臺灣知識青年改造社會的熱切期望，亦直指普及教育的重要性。

> 「本島人的生活太苦了，受教育是突破困境的唯一手段，偏偏臺灣的教育制度是如此地不平等，本島人升學的比率，實在低得可怕。」

> 「殖民地統治是臺灣的致命傷，要推翻殖民統治，首先要教育群眾，本島人的無知、愚昧，必須根除……，而我們知識分子應該負起領導的責任……」[8]

以上兩段是江永發的公學校好友張明宏寫來的信函，他後來留學日本習醫，江永發則考上臺北商專，到了日本之後的張明宏，由於結交許多留學生，在思想上受了很大的啟蒙，經常寫信給江永發分享他的見解。張明宏認為知識分子應該向殖民統治者挑戰，慷慨激昂的言辭，顯示了留學海外的臺灣人，在氣質與見識上，有別於在臺灣本土升學的知識分子。海外臺灣留學生在國際視野開闊之後，更勇於批判日本殖民政策並思索臺灣的民族自決。這與 KMT 時代的海外留學生，與國內「本土博士」，在臺灣意識的氣質態度，也有明顯的不同。

海外留學生積極地以行動邁向臺灣獨立建國之路，國內本土博士多只安於學術研究、個人成就，直到接觸異議人士，吸收海外訊息的刺激，才思考身為臺灣知識分子與臺灣前途的命運。關於這部分容後論述。

---

[8]黃娟，〈君子好逑〉，《歷史的腳印》，頁116。

　　而受教育習得許多基礎知識之後，面對複雜的人生世事要能有正確判斷取捨的智慧，就要經由大量的閱讀與拓展生活層面。舉黃娟小說為例：

> 高女畢業後，素芬不得不脫下了代表特殊身分的水兵式制服，回到了腳蹬木屐、身著粗布衣裳的鄉下女子的模樣了。
>
> 可是四年的高女教育，早已把她改變了，不管她穿的是什麼，她絕不是四年前的她——那個從日出忙到日落，除了工作，對生活不存有幻想和憧憬的無知少女。
>
> 現在的素芬無形中培養了知識女性的某種氣質，也經常尋找閱讀的書刊。跟著變的還有母親……。[9]

　　素芬的女性自覺不僅影響了母親，也為自己帶來了好的姻緣，更影響了她的下一代，在「楊梅三部曲」中的第二部及第三部，小說的主角幸子即素芬的女兒之一，在母親的知性教導及栽培下，也成為女知識分子且為人師表又成為作家，並且獲得了美好的姻緣，最後還有機會與夫婿健雄移居美國，更加拓展了女性的生活層面，這種超越國界的夢想，絕非足不出戶的傳統女性所能企及的。因此，受過教育的女性，對其上一代的長輩及下一代的子孫，都可能產生正面的影響。

（三）日治時代的臺灣女性

　　日治時期的高校女生，所接受的教育是所謂的新娘學校，其目標在覓得良好的姻緣，並學習如何維繫婚姻的幸福。舉例來說，《寒蟬》中的李志明之妻智美，雖然身體嬌弱，卻深深吸引著李志明的疼惜，認為這種蒼白和柔弱，是受了教育的智慧型女子的特有形象。[10]婚後的智美將丈夫服侍得無微不至，李志明的衣食住行皆仰賴妻子的照顧，文中寫道：

---

[9]黃娟，〈紅娘登門〉，《歷史的腳印》，頁92。
[10]黃娟，〈家國之間〉，《寒蟬》，頁18。

日本人培養賢妻良母的教育，真個是把男人安置在天堂裡。[11]

李志明為了呵護智美柔弱的身子骨，不急於要求智美懷孕生子。婚後五年才懷孕的智美，期間常惹來志明母親的叨念：「舉不起鋤頭介細妹仔，就係無用！」[12]好不容易懷有身孕，志明擔憂智美還需操作家務，智美溫柔地對他說：

> 「緊張什麼呢？我能懷孕，就是因為我的身體已經準備好了要做母親。」
> 「我們女孩子雖然不讀厚厚的專門書，也不懂橫寫的外文字，但是關於妊娠、生產、育兒的知識，倒是裝了滿腦袋。……」
> 「可不是嗎？她們受的是做『賢妻良母』的教育呀！」志明提醒自己。[13]

在《歷史的腳印》中，黃娟另外安排了素芬的高女好友：桂香及貞蘭，可以對照素芬的婚姻與愛情。高女時代的桂香看了許多小說，一直響往自由戀愛，可以擁有浪漫的情人。素芬透過桂香的敘說，也向她借小說來閱讀，禁不住也幻想起自己可能的另一半形象。但是，桂香和素芬都是靠長輩們媒妁之言締結婚約，所幸當時的相親方式漸漸開放，年輕人可以在相親前先知道對方長相性情，也可表達個人意見，媒人依門當戶對的原則介紹，在雙方親戚都滿意之下，促成了美滿的婚姻。

而有原住民血統美麗動人的貞蘭，身邊不乏痴情的追求者，甚至還有愛慕的醫學生到她家求愛不成企圖吞藥自殺的。這一事件使得貞蘭的名譽受損，使得她的姻緣一再拖延，或許黃娟不忍這麼才貌雙全的善良女子落得不幸結局，特意安排了一個留日學生劉貴文，在貞蘭高女期間，常於通

---

[11]黃娟，〈家國之間〉，《寒蟬》，頁 19。
[12]黃娟，〈家國之間〉，《寒蟬》，頁 16。
[13]黃娟，〈家國之間〉，《寒蟬》，頁 20。

車上下學的火車上，對她投射熾熱的視線的高校生。高校畢業後，這男孩子便留學日本，後來輾轉聽到有關貞蘭的謠傳，他鼓起勇氣登門求婚，很快地打動了貞蘭的芳心。在此，讀者讀到一個訊息：女性自覺之後，其婚姻伴侶的確比傳統女性有更多、更好的選擇機會。

（四）國府時代的臺灣女性

在國民政府「劫收」臺灣之初，臺灣人的教育由「大日本帝國」過渡到「中華民國」，當時臺灣人認為「換了朝代，日本的語文已經不管用了！」、「不趕快學漢文就要落伍了！」[14]幸子的母親素芬，也與大多數熱情單純的臺灣人一樣積極地學習「唐山話」，手捧著紙質極差、印刷簡陋的漢文書學漢字，但是卻用客語發音的。由於丈夫江永發在戰爭末期迫於時局不濟，興起到「唐山」做生意的念頭，所以，素芬一個人獨自照顧六個女兒，操戶內外家務之後，又利用晚上去讀書。

素芬所代表的是「第一代臺灣女性自覺的典範」，她能自覺爭取受教育的機會，也獲得她受教育的目標——與同樣受過教育的溫和男子結婚，而且在日後能隨時代變化，保持不斷求新知的動力，又能幫助村人解決糾紛的公正人。試看《寒蟬》中描寫阿泰姆告訴素芬有關中國兵強姦正要挑菜到市場賣的阿久妹。這類中國兵到臺灣後的無恥行徑，使用暴力強姦落單婦人的事，時有所聞。阿泰姆請求素芬去勸導阿久妹的老公，不該因此而離棄阿久妹。素芬告訴幸子的話充滿著人生智慧，她說：

> ……總要讓他了解阿久妹被強暴，已經驚嚇萬分，需要的是安慰和了解，也需要保護，哪有反過來責怪的道理？何況她大清早挑菜到市場賣，也是為了「家」啊！[15]

在〈腥風血雨〉中，黃娟寫下另一椿二二八事件犧牲者的悲慘見證。

---

[14]黃娟，〈亂象〉，《寒蟬》，頁 47。
[15]黃娟，〈震盪〉，《寒蟬》，頁 61。

同樣是醫生世家，其中有個兒子在高等法院當推事，同樣是辦案認真又公正，反而得罪中國官員而被藉機報仇。屍體在南港坑道附近被發現，同時有好幾具，全部雙手反綁、口塞布條，有的沒頭的……屍體生前經過酷刑，到處是毆打的傷痕。這位推事的夫人，一位柔弱的女子，遇到夫婿慘死的大變故，居然能不哭不叫，鎮靜地處理善後事宜，黃娟借他人之口說出對這位推事夫人令人肅然起敬的節操：

> 「人家受了高等教育的究竟不同！她請人把屍體運回去，然後找衛生局的醫師來驗屍，再找法院的人來做證人，最後還叫照相館的人來拍照。一切妥當之後，才為丈夫屍體清洗和更衣……」[16]

多麼堅強的臺灣女性啊！那段因戰亂帶來的泯滅人性、族群仇恨引起的血淚史，亡靈的背後有多少女性在幽暗的角落哭泣，還要堅強地面對父親、丈夫、兒子的死，在有她們無依無靠的歲月中，誓言為他們爭取歷史的公道？

（五）女性的愛情與婚姻

不談政治氣氛，我們發現在黃娟的小說中，女性受教育之後，愛情與婚姻仍是女性生命中最重要的兩個環節，似乎受教育與生命的自覺、超越，還有一大段待突破的距離。所以我們看到黃娟小說中的女性，即使描寫有機會留學海外或各種不同機遇到國外定居的臺灣婦女，她們都是受過教育的女性，在離鄉背井、舉目無親的異鄉，若遇上婚變，或是物質的、情感上的誘惑，這些不同的人生遭遇，卻使桎梏於傳統制約中的女性，造成了悲劇，那麼女性該如何真正成為自覺的主體而走過遽變？[17]

讀著黃娟的《愛莎岡的女孩》、《啞婚》、《媳婦》、《失落的影子》等幾

---

[16] 黃娟，〈腥風血雨〉，《寒蟬》，頁 118～119。

[17] 黃娟的《婚變》以姊妹情的心懷關照海外臺灣婦女同胞，在舉目無親的異鄉，發生婚變的女性，該如何走過遽變，擁有自己的天空？從她們不幸遭遇的過程中，看到源自臺灣傳統社會制約下的悲劇性。

部較早期的作品，以臺灣本土女性故事為主，作品中可見黃娟是肯定女性
應該走入婚姻的，重點是要找到理想的可支持女性的伴侶。不過，這些作
品中所描述的女性境遇，彷彿脫離不了愛情與婚姻不圓滿的致命傷，有些
是女性本身特質引起，而有些不圓滿和苦悶的原因，大多是家族成員糾纏
不清的沉重負荷！

　　從黃娟的這些小說中，雖然有少數是溫馨圓滿的喜劇，如〈姻緣〉、
〈相親〉。但，我們很失望的看到，「女性自覺」與愛情婚姻幸福並無畫上
等號。在《虹虹的世界》中，黃娟為了描寫善良的人性、淳樸的社會，使
智能障礙的虹虹，得到老張的呵護疼惜。因為虹虹保有天真善良的性情，
讓離鄉背井的外省退伍老兵回憶起與故鄉人連繫的情感，安慰了老張孤寂
的心。他們兩人年齡差距將近三十歲，結婚後兩夫妻攜手相伴，雖膝下沒
有兒女，卻是村人口口稱道的神仙眷屬。[18]

　　而《愛莎岡的女孩》中的女子黎瑛，知性神祕且散發女性魅力，是男
性們夢中情人的典型，她後來大學中輟，成為一位大學教授的續弦，這段
婚姻是她主動追求的，大學教授也對她情深義重，她卻自殺了。我們實在
看不出來幸福的人生是否有絕對的標準讓人們遵循。有些讀者很喜愛這部
長篇的浪漫情調[19]，筆者卻很不認同這個愛莎岡的女孩的種種行跡，因為她
並不是一個女子的好典範，而是一位畸零的讓人憐惜的女子的悲劇。

　　再看〈玫瑰色的夢〉中那個相貌平凡的大專畢業女子小惠的不幸故
事，不漂亮的小惠經過幾次相親的失敗，卻沒放棄做著玫瑰色的戀愛夢。
後來遇到一位同樣長相不漂亮的男子宣鴻盛，在諸多現實考量及欺瞞掩飾
下，兩人終於結婚了，但是這段婚姻從訂婚到結婚，其實與買賣婚姻無

---

[18]黃娟在《虹虹的世界》自序中寫到：「當今社會到處是聰明人，因為社會越進步，聰明人也越
　　多。連罪犯都具有高度的智慧……我們被迫見證：沒有抑制的欲望、未經疏導的獸性、自我中心
　　的反社會行為……，如何發展成恐怖的暴力犯罪。」所以她認為這樣的時代社會，需要一部描寫
　　人性善良的小說，以陶冶人性。自序中黃娟還提出疑惑：「必須要『智弱』，才得以保持『童心』
　　嗎？」筆者認為作者看到社會亂象，失去了對「知性」的信心。那些犯罪者、殘暴者的智慧，只
　　是頭腦好，卻未將心智合一而為人性的覺知。
[19]黃娟曾在序中說有些讀者曾當面對她說，在她所有作品中最喜歡《愛莎岡的女孩》。

異。小惠的父親要求聘金兩萬六千元，而宣鴻盛在各方借款之下，勉強付齊了小惠父親的要求。然而，婚姻的開始就是真相的揭露，宣鴻盛原是個臨時雇員，薪水很低，夫家事業又虧損很多，所以宣鴻盛不允許小惠離職，以免影響一家經濟困窘。在這篇小說中，男主角簡直是預謀式婚姻，他娶不到美貌的女子，就選擇高學歷的女子，可幫他賺錢，道盡了婚姻結合中各式各樣的條件下所造成的醜陋面。

　　筆者在此不一一論述各篇情節，總結黃娟這些小說的女性，無論漂亮與否，受過教育與否，性情溫柔與否，都不是美好人生的保證，故事裡的女性與真實的人生一樣，都存在著無奈和缺憾。因此，「女性自覺」與愛情婚姻幸福並無畫上等號，反而讓我們體認「自覺」是一種精神性的，而非為著世俗的價值。

三、海外臺灣女性的自覺與認同

　　女性自覺要開拓生活視野，開拓生活視野就會使人的生命更豐富。在過去的時代，女性沒有參與社會的機會，而今女性還可以漂洋過海，體驗異國文化，學習異國新知。黃娟的旅美生活，即使為著適應新大陸與家庭的責任，有段隱退文壇的十年，但復出之後，作品以旅美臺灣人為主題，寫下一篇篇臺美人的故事，其旺盛的創作力，猶如當年初試啼聲時所引起的關注，儼然開創了臺美人文學的領域，也為臺灣文學開拓另一片寫作視野。因此，這數十年所累積的海外生活經驗，絕非當年「文學才女」黃娟所能憑空杜撰的。誠如彭瑞金所評：「設若她一旦放棄『臺美人看臺灣』的寫作焦距，首先她便要失去臺美人社會、心靈底層豐富的蘊藏……黃娟復出以來，的確以『臺美人文學』填補了臺灣文學版圖上虛懸已久的一塊空闕……」[20]

---

[20]彭瑞金，〈從異鄉到故鄉路有多長？──寫在黃娟小說集《山腰的雲》前面〉，《山腰的雲》（臺北：前衛出版社，1995 年 4 月），頁 8。

（一）臺美文學的女性議題

　　黃娟的臺美文學作品計有長篇小說《故鄉來的親人》、《婚變》，短篇小說《彼岸的女人》、《世紀的病人》、《邂逅》、《山腰的雲》，散文集《我在異鄉》、《心懷故鄉》等書，書中所描寫的海外女性，有女留學生、有隨夫移民的婦女，這些小說的題材跨越美國和臺灣，探討生命現象和生活現場，這些作品有時代背景為導因：美國經濟蕭條，使失業率提高，犯罪事件頻傳等社會問題，進而因面對死亡的威脅，正視死亡的恐懼等生命思考。而臺美斷交，尼克森訪問中國，中美建交又帶動另一波移民熱潮，也使臺灣外省家庭返大陸探親及中國旅遊正常化、臺商投資中國等，造成一連串家庭失和及社會問題。

　　舉幾篇作品說明，如《故鄉來的親人》的女主角玉霞，是隨夫移民的家庭主婦，故事背景發生於 1979 年「中美建交」之後，在臺灣所引起移民熱潮。故事源起於玉霞的家中來了個特別的客人，他是丈夫（康義雄）的外甥（楊振家），為了趕在移民潮出國，楊振家以「商業護照」加簽的方式，請求舅舅協助在美創業，以取得「永久居留」的「綠卡」。康義雄夫妻念在故鄉血緣之情，竭盡所能幫助他。不僅供給吃住，連店面的購置裝潢與創業基金都自掏腰包，玉霞更是全心全意投入這家食品店的採購與看顧。最後卻落得外甥妻子的猜忌，誤以為他們想私吞，不惜信任外人（周天計），與外人合力控告舅舅霸占，玉霞夫妻只得遺憾地放棄。小說最後這個店反而被周天計施巧計奪走，而楊振家不但沒拿到綠卡，連商業護照都喪失了。黃娟此書所刻畫的是更嚴肅的議題：兩代臺灣人出走的不同背景。小說中玉霞與外甥妻子彩英，兩代女性特質的差異，一個任勞任怨以夫家為重、與人為善；另一個表面高尚（玉霞初見彩英認為她頗懂得穿衣之道，素淨而大方），內心卻只考慮到自己。我們看出黃娟筆下女性形象的轉變。

　　又如《彼岸的女人》中，〈劫〉的女主角綺華與丈夫立民，因孩子都上大學了，兩夫妻為了各自的工作方便分居兩地，綺華自己經營飯店生意，

卻遇到搶劫了。於是綺華搬去與丈夫同住，找了另一份工作，又連續遭遇兩次劫匪的故事。〈秋晨〉的女主角珍妮，是一位擁有博士學位的職業婦女（印度人），在秋晨載女兒上托兒所途中，於十字路口遇歹徒劫車，珍妮印度衫夾在車門，被劫匪沿途狂飆拖行致死，另一位目擊者戴惠玉抱起坐在安全座椅上被劫匪丟棄的珍妮的女兒，意識到這對印度母女的不幸命運。黃娟以五段式標題寫下這個故事，還分析了兇手的背景以及珍妮慘死帶給丈夫女兒的悲痛。〈安娜的故事〉有兩條故事線交錯進展再合而為一線，主要寫的是美國的失業問題所呈現的社會現象。小說借由李麗說出安娜傳奇的人生，安娜原是一位無家可歸的女子，離婚後帶著一個女兒住在婦女庇護所，過著被救濟與被異樣眼光看待的人。安娜後來遇到一位同是失業而流浪街頭的木匠比爾，由於同是不幸者而互相依靠，可惜比爾在一次收垃圾時被機器輾死。安娜後來積極為無家可歸者募款，成為推動社會福利救濟的領導人物。

　　由此，讀者可見，黃娟臺美文學作品中的女性議題，與早期的傳統女性，已然有不同的面貌。

（二）海外生活的刺激與思想情懷

　　黃娟的海外生活，接觸各類不同背景的人，也有些來自不同國家的移民者，這些生活的點點滴滴帶給作家的思想衝擊，必有一番領悟。試舉《我在異鄉》的數篇作品討論。在〈耶誕聚會〉中黃娟寫道：「沒想到在這麼一個小地方，就碰見了去過中國大陸的人，看洋太太侃侃地談中國的情形，我感到說不出的滿足。」[21]而當嫁給臺灣人的美國女子吳太太教小朋友唱中國兒歌[22]，這首兒歌的歌詞並不特別，但琅琅上口。黃娟寫下其感受：「看到一屋子的洋孩子，張著小嘴，用中國歌詞唱歌，叫我眼眶兒發熱，差點兒掉下眼淚。」[23]這篇散文寫於 1969 年 1 月，黃娟初到美國，思念臺

---

[21]黃娟，〈耶誕聚會〉，《我在異鄉》（臺北：前衛出版社，1994 年 5 月），頁 77。
[22]這首「一二三四五六七，我的朋友在那裡？在這裡，在這裡，我的朋友在這裡」的兒歌是中國傳來臺灣的，或者是在臺灣創作的中文兒歌？臺灣的小孩從幼稚園就會唱了。
[23]黃娟，〈耶誕聚會〉，《我在異鄉》，頁 81。

灣之情，使她一聽到外國人唱中文歌，內心澎湃著民族情懷的感動。此時黃娟也和大多數受中國教育的臺灣人一樣，把「臺灣」＝「中華民國」＝「中國」這樣的思考，臺灣意識尚在模糊階段。

　　同樣尚在蒙昧中的還有很多地方可見，諸如〈茶道在美國〉，看到日本人向外國人表演茶道藝術，而揣想什麼是可以代表臺灣文化的？黃娟寫道：「我們必定是遺失了太多，所以儘管擁有豐富的文化遺產，卻拿不出一樣人人可以親自示範、親自表演、而又能代表國家特性的東西。」[24]

　　另外在〈來自捷克的朋友〉，黃娟透過一個捷克朋友的話，對應臺灣人語言與文化議題，她寫道：「聽說捷克人有語言天才，許多人能操俄、德、英、法等語，這也表示一個小民族的悲哀，夾在許多強國之間，隨時得準備應變，語言自是非學不可的了。」[25]又透過捷克朋友特門太太的感傷，描述捷克在杜傑克執政前二十年的專制及俄軍介入布拉格的納粹暴政，儘管杜傑克的民主執政不到一年，但捷克人民卻感到珍惜。黃娟寫道：

　　雖然在民主化的階段，一切改革是緩慢的，但是花了長時間才爭取到的，人們卻在短時間裡全部失去。

　　又批評：「沒人想到他們會以武力來干涉……，他們經常說俄國與捷克是兄弟之邦」

　　在東歐小國裡，一向與蘇俄關係最好的是捷克，二十多年來，他們未反抗過蘇俄的壓迫，可是俄軍進入時，全布拉格市民所表示的無言的抗議，是驚心動魄的，他們否定了捷克民族沒有個性，沒有脾氣的定論，引起了全世界的同情與讚揚。[26]

---

[24]黃娟，〈茶道在美國〉，《我在異鄉》，頁138。原載於《中央日報・副刊》，1970年2月27日，9版。
[25]黃娟，〈來自捷克的朋友〉，《我在異鄉》，頁143。
[26]黃娟，〈來自捷克的朋友〉，《我在異鄉》，頁144。

　　黃娟此文寫於 1971 年 1 月，她從捷克這位朋友的話，顯然開始思索臺灣與中國，臺灣與民主等議題。

　　到了《落土蕃薯》寫〈西貢來的朋友〉，黃娟借由隔鄰新遷一戶越南家庭，他們原是西貢淪陷後輾轉到美國的越南難民，喚起幸子憶起自己經歷過的戰後臺灣歷史。黃娟寫道：

> 1949 年，大陸淪陷前後的臺灣，一窩蜂地湧進了數以「百萬」計的中國難民和殘兵，個個帶來了「萬惡的共匪」迫害良民的故事。但甫經「二二八」大屠殺的臺灣人，有自己的悲慘故事。在「國共鬥爭」中，敗陣下來的國府將軍，在臺灣人心目中，依舊是殺人不眨眼的劊子手。……

> 那艱苦的環境已持續了三十餘年，毫無改變的跡象。即使人在海外，故鄉父老的苦難，依舊是幸子無法擺脫的噩夢……越南的情況與臺灣不同……[27]

　　我們發現同樣是寫海外生活遇見被赤化的國家人民，黃娟寫〈西貢來的朋友〉，臺灣意識已與三十年前寫〈來自捷克的朋友〉有了思想上的大躍進。

（三）海外環境與臺灣意識

　　二二八事件之後，國民黨於 1949 年 5 月 19 日宣布對臺灣實施全面戒嚴，直到 1987 年 7 月 15 日解除戒嚴，長達四十年的高壓統治下，「臺灣」是不能說出的名字，即使勇敢地或膽怯地或無意間說出口，都同樣會被冠上「政治思想犯」的罪名，許多經歷過那段白色恐怖時代的臺灣人，還餘悸猶存。鍾肇政回憶那個年代的臺灣，出版書籍想找個冠冕堂皇的理由偷渡「臺灣」二字，都必須被改為「本省」或「臺灣省」，可想而知當年吳濁

---

[27] 黃娟，〈西貢來的朋友〉，《落土蕃薯》，頁 196〜197。

流創辦《臺灣文藝》是費盡多少心力和大無畏的勇氣。[28]

到了海外，臺灣本土的政治事件才有機會被看到、被討論，於是外國的自由氣息使得海外人士認同臺灣，積極推動臺灣建國的必要性。在〈枝葉代代傳〉中，幸子的同鄉坦誠：「我是到了國外才開始思考族群的問題，了解弱勢族群生存的困難。被強勢族群同化是最常見的例子……（略）」[29]雖然有些海外華人社會的臺灣人也是有「只想往上爬，一點兒也不關心故鄉……」[30]但是，絕大多數海外人士對臺灣事務都帶有「理想主義」色彩，並兼具「擇善固執」的學人性格。[31]

黃娟幾度在文章中表示：「不買書、讀書，自然是國民黨教育下長大的臺灣人共同的特色。」[32]原因是：「怕文學作品啟發讀者的思想，甚或引起本土意識。」她認為：「刻意忽視和壓抑文學達世紀之久的臺灣教育，是不能辭其咎的。」[33]國民政府「劫收」臺灣後，從初期的二二八事件大屠殺，到白色恐怖時期的全面戒嚴令，什麼都要禁止，諸如查禁書刊、黨禁報禁、禁止集會結社和言論自由、禁說方言等等，徹底將臺灣文化封閉成孤島，猶如文化沙漠一般。當時的臺灣教育，只允許中國古典文言詩詞，加上鮮少駕鴛鴦蝴蝶派的五四時期新文學，繁重的升學競爭，填鴨式的教學，灌輸反共愛國的思想教育體制下，再加上經濟上的貧窮，臺灣人的思想被國民黨黨國教育所箝制，即使出國留學都有海外特務監視著，臺灣人的自覺之路真是重重難關、坎坎坷坷。

黃娟在 1968 年留美之後，開始以聯誼性質參與「臺灣同鄉會」、「客家

---

[28]見黃娟〈不能說出的「名字」〉：「W 先生（吳濁流）1964 年 4 月創辦《臺灣文藝》雜誌，那個年代使用『臺灣』幾乎就是『臺獨』的代名詞。」可見當年提出「臺灣」就是政治異議分子。
[29]黃娟，〈枝葉代代傳〉，《落土蕃薯》，頁 446。
[30]黃娟，〈E 市的華人社會〉，《落土蕃薯》，頁 156。
[31]黃娟，〈闖關的人〉，《落土蕃薯》，頁 329。
[32]黃恆秋，〈來自異國的鄉音——旅美女作家黃娟訪談記〉，《心懷故鄉》，頁 191～197。
[33]黃娟〈處女集未必青澀——序短篇小說集《啞婚》〉中說：「喜愛『文學』原是人的天性，再經過孩提時代接觸的童話，人類（指受過教育的）概以閱讀文學作品為樂，唯獨臺灣是例外！因別具用心（怕文學作品啟發讀者的思想，甚或引起本土意識）而刻意忽視和壓抑文學達世紀之久的臺灣教育，是不能辭其咎的。」

同鄉會」，並於 1983 年加入「北美臺灣文學研究會」，在當時國民黨的特務
組織伸入海外臺灣人活動圈的時代，黃娟夫婦仍無忌諱地參與臺灣人的團
體，乃是兩夫妻的思想觀念一致，雖然身在海外，卻是心懷臺灣的知識分
子。黃娟原本只參加聯誼及學術性質的活動，她自述唯一與夫婿翁登山一
起加入具有政治性的組織是「臺灣人公共事務會（FAPA）」[34]關注海外臺獨
運動人士的消息，並透過國外自由民主的言論風氣，了解國內被 KMT 執
政黨掌控封鎖的媒體訊息，如陳文成命案、四二四刺蔣事件、美麗島事
件、林家血案、鄭南榕自焚事件……等等。這些參與海外臺灣同鄉會及獨
運團體所累積的經歷，是黃娟的小說創作滲入了政治意識，而終能完成
「楊梅三部曲」的主要原因。

四、臺灣意識與女性觀點的歷史小說

女性自覺之後，在建立自我生活，反思自我生命之中，同時觀照時代
歷史的變化，她們在政治歷史的變遷中，也有對時局的批判，對家族悲劇
的承擔，實際上也扮演著舉足輕重的角色。

（一）「楊梅三部曲」是歷史小說嗎？

劉紀蕙在「女性主義與文學教學」課程設計中認為，討論女性主義有
三層意義[35]，筆者認為這些觀點，可以資解釋「楊梅三部曲」是歷史小說的
一種回答方式。從這三層意義，仔細檢視黃娟以個人成長經驗所寫成的這
三部長篇小說，《歷史的腳印》，是黃娟以小女孩的眼光，敘述臺灣從日本
的殖民統治到日本的戰敗，以及當時臺灣人的祖國情懷和自我心靈的探
索。她以巧妙的情節，細膩的描寫，帶領讀者跟著主人翁的腳印，身歷那

---

[34]FAPA 的組織參閱陳榮儒編著，《FAPA 與國會外交（1982-1995）》（臺北：前衛出版社，2004 年 5
月。）
[35]這三層意義即：「女性主義觀點能夠幫助我們重新檢視人文歷史中的象徵結構，尤其是性別造成
的差異，以避免陷入僵化而壓迫弱勢團體的意識型態與思考模式。」「女性主義觀點善於採取邊
緣的策略，以不捲入權力鬥爭的立場，質疑並且批判系統內運作的弊端。」「女性主義者關切的
是如何建立人文與自然的和諧關係。」學術界總是認為學術論文應該採用更具權威的理論作依
據，但筆者認為同樣可以解釋我論文中的觀點，又何必援引理論權威者的說法？

段無法抹滅的歷史記憶。[36]

　　《寒蟬》是少女時期的觀點，呈現了臺灣人在身分轉換後（即日本戰敗），由名為「祖國」實為占領者的國民政府無端凌遲、任意宰割之下，以血淚編織的一段歷史。作者把這一段歷史，用小說的形式呈現出來，既為當年受難的忠魂代言，又可便利讀者從中領悟歷史的教訓和啟示。由於黃娟在青少年時期曾受戰爭的洗禮，又度過了臺灣戰後那一段慘無天日的歲月，所以能運用累積的見識，寫就了這一部反映時代和社會的小說。[37]

　　《落土蕃薯》從自覺女性的角度，寫女主角赴美僑居後對海內外臺灣政治事件的關注，寫到臺灣 2000 年第一次成功地「政黨輪替」，全書共分 37 章，依時序排列，各章皆可獨立閱讀。總括這三部小說，從第二部開始，比較有系統的描述臺灣現代史，而黃娟所採取的一線兩面的敘事策略，一實一虛，既是作者「成長的故事」，同時也是「臺灣人的啟蒙書」。隨著故事的進展。六十年來臺灣戰後被國民黨二次殖民的斑斑血淚展現於世人眼前。[38]

　　黃娟文學作品對文化、政治、歷史的思索皆源於臺灣意識，其作品中有關語言的思考，是屬於文化的層面，而其論著《文學與政治之間》及《心懷故鄉》中的數十篇臺灣文學評論，同樣也是文化與政治的思索。《歷史的腳印》及《寒蟬》得以從另一角度呈現日治時代及戰後十年的臺灣歷史。比較明顯而直接以政治事件寫成的《寒蟬》及《落土蕃薯》，可以說是政治歷史的小說。

（二）女性觀點的歷史小說

　　試看黃娟筆下二二八時代悲劇之一，在《寒蟬》第 12 章〈另類的經驗〉裡寫一家父子三人被憲兵從暗夜睡夢中強制抓走，第二天就被槍殺了，三個屍體在公墓內被尋獲，身上被脫得只剩內衣內褲，皆身中兩槍，

---

[36] 參考《歷史的腳印》的出版簡介。
[37] 參考《寒蟬》的出版簡介。
[38] 參考《落土蕃薯》的出版簡介。

由背部打穿胸部，此外，兩個兒子還有劍傷，刺眼睛、刺肚腹，慘不忍
睹。這遇害的三人是幸子的遠親，父為醫生，曾任議長，為人正義，對縣
政常直言諫阻，後來還被提名為縣長候選人，此舉陷害事件，必是貪贓汙
賄的一方捏造罪名，趁亂世排除異己。這一起遠房親戚遇害事件，素芬義
憤填膺地作了一長段說明：

> 「戰後的政治不好，叫臺灣人很不滿意，『緝菸』事件，又顯出官員的無
> 理，所以受不了的臺灣人就起來抗暴了。……被抓的都是非常優秀的臺
> 灣人，他們在『祖國』官兵來臺接收的時候，都是出錢出力，領先歡迎
> 他們的……這樣的年頭，沒有『理』，也沒有『法』。第一件事是要避開
> 『飛來橫禍』，萬事小心！」[39]

　　黃娟在這三部曲中所呈現的歷史和時代，正是從女性觀點發展而成的
臺灣歷史小說，這點是沒有疑議的。而即使在第三部《落土蕃薯》中，女
主角幸子的生活幾乎隱身在一連串海內外的政治事件之中，我們可以體會
作者企圖為臺灣海內外民主運動留下見證的用心。讀者也的確可以透過黃
娟這種小說方式，認識到海外臺獨人士的努力，與國內爭民主、爭自由、
爭人權這段不為人知的歷史。[40]縱然我們可以從許多文獻資料查考到更完整
的記載，然而小說畢竟是最接近大眾的書，它的文化啟蒙可以在無形中普
及民眾，發揮感召的影響力。
　　黃娟在海外的生活及參與的團體組織，使其更加深入了解海外臺獨運
動史[41]，於是黃娟文學中的政治書寫，彷彿能獨具慧眼，甚有遠見。如在

---

[39]黃娟，〈另類的經驗〉，《寒蟬》，頁144。
[40]海外臺獨運動史尚未正式編入歷史教材，大部分中小學教師也對此不盡了解。歷史教育的意義在
「以古鑑今」，認識臺灣先輩們所做過的努力，才更能珍惜現在，開創未來。
[41]依據《自覺與認同──1950～1990年海外臺灣人運動專輯》一書，了解臺獨意識是由海外傳入臺
灣本土的過程，而海外臺獨運動，也區分了左派、右派不同主張的團體組織，黃娟所認識或支持
的團體，是傾向右派的臺獨路線，而這一派的認同者也較多，截至目前臺灣本土內民主運動人
士，及政黨輪替後的執政團隊，也是以右派路線居多。陳芳明序陳佳宏《海外臺獨運動史》一書

《落土蕃薯》中，由於海外的生活經驗及立足臺灣意識的正確立場，使黃娟能於小說中客觀地評價人物事件，實具備了歷史學家之筆。試舉其在〈闖關的人〉這一章中描述的 H 縣長 H 主席，即是許信良的素描。她寫道：

> 「他是個賭徒，目的在獵取大位……」
> 「他是個野心家，不過想造勢，抬高自己的身價罷了？……」
> 「他是一條變色龍，國民黨給他好處，他就當忠貞的黨員。沒有被提名競選縣長，他就脫黨競選。風聲緊，他就逃到海外來。等反對黨快要成立了，他又要以英雄的姿態回去……」[42]

在聽到海外人士對 H 縣長的批評，同是客家人的幸子為他抱不平，但她能實事求是，客觀觀察與討論。對於 1989 年 H 縣長以搭漁船方式偷渡闖關回臺，而在海上被查緝走私的檢查員識破，關進土城看守所，幸子即使大嘆 H 縣長有客家硬頸精神，膽量很大。但是在文末，黃娟也很客觀地寫下：

> H 主席後來為什麼偏離自己的理念，與臺灣的「主流意識」愈走愈遠，甚至投入「反臺親中」的陣營，就不是居住在海外的幸子，所能了解的了。[43]

《落土蕃薯》小說結局寫到千禧年臺灣政黨輪替成功。當 2005 年出版，已是民進黨執政四年後，陳水扁總統二度競選連任之後。因而，黃娟於本小說中對人物、時局的判斷觀點，較契合臺灣目前主流意識，若說這

也提及研究者將重點放在右派臺獨活動之單向論述。
[42] 黃娟，〈闖關的人〉，《落土蕃薯》，頁 329。
[43] 黃娟，〈闖關的人〉，《落土蕃薯》，頁 332～333。

僅是寫作時間點的優勢，並不公允，審視黃娟文學一貫的堅持，追尋民主自由、和平共識的立場不變。

但是，政治是詭譎千變的，它還牽涉到權力與陰謀，有些披著理想的外衣，蠱動著群眾無知的熱情，文學家若無實際參政經驗，單憑著熱情純真之筆，永遠評不盡風雲變色的翻滾。同樣是對許信良的評論，早在 1993 年黃娟出版《心懷故鄉》中〈返鄉人——許信良闖關記〉之人物剪影，她對許信良的評論卻完全是正面的英雄式的景仰。[44]又如同書另一篇〈送終的行列——林正杰歷史性的街頭遊行〉一文中，把當年林正杰號召群眾遊行，抗議「司法已死！」高喊「讓我們來為司法送終（鐘）！」的街頭抗爭，用文學家之筆描繪他的英雄烈士形象。[45]黃娟當年必然料想不到，幾年後的林正杰卻為虎作倀，與中國黨政私通款曲，專事出賣臺灣行徑，每逢選舉時刻，就由中國返臺灣擾亂政局，去年紅衫軍帶給臺灣社會的動盪不安，猶在心頭，而林正杰在電視談話性節目公然毆打金恆煒事件，仍記憶猶新，謂之流氓無賴也不過分，但這事件卻使他成為紅衫軍的英雄。文學家黃娟如何能洞悉這些政客們的詭變？

如今，我們親眼目睹，當年反抗 KMT 專政體制的某些領導人士，在臺灣民主化逐漸形成之後，一一露出為一己私慾的醜態。只有那真正從臺灣思考的理想志士，才不會為當年的犧牲奮鬥而認為應得權位，迷失在權利慾望與掌聲中。所以，文學中以政治人物、政治歷史為題材，確實存在相當大的風險，稍微觀察失當，就落入為政策宣傳，為某位戀權戀名的政客作傳的泥淖中。

---

[44]參見《心懷故鄉》頁 65～71。黃娟於此文中說許信良 1986 年「遷黨回臺」的決定，推動了島內組黨的熱潮，升高了促進民主化的運動。並說新黨突破黨禁而成立了，並在當年臺灣增額立委及國代選舉中獲得了重大勝利，是許信良這一年的返鄉之舉帶來的振奮人心作用。

[45]參見《心懷故鄉》頁 59～63。林正杰號召民眾抗議「司法已死」的遊行隊伍，沿路直到抵達市議會，一直被鎮暴警察驅散、毆打，此刻一場大雨落下，在這混亂中，林正杰在雨中要群眾回去休息，又宣示他以後要不定時、游擊方式向臺北市民告別，這類描述也增添激昂沸騰的熱情！字裡行間含有個人崇拜式的心境。

（三）人性求生存的本能

　　殖民者的壓迫愈嚴厲，反而使得臺灣人探索自己的根源，思索臺灣的出路，這是一種人性求生存的本能。試看《歷史的腳印》中〈鄉間一少年〉提及日治時代臺灣青年江永發在考完中學考試後等著開學的那段閒暇時間，他發現了父親蒙了灰塵的幾本線裝書，於是就這麼偶然地去學習漢文，這是他第一次面對國家認同的迷惑。

　　教他漢文的林老先生無限惋傷地說：

> 「如果滿清沒有敗給日本，沒有把臺灣割讓給日本，我是要渡海去參加科舉考試的……」[46]

　　接著作者描述江永發內心的思索：

> 照日本的說法：他們是以正當的手段取得臺灣的，因為他們是戰勝國，而「臺灣」是戰敗國送來求和的禮品。因此臺灣人以武力抵抗前來接收的日本軍，自然要受到剿滅。[47]

　　可見接受日式教育的臺灣青年，被灌輸「大和魂」的日本精神，使其站在殖民者的立場思考，然而受到不同說法的刺激，立即使其心中覺悟。而針對這一事件，作者跳出來以評論的方式，寫下男主角對此議題的時代醒思：

> 江永發不知道誰是誰非，他只是慶幸入學考試已經考過了，不然萬一遇到這樣的題目，可叫他不知道怎麼辦才好？雖然他不是不知道照抄教科書，才是標準答案，但是知道一件事情有兩面的說法，可是攪亂人的頭

---

[46]黃娟，〈鄉間一少年〉，《歷史的腳印》，頁90。
[47]黃娟，〈鄉間一少年〉，《歷史的腳印》，頁90。

腦的！[48]

雖然作者所寫的小說人物，對於認知與現實的衝擊，尚處於渾沌灰暗、懵懵懂懂的意識之中，其反映一般人乍聞與觀念中殖民者立場所宣導的不同說法，難免在心中產生矛盾和迷惑。

在國民黨的高壓統治下，仍擋不住臺灣人靈魂深處的呼喚！黃娟在臺灣文壇嶄露頭角，骨子裡就蘊藏著臺灣意識，她一開始寫作時，便深受臺灣文學前輩作家鍾理和、吳濁流、鍾肇政的精神感召。另一方面從黃娟的作品中發現，其夫婿翁登山的臺灣本土意識，也使她的臺灣意識堅定不移，且得以持續扎根擴展。[49]

（四）兩性自覺共譜的歷史

過去說「一個成功的男子背後，一定會有一位成功的女性。」相反地，我們也發現：「一個成功的女子背後，也必然會有一位成功的男性。」「成功」的定義，除了一般所認定的對國家有貢獻、事業有成、擁有社會地位之外，還應該是「懂得生活」的人。能把日子過得很幸福平安，讓其周圍的家人朋友，享受生命的喜悅，這便是成功者的人生。

黃娟在〈E市的華人社會〉中寫了這麼一段情節：

> 蔣政權統治下的臺灣，被逐出聯合國之後的臺灣——她的命運會有什麼樣的轉折呢？幸子多麼希望有同樣關心臺灣的朋友，一起來討論……
> 健雄說：「臺獨聯盟做得不錯，每年在聯合國開會時，都在附近舉行示威遊行，提出臺灣人要求自決的訴願。今年還發動全球二十多處臺灣人舉行『鎖鍊』示威，展示『一個中國』加壓在臺灣人身上的苦難，表示臺

---

[48] 黃娟，〈鄉間一少年〉，《歷史的腳印》，頁 90。
[49] 翁登山出生於嘉義，又畢業於嘉義農專，是相當優秀的臺灣本土青年，他的數學與外語能力很好，而從他為黃娟的書所寫的序，看出他文筆也相當出色。出國前他曾任職於中研院、臺大、政大，留美之後取得統計學博士學位，定居美國。翁登山早年留學就不忌諱參加臺灣同鄉會，還曾因此被斷絕獎學金來源。夫妻攜手為伴參加臺灣人的聚會與學術、政治活動等等。

灣人要求自由和自決的願望。紐約就有十幾個臺灣人成功地把自己銬在聯合國的外門，以戲劇性的動作，引起世界的注意⋯⋯即使蔣政權被逐出，臺灣人應該保有決定自己前途的權利⋯⋯」

健雄的信心，叫幸子心安了些，不然一顆心總有些忐忑不安。

雖然記掛著這許多事，幸子的日子過得很快。

身邊有個小嬰兒要照顧，一下奶瓶，一下尿布，又是消毒奶瓶，又是洗尿布，加上清掃和炊事等等家事，使她在 C 州時，還能偶而舞文弄墨地寫的散文和隨筆等等，也不知不覺地停止了。[50]

以上引用大段小說原文，除了因當前政府正推動以「臺灣」名義重返聯合國的聯署活動，希望讓讀者了解當年聯合國拒絕了中華民國入聯，臺灣多少海外抗議人士以實際行動表達臺灣人的心聲。另一目的在說明女性經由教育而成為自覺主體之後，若尚能持續關注家國社會，使覺醒後這位能完全自主的女人，得以在婚後為人妻母，還保有實現自己夢想的機會，且不斷關心社會脈動，接觸新思潮新變化，無可否認的，另外一半的支持與互相砥礪成長，是相當重要的。[51]所以，女性擁有一位體貼而兼具智慧的好伴侶，也是一位知性女子生命圓滿的寫照。否則，身為女人渴望孕育子女的母性，必然面對現實與理想選擇的兩難，女知識分子要不捨棄兒女私情，要不放棄成就一己事業的夢想，能夠兩全其美的女性多得力於一位氣度寬宏而有智慧的伴侶。

黃娟在描寫海外臺獨運動事件時，經常以女性立場考量這些事件的偉大意義，如四二四刺蔣事件[52]的兩位正義之士：黃文雄與鄭自才是妻舅關係，在敬佩這兩位「臺灣男子漢」之時，黃娟不忘在小說中寫出對為臺灣獻出丈夫和哥哥的 T 夫人（黃晴美）的敬佩和祝福。另外，黃娟寫到為爭

---

[50]黃娟，〈E 市的華人社會〉，《落土蕃薯》，頁 147～148。
[51]這一點我們在前面探討女性的愛情與婚姻時，也提到黃娟早期作品中透露的婚姻觀，認為如果婚姻是人性的必要，女性要選擇一位體貼的伴侶。
[52]黃娟，〈誰發的槍聲〉，《落土蕃薯》，頁 79～91。

取臺灣言論百分之百的自由，而採取了英雄式的自焚的鄭南榕先生，雖然肯定他的犧牲精神無比崇高，也喚醒了臺灣人被長期奴化之後所蒙蔽的靈魂。但，作家一想到他的妻女，還是忍不住在心中獨語：「誰要他做烈士……」這句話並非譴責而是難捨之心。[53]鄭南榕的妻子葉菊蘭受訪時曾說：「我時常在想，我怎麼選了這樣一位了不起的丈夫。」[54]如今，她也成為「一位了不起的妻子」，代夫出征參政之後，一直堅強奮鬥，曾任行政院副院長，也曾是 2008 年總統大選與民進黨候選人謝長廷搭檔競選的熱門人選，至今，她仍繼續為丈夫生前所追求的理想——「臺灣獨立」而努力著。這便是筆者想探討的：一個自覺的女性，身邊也必然有一位自覺的男性，這句話絕非否定女性的自覺價值，也絕對沒有依附男性的用意，而是兩性平等社會的理想目標。

五、結論

黃娟的小說，總是帶給讀者希望和溫暖的感動，她隨著自己人生境遇的變化，以智慧之眼、善良的心，關注其所處時代社會的眾生萬象，其作品就能打動人心，從她的文學世界裡，讀者彷彿在這殘酷冷漠的現實社會中，看見一片光亮，順著前方指引著的明燈而行，總不會偏離人生方向。

黃娟的作品誠如葉石濤所肯定的「溫柔婉約」、鍾肇政稱讚的「細膩溫馨的感人力量」。而彭瑞金所讚賞的「很少有重複或雷同的題材，說來也是難能可貴的」[55]，彭瑞金這句評語是針對黃娟「楊梅三部曲」完成以前的各類長短篇小說而言。我們發現「楊梅三部曲」作為黃娟一生回顧的歷史小說；作家生命階段中的幾個難忘的故事，即使以往曾在其他短篇作品發表過的，作家也無法割捨地再次寫入「楊梅三部曲」中，譬如古廟的尼姑，〈一美人〉中那位順從母親決定剃髮為尼的少女，以及黃娟的美國鄰居梅

---

[53]黃娟，〈百分之百的言論自由〉，《落土蕃薯》，頁 358～373。
[54]李心怡，〈鄭南榕從容殉難，自由時代留見證〉，2000 年 4 月 7 日。
[55]彭瑞金，〈鱒魚返鄉的方式——讀黃娟長篇新作《故鄉來的親人》（上、中、下）〉，《民眾日報》，1991 年 10 月 31 日～11 月 2 日，11 版。

格……等等，還有一些發表於《我在異鄉》的初抵海外的心情與生活見聞，也有多處重複出現在「楊梅三部曲」的故事架構中。然而，如同前面所言，「楊梅三部曲」是作家晚年以自己的一生為軸心，串起各個時代的歷史事件為經緯，這樣的作品在以生活寫實為題材的作家而言，必然會有幾個重複的情節出現。

在本文的分析中，筆者認為甚有意義的研究在於發覺兩性社會應有的模式，以及政黨輪替，民主化逐漸成形的臺灣，如何記取過去慘痛的歷史，尊重多元族群文化與語言，使臺灣真正建立民主自由的現代化國家。從黃娟的小說中，兩性之間的相處問題，可由作品中的悲劇過程或結局、或者主角的困擾中作修正。即以今日的時代來看，女權運動者所爭取的接受教育、社會職場、參與政治等兩性平權等各方面訴求，差不多都一一實現了。但現今兩性平權之後，離婚率升高了、害怕婚姻牽絆的不婚女性也更多，夫妻不願負擔生兒育女任務而使得生育率降低，人口高齡化現象，這類社會問題何嘗不是兩性失衡的現象？解決這個問題的關鍵就在於：落實兩性平等、互相尊重的「人的自覺」。

由於本論文預設了兩個議題，即「女性自覺」與「臺灣意識」，以探究黃娟在前衛出版的 17 本作品，全文論點全圍繞在這兩議題分析整理，難免在各篇作品論述不夠精細。而且由於這兩個議題間是互相關聯的，行文間為了說理方便，私訂了許多小標題舉證說明，為避免將兩個議題切割得瑣瑣碎碎，筆者不斷思考該如何更合理地連貫每個標題，使全文想表達的理念更完整清楚。然而，完稿之後，仍然感到許多零星的想法在每段論述中鑽來竄去。猶如《落土蕃薯》的架構與內容設計，評者可感受到作家創作的苦心，但依然感慨無法寫盡所有歷史事件、也無法更深入刻畫這些事件，致令讀者有未盡完善的遺憾。

參考著作

【黃娟作品集】十七冊，前衛出版社

- 《我在異鄉》，1994 年 5 月。
- 《心懷故鄉》，1994 年 5 月。
- 《世紀的病人》，1994 年 5 月。
- 《邂逅》，1994 年 5 月。
- 《故鄉來的親人》，1994 年 6 月。
- 《婚變》，1994 年 8 月。
- 《山腰的雲》，1995 年 4 月。
- 《政治與文學之間》，1995 年 4 月。
- 《彼岸的女人》，1996 年 4 月。
- 《愛莎岡的女孩》，1996 年 4 月。
- 《啞婚》，1998 年 4 月。
- 《虹虹的世界》，1998 年 4 月。
- 《失落的影子》，2000 年 10 月。
- 《媳婦》，2000 年 11 月。
- 「楊梅三部曲第一部」《歷史的腳印》，2001 年 1 月。
- 「楊梅三部曲第二部」《寒蟬》，2003 年 8 月。
- 「楊梅三部曲第三部」《落土蕃薯》，2005 年 6 月。

專書（依作者姓氏筆畫排列）

- 王中合編著，《教育孩子的床頭書》，臺北：靈活文化公司，2005 年 4 月。
- 阮美姝，《幽暗角落的泣聲——尋訪二二八散落的遺族》，臺北：前衛出版社，2003 年 11 月。
- 陳萬益主編，《黃娟集》，臺北：前衛出版社，1993 年 12 月。
- 施正峰主編，《臺灣獨立建國聯盟的故事》，臺北：前衛出版社，2000 年

2 月。

・陳隆志，《臺灣的獨立與建國》，臺北：月旦出版社，1994 年 12 月。

・陳佳宏，《海外臺獨運動史：美國「臺獨」團體之發展與挑戰──50 年代中至 90 年代中》，臺北：前衛出版社，1998 年 10 月。

・張炎憲、曾秋美、陳朝海合編，《自覺與認同──1950～1990 年海外臺灣人運動專輯》，臺北：吳三連臺灣史料基金會，2005 年 6 月。

・黃俊傑，《臺灣意識與臺灣文化》，臺北：臺灣大學出版部，2006 年 11 月。

單篇評論（依作者姓氏筆畫排列）

・林鍾隆，〈讀〈野餐〉〉，《純文學》第 41 期，1970 年 5 月，頁 2～5。

・林鍾隆，〈歪斜的島──序黃娟小說集《失落的影子》、《媳婦》〉，《失落的影子》，臺北：前衛出版社，2000 年 10 月，頁 3～8。

・范亮石，〈延伸的土地和人民──讀黃娟《邂逅》有感〉，《自立晚報》，1990 年 5 月，14 版。

・翁登山，〈文學的伴侶──序黃娟的《心懷故鄉》〉，《心懷故鄉》，臺北：前衛出版社，1994 年 5 月，頁 3～7。

・翁登山，〈讀《寒蟬》談「非典」──序楊梅三部曲第二部《寒蟬》〉，《寒蟬》，臺北：前衛出版社，2003 年 8 月，頁 3～8。

・許維德，〈故鄉心──由《故鄉來的親人》談臺美人及黃娟的政治意識〉，《故鄉來的親人》，臺北：前衛出版社，1994 年 6 月，頁 321～326。

・彭瑞金，〈永遠的文學──跋黃娟的小說《彼岸的女人》及《愛莎岡的女孩》〉，《彼岸的女人》，臺北：前衛出版社，1996 年 4 月，頁 205～208。

・彭瑞金，〈黃娟──追逐生活的作家〉，《黃娟集》，臺北：前衛出版社，1993 年 12 月，頁 327～332。

・彭瑞金，〈評黃娟《世紀的病人》〉，《世紀的病人》，臺北：前衛出版社，1994 年 5 月，頁 15～20。

・彭瑞金，〈睽違二十載，又見黃娟──評《世紀的病人》〉，《文訊》第 38

期，1988 年 10 月，頁 171～174。

・彭瑞金，〈鱒魚返鄉的方式——讀黃娟長篇新作《故鄉來的親人》（上、中、下）〉，《民眾日報》，1991 年 10 月 31 日～11 月 2 日，11 版。

・彭瑞金，〈鱒魚返鄉的方式——寫在《故鄉來的親人》前面〉，《故鄉來的親人》，臺北：前衛出版社，1995 年 4 月，頁 3～10。

・彭瑞金，〈從異鄉到故鄉路有多長？——寫在黃娟小說集《山腰的雲》前面〉，《山腰的雲》，臺北：前衛出版社，1995 年 4 月，頁 3～8。

・黃娟，〈處女集未必青澀——序短篇小說集《啞婚》〉，《啞婚》，臺北：前衛出版社，1998 年 4 月。

・黃娟，〈天涯知己——《山腰的雲》代序〉，《山腰的雲》，臺北：前衛出版社，1995 年 4 月，頁 9～16。

・黃娟，〈四分之一世紀——《我在異鄉》自序〉，《我在異鄉》，臺北：前衛出版社，1994 年 5 月，頁 9～13。

・黃娟，〈文學之路——《邂逅》自序〉，《邂逅》，臺北：前衛出版社，1994 年 5 月，頁 7～9。

・黃娟，〈寫在書前——介紹長篇小說《虹虹的世界》〉，《虹虹的世界》，臺北：前衛出版社，1998 年 4 月，頁 4。

・黃娟，〈不同的年代——短篇小說集《失落的影子》、《媳婦》（自序）〉，《失落的影子》，臺北：前衛出版社，2000 年 10 月，頁 9～11。

・黃恆秋，〈來自異國的鄉音——旅美女作家黃娟訪談記〉，《心懷故鄉》，臺北：前衛出版社，1994 年 5 月，頁 191～197。

・葉石濤，〈黃娟的世界〉，《幼獅文藝》第 177 期，1968 年 8 月，頁 103～108。

・葉石濤，〈異地裡的夢和愛——評黃娟小說集《世紀的病人》、《邂逅》〉，《邂逅》，臺北：前衛出版社，1994 年 5 月，頁 11～14。

・鄭清文，〈祖國情懷——序《彼岸的女人》〉，《彼岸的女人》，臺北：前衛出版社，1996 年 4 月，頁 3～5。

- 鄭清文，〈序《虹虹的世界》〉，《虹虹的世界》，臺北：前衛出版社，1998年4月，頁4。

- 劉紀蕙，〈女性主義與文學教學〉，「劉紀蕙的教學網站」，https://goo.gl/3WCSYD。〔最後瀏覽日期：2018年5月30日。〕

- 鍾肇政，〈黃娟與我──跋黃娟《世紀的病人》、《邂逅》〉，《邂逅》，臺北：南方叢書出版社，1988年6月，頁143～145。

- 隱地，〈評介《愛莎岡的女孩》〉，《幼獅文藝》第172期，1968年4月，頁224～231。

- 謝里法，〈從政治邊緣切入的臺灣故事──評介黃娟的《故鄉來的親人》〉，《故鄉來的親人》，臺北：前衛出版社，1995年4月，頁309～320。

- 蕭阿勤，〈臺灣戰後歷史的軸心時期與軸心世代──1970年代的政治、文化遷變與回歸現實世界〉，《中央研究院週報》第1063期，2006年3月，頁4～6。

──本文發表於「第11屆臺灣文學家牛津獎暨黃娟文學學術研討會」
真理大學（麻豆校區）語文學院主辦，2007年11月24日

輯五◎
研究評論資料目錄

作家生平、作品評論專書與學位論文

專書

1. 真理大學（麻豆校區）語文學院　臺灣文學系　　第 11 屆臺灣文學家牛津獎暨
黃娟文學學術研討會資料彙集　臺南　真理大學（麻豆校區）語文
學院臺灣文學系　2007 年 11 月　初版

本書為黃娟獲得第 11 屆「臺灣文學牛津獎」，由真理大學為獲獎者舉辦的文學學術
研討會之論文集。全書共 10 篇，收錄：蔡承翰，蔡易澄〈黃娟小說中的人道關懷探
討〉、傅勤閔〈論臺灣六〇年代轉型期之社會問題──黃娟早期作品剖析〉、曾學佑
〈論「楊梅三部曲」的身分認同〉、賴宛瑜〈被殖民者的認同歷程──黃娟「楊梅三
部曲」與珍奈「天使三部曲」比較〉、王靖雅〈從黃娟《邂逅》、《故鄉來的親
人》看臺美人〉、陳錦玉〈從〈蓓蕾〉花開，到深耕《落土蕃薯》──探索黃娟文學
之女性自覺與臺灣意識〉、錢鴻鈞〈論黃娟的溫婉與理性風格──並談傳統與現帶夾
縫中的理想女性形象〉、陳昭利〈離散・敘述・家國──論黃娟及其「楊梅三部
曲」〉、林佳君〈尋找失落的影子──論黃娟小說中的群體關懷〉。正文前附錄黃娟
初編；傅勤閔增修〈黃娟年譜〉。

學位論文

2. 謝冠偉　　黃娟「楊梅三部曲」研究　銘傳大學應用中國文學系　碩士論文
徐麗霞教授指導　2007 年 1 月　260 頁

本論文以文章、書信、年表等相關資料，建構黃娟的生活經歷與寫作生涯，並針對
小說「楊梅三部曲」的主題和寫作藝術加以探究。全文共 6 章：1.緒論；2.黃娟的生
活經歷與寫作生涯；3.「楊梅三部曲」的寫作動機與內容；4.「楊梅三部曲」的主
題；5.「楊梅三部曲」的寫作藝術；6.結論。

3. 蔡淑齡　　黃娟「楊梅三部曲」研究　彰化師範大學國文學系　碩士論文　王
年雙教授指導　2007 年 6 月　295 頁

本論文藉「楊梅三部曲」分析作者對當時社會狀況各層面的現實關懷，以及對於書
中使用的客語、英文字母語，探討其離散經驗的文學精神與文化意涵，最後總論
「楊梅三部曲」特有的女性大河小說在臺灣社會發展史的貢獻與價值、殖民地文學
與離散文學之特色以及文學與歷史之間的關係。全文共 6 章：1.緒論；2.追逐生活的
作家；3.「楊梅三部曲」之現實關懷；4.「楊梅三部曲」之藝術特色；5.「楊梅三部

曲」之複音書寫；6.結論。正文後附錄〈作家現身——黃娟訪談〉、〈黃娟著作類別一覽表〉、〈有關「楊梅三部曲」之報章、期刊評論或報導〉、〈有關黃娟身世背景、文學理念之評論、報導或採訪〉、〈「楊梅三部曲」歷史事件對照表〉、〈日治時期臺灣總督人物表〉、〈「楊梅三部曲」中英對照表〉、〈生平寫作年表〉、〈黃娟小說評論引得〉。

4. **賴宛瑜　臺美人與世界人的文學實踐——黃娟《楊梅三部曲》初探　清華大學臺灣文學研究所　碩士論文　陳萬益教授指導　2008 年 2 月　116頁**

本論文藉由「楊梅三部曲」為主要研究對象，分析在日治時期、國民黨戒嚴時期、解嚴後的臺美人生活，三種不同時代變遷下身分認同的轉變。全文共 6 章：1.緒論；2.黃娟創作及生命歷程；3.《歷史的腳印》——日治時期臺灣女性生活史；4.《寒蟬》——戒嚴體制下的生命醞釀；5.《落土蕃薯》臺美人的夢與愛；6.結語：由臺美人到世界人——世界人的文學家實踐。正文後附錄〈黃娟生平寫作年表〉、〈黃娟小說研究評論引得〉。

5. **王靖雅　黃娟及其小說研究　中央大學中國文學系碩士在職專班　碩士論文李瑞騰教授指導　2008 年 7 月　149 頁**

本論文以時代為文學背景的經，黃娟所經歷的環境與世界觀為緯，從文本出發梳理出作家的文學創作，及文學思想改變的歷程。全文共 6 章：1.緒論；2.黃娟的生平及其作品；3.一九六○年代：新舊衝突的臺灣社會；4.一九八○至九○年代：臺美人的處境及其關懷；5.一九九六年以後：回歸臺灣的「楊梅三部曲」；6.結論。

6. **郭吾遇　黃娟小說中的臺美人研究　中興大學臺灣文學研究所　碩士論文陳國偉教授指導　2008 年　141 頁**

本論文探討黃娟小說中的臺美人婚姻與家庭、臺美社會的群我關係以及異鄉與故鄉之間臺美人的認同與想像。全文共 6 章：1.緒論；2.黃娟與臺美人；3.臺美人的婚姻與家庭；4.臺美人的群我關係；5.臺美人的國族想像與身分認同；6.結論。

7. **劉香君　女性婚戀處境及其主體反思：以黃娟六○年代小說為探討對象　中興大學臺灣文學與跨國文化研究所　碩士論文　高嘉勵教授指導2011 年 12 月　149 頁**

本論文旨在探討黃娟六○年代短篇小說集《啞婚》、《失落的影子》、《媳婦》、長篇小說《愛莎岡的女孩》中女性婚戀處境及其自我意識的覺知。同時立基於婚戀

書寫反應社會現象與女性問題而開展相關課題的論述，回溯六〇年代社會的婚戀內涵與婚戀形式的轉變，探究女性徘徊於傳統現代之間的掙扎與自我重新定位，並開啟女性自我對話的視域與追索女性獨立自主的成長歷程。全文共 5 章：1.緒論；2.黃娟婚戀書寫風格之婉約含蓄表現；3.「鏈」與「戀」的生命纏結：傳統婚姻中兩性情感關係之探討；4.女性的成長之路：自由婚戀中女性自我之呈現及兩性關係再省思；5.結論。

8. 徐韻媖　　黃娟小說中的離散經驗與身分認同——以《故鄉來的親人》及其相關短篇作品為例　交通大學客家社會與文化在職專班　碩士論文　蔣淑貞教授指導　2011 年　124 頁

本論文以黃娟八〇年代之後以「臺美人作家」的姿態所寫作的長篇小說《故鄉來的親人》為主要的分析素材，將臺美人的離鄉經驗以「離散」的角度來詮釋，並透過霍爾的文化身份理論、安德森的「想像的共同體」學說以及許維德的「臺美人認同分析」，將臺美人的國族觀和文化認同定義在相同的歷史經驗以及自覺的草根運動上，以此解讀「臺美人」名稱的正當性。全文共 5 章：1.緒論；2.離散經驗；3.臺美人的移民經驗；4.臺美人的身分認同；5.結論。正文後附錄〈黃娟年表〉。

作家生平資料篇目

自述

9. 黃　娟　　七十七年吳濁流文學獎得獎感言　臺灣文藝　第 110 期　1988 年 4月　頁 122

10. 黃　娟　　自序　世紀的病人　臺北　南方叢書出版社　1988 年 5 月　頁 1—2

11. 黃　娟　　自序　邂逅　臺北　南方叢書出版社　1988 年 6 月　頁 3—4

12. 黃　娟　　文學之路——《邂逅》自序　邂逅　臺北　前衛出版社　1994 年 5月　頁 7—9

13. 黃　娟　　前衛版序　邂逅　臺北　前衛出版社　1994 年 5 月　頁 5—6

14. 黃　娟　　前衛版序　世紀的病人　臺北　前衛出版社　1994 年 5 月　頁 5—6

15. 黃　娟　　寫在書前　故鄉來的親人　臺北　前衛出版社　1991 年 11 月　頁

11—12

16. 黃　娟　　寫在書前　故鄉來的親人　臺北　前衛出版社　1995 年 4 月　頁
11—12

17. 黃　娟　　天涯知己──《山腰的雲》代序　山腰的雲　臺北　前衛出版社
1992 年 6 月　頁 9—16

18. 黃　娟　　天涯知己──《山腰的雲》代序　山腰的雲　臺北　前衛出版社
1995 年 4 月　頁 9—16

19. 黃　娟　　作家與作品──《政治與文學之間》自序　政治與文學之間　臺北
前衛出版社　1993 年 5 月　頁 7—12

20. 黃　娟　　作家與作品──《政治與文學之間》自序　政治與文學之間　臺北
前衛出版社　1995 年 4 月　頁 7—12

21. 黃　娟　　臺灣文學研究會與我──十年的回顧與反省　臺灣文藝　第 140 期
1993 年 12 月　頁 94—112

22. 黃　娟　　臺灣文學研究會與我──十年的回顧與反省　心懷故鄉　臺北　前
衛出版社　1994 年 5 月　頁 163—190

23. 黃　娟　　四分之一世紀──《我在異鄉》自序　我在異鄉　臺北　前衛出版
社　1994 年 5 月　頁 9—14

24. 黃　娟　　我的文學歷程──長篇小說《婚變》代序　婚變　臺北　前衛出版
社　1995 年 4 月　頁 11—18

25. 黃　娟　　我的文學歷程（自序）　大峽谷奇遇　石家莊　河北教育出版社
1996 年 4 月　頁 1—7

26. 黃　娟　　出書的心境──《彼岸的女人》代序　彼岸的女人　臺北　前衛出
版社　1996 年 4 月　頁 7—10

27. 黃　娟　　青春──《愛莎岡的女孩》前衛版序　愛莎岡的女孩　臺北　前衛
出版社　1996 年 4 月　頁 11—14

28. 黃　娟　　後記　愛莎岡的女孩　臺北　純文學月刊社　1968 年 3 月　頁 206
—207

29. 黃　娟　　後記　愛莎岡的女孩　臺北　前衛出版社　1996 年 4 月　頁 201—202

30. 黃　娟　　處女集未必青澀——序短篇小說集《啞婚》　啞婚　臺北　前衛出版社　1998 年 4 月　〔4〕頁

31. 黃　娟　　寫在書前——介紹長篇小說《虹虹的世界》[1]　虹虹的世界　臺北　前衛出版社　1998 年 4 月　〔6〕頁

32. 黃　娟　　邊緣人——介紹長篇小說《虹虹的世界》　民眾日報　1998 年 6 月 30 日　19 版

33. 黃　娟　　異國鄉音　文訊雜誌　第 172 期　2000 年 2 月　頁 55—57

34. 黃　娟　　不同的年代——短篇小說集《失落的影子》、《媳婦》　失落的影子　臺北　前衛出版社　2000 年 10 月　頁 9—11

35. 黃　娟　　不同的年代——短篇小說集《失落的影子》、《媳婦》　媳婦　臺北　前衛出版社　2000 年 11 月　頁 9—11

36. 黃　娟　　不同的年代——自序小說集《失落的影子》、《媳婦》　自立晚報　2000 年 12 月 9 日　15 版

37. 黃　娟　　關於「楊梅三部曲」——第一部《歷史的腳印》自序　歷史的腳印　臺北　前衛出版社　2001 年 1 月　頁 7—11

38. 黃　娟　　關於「楊梅三部曲」　寒蟬　臺北　前衛出版社　2003 年 8 月　13—17

39. 黃　娟　　關於「楊梅三部曲」　落土蕃薯　臺北　前衛出版社　2005 年 6 月　頁 11—15

40. 黃　娟　　後記　寒蟬　臺北　前衛出版社　2003 年 8 月　頁 321—324

41. 黃　娟　　返鄉的真情素描者——黃娟　客家文學精選集：小說卷　臺北　天下遠見出版公司　2004 年 4 月　頁 247—249

42. 黃　娟　　歷史的教訓——《落土蕃薯》後記　落土蕃薯　臺北　前衛出版社　2005 年 6 月　頁 463—466

---

[1]本文後改篇名為〈邊緣人——介紹長篇小說《虹虹的世界》〉。

43. 黃　娟　　重視發酵的過程　文訊雜誌　第 246 期　2006 年 4 月　頁 58—61

44. 黃　娟　　一支筆走天涯（上、下）　臺灣時報　2007 年 11 月 23—24 日　16 版

他述

45. 〔鍾肇政編〕　　黃娟　本省籍作家作品選集 6　臺北　文壇社　1965 年 10 月　頁 2

46. 鍾肇政　　表情細膩文筆清新的黃娟　自由青年　第 35 卷第 3 期　1966 年 2 月 1 日　頁 20

47. 鍾肇政　　表情細膩文筆清新的黃娟　作家群像　臺北　大江出版社　1968 年 10 月　頁 243—246

48. 鍾肇政　　表情細膩文筆清新的黃娟　鍾肇政全集・隨筆卷 4　桃園　桃園縣文化局　2002 年 11 月　頁 317—320

49. 翁登山　　黃娟[2]　純文學　第 46 期　1970 年 10 月　頁 44

50. 翁登山　　作者簡介　純文學好小說（上）　臺北　純文學出版社　1982 年 7 月　頁 13

51. 〔鍾肇政編〕　　作者簡介　客家臺灣文學選（一）　臺北　新地文學出版社　1994 年 4 月　頁 269

52. 黃恆秋　　客家文學的類型・鄉土文學時期——黃娟　臺灣客家文學史概論　臺北　客家臺灣文史工作室　1998 年 6 月　頁 129—133

53. 杜文靖　　寫出臺美人心聲的黃娟　這些人・那些事・某些地方　臺北　臺北縣文化局　2000 年 12 月　頁 38—39

54. 莊紫蓉　　鍾肇政專訪：談第二代作家〔黃娟部分〕　臺灣文藝　第 181 期　2002 年 4 月　頁 18—22

55. 〔彭瑞金編選〕　　作者簡介　國民文選・小說卷 2　臺北　玉山社出版公司　2004 年 7 月　頁 256—257

56. 莊紫蓉　　黃娟　面對作家——臺灣文學家訪談錄（二）　臺北　財團法人吳

---

[2] 本文後改篇名為〈作者簡介〉。

三連臺灣史料基金會　2007 年 4 月　頁 47—49

57. 〔封德屏主編〕　黃娟　2007 臺灣作家作品目錄　臺南　國立臺灣文學館
　　　2008 年 7 月　頁 1049

58. 馬　森　海外華文文學概覽（上）——黃娟　文訊雜誌　第 339 期　2014 年
　　　1 月　頁 37

59. 杜國清　美華文學與世華文學——美華文學與臺美文學〔黃娟部分〕　臺灣
　　　文學與世華文學　臺北　國立臺灣大學出版中心　2015 年 10 月
　　　頁 381—382

訪談、對談

60. 黃恆秋　來自異國的鄉音——旅美女作家黃娟訪談記　心懷故鄉　臺北　前
　　　衛出版社　1994 年 5 月　頁 191—197

61. 莊紫蓉　古典的浪漫——黃娟素描　臺灣新聞報　2001 年 6 月 27 日　20 版

62. 楊佳嫻　女性意識和歷史使命感——專訪黃娟　自由時報　2005 年 6 月 21
　　　日　E7 版

63. 陳昭利　寫作，是我的臺灣生活　臺灣時報　2006 年 12 月 10 日　18 版

64. 蔡淑齡　作家現身——黃娟訪談　黃娟「楊梅三部曲」研究　彰化師範大學
　　　國文學系　碩士論文　王年雙教授指導　2007 年 6 月　頁 209—
　　　217

65. 莊紫蓉　文學漫談　面對作家——臺灣文學家訪談錄（二）　臺北　財團法
　　　人吳三連臺灣史料基金會　2007 年 4 月　頁 50—80

66. 楊佳嫻　探索島嶼曲折歷史‧寫作女性尋常人生——專訪小說家黃娟　文訊
　　　雜誌　第 269 期　2008 年 3 月　頁 24—30

67. 傅勤閔　文學里程碑——黃娟專訪　臺灣文學評論　第 8 卷第 ? 期　2008 年
　　　4 月　頁 5—20

年表

68. 黃娟編；方美芬增訂　黃娟生平寫作年表　黃娟集（臺灣作家全集）　臺北
　　　前衛出版社　1993 年 12 月　頁 335—342

69. 蔡淑齡　生平寫作年表　黃娟「楊梅三部曲」研究　彰化師範大學國文學系碩士論文　王年雙教授指導　2007 年 6 月　頁 267—282

70. 賴宛瑜　黃娟生平寫作年表　臺美人與世界人的文學實踐——黃娟《楊梅三部曲》初探　清華大學臺灣文學研究所　碩士論文　陳萬益教授指導　2008 年 2 月　頁 97—110

71. 徐韻嫆　黃娟年表　黃娟小說中的離散經驗與身分認同——以《故鄉來的親人》及其相關短篇作品為例　交通大學客家社會與文化在職專班碩士論文　蔣淑貞教授指導　2011 年　頁 101—116

其他

72. 陳玲芳　吳三連獎揭曉——黃娟、羅曼菲、莊英章獲殊榮　臺灣日報　1999 年 11 月 16 日　14 版

73. 曾意芳　肯定專業，三人獲殊榮——文學黃娟，藝術舞蹈羅曼菲及人類學莊英章　中央日報　1999 年 11 月 16 日　20 版

74. 黃盈雰　黃娟等人獲吳三連獎　文訊雜誌　第 171 期　2000 年 1 月　頁 76

75. 〔文訊雜誌〕　黃娟發表「楊梅三部曲」　文訊雜誌　第 182 期　2000 年 12 月　頁 91

76. 詹宇霈　作家黃娟獲客家貢獻獎　文訊雜誌　第 274 期　2008 年 8 月　頁 137—138

作品評論篇目

綜論

77. 吳濁流　我的批評〔黃娟部分〕　臺灣文藝　第 11 期　1966 年 4 月　頁 61

78. 吳濁流　我的批評〔黃娟部分〕　吳濁流作品集·臺灣文藝與我　臺北　遠行出版社　1977 年 9 月　頁 61—66

79. 葉石濤　兩年來的省籍作家及其小說（上、下）〔黃娟部分〕　臺灣日報　1967 年 10 月 25—26 日　8 版

80. 葉石濤　兩年來的省籍作家及其小說〔黃娟部分〕　臺灣文藝　第 19 期

1968 年 4 月　頁 44

81. 葉石濤　　兩年來的省籍作家及其小說〔黃娟部分〕　葉石濤全集‧評論卷一
　　　　　　臺南，高雄　國立臺灣文學館，高雄市文化局　2008 年 3 月　頁
　　　　　　161─162

82. 葉石濤　　黃娟的世界　幼獅文藝　第 177 期　1968 年 8 月　頁 103─108

83. 葉石濤　　黃娟的世界　葉石濤作家論集　高雄　三信出版社　1973 年 3 月
　　　　　　頁 229─236

84. 葉石濤　　黃娟的世界　臺灣鄉土作家論集　臺北　遠景出版公司　1981 年 2
　　　　　　月　頁 281─289

85. 葉石濤　　黃娟的世界　葉石濤全集‧評論卷一　臺南，高雄　國立臺灣文學
　　　　　　館，高雄市文化局　2008 年 3 月　頁 237─245

86. 葉石濤　　一年來的省籍作家及其作品──兼論省籍作家的特質（1─6）〔黃
　　　　　　娟部分〕　臺灣日報　1968 年 12 月 28─31 日，1969 年 1 月 1─2
　　　　　　日　8 版

87. 葉石濤　　這一年來的省籍作家及其作品──兼論省籍作家的特質（下）〔黃
　　　　　　娟部分〕　臺灣文藝　第 27 期　1970 年 4 月　頁 38

88. 葉石濤　　一年來的省籍作家及其作品──兼論省籍作家的特質〔黃娟部分〕
　　　　　　臺灣鄉土作家論集　臺北　遠景出版公司　1981 年 2 月　頁 80，
　　　　　　100

89. 葉石濤　　一年來的省籍作家及其作品──兼論省籍作家的特質〔黃娟部分〕
　　　　　　葉石濤全集‧評論卷一　臺南，高雄　國立臺灣文學館，高雄市文
　　　　　　化局　2008 年 3 月　頁 275─276

90. 彭瑞金　　黃娟──追逐生活的作家　文學界　第 26 期　1988 年 6 月　頁 11
　　　　　　─15

91. 彭瑞金　　黃娟──追逐生活的作家　黃娟集（臺灣作家全集）　臺北　前衛
　　　　　　出版社　1993 年 12 月　頁 327─332

92. 彭瑞金　　黃娟──追逐生活的作家　邂逅　臺北　前衛出版社　1994 年 5 月

頁 15—20

93. 彭瑞金　　黃娟——追逐生活的作家　文學隨筆　高雄　高雄市立中正文化中心管理處　1996 年 5 月　頁 209—216

94. 朱雙一，林承璜　　保真、顧肇森、黃娟、周腓力等描寫海外華人社會的小說　臺灣文學史（下）　福州　海峽文藝出版社　1993 年 1 月　頁 840—842

95. 彭瑞金　　黃娟始終在臺灣文學磁場內——《黃娟集》　臺灣新聞報　1993 年 9 月 9 日　14 版

96. 彭瑞金　　黃娟始終在臺灣文學磁場內——《黃娟集》序　黃娟集（臺灣作家全集）　臺北　前衛出版社　1993 年 12 月　頁 9—13

97. 林承璜　　黃娟小說的新景觀　臺灣香港文學評論集　福州　海峽文藝出版社　1994 年 2 月　頁 223—230

98. 彭瑞金　　黃娟始終在臺灣文學磁場內——《黃娟集》　短篇小說卷別冊（臺灣作家全集）　臺北　前衛出版社　1994 年 3 月　頁 113—117

99. 張超主編　　黃娟　臺港澳及海外華人作家辭典　江蘇　南京大學出版社　1994 年 12 月　頁 165—166

100. 蔡雅薰　　八、九〇年代臺灣重要旅美作家作品論——黃娟　臺灣旅美作家之留學生小說及移民小說研究（1960—1999）　高雄師範大學國文學系　博士論文　何淑貞教授指導　2001 年 6 月　頁 267—274

101. 蔡雅薰　　八、九〇年代臺灣重要旅美作家作品析論——黃娟（1945—）　從留學生到移民：臺灣旅美作家之小說析論　臺北　萬卷樓圖書公司　2001 年 12 月　頁 309—324

102. 張典婉　　婚姻制度下的客家女性〔黃娟部分〕　臺灣文學中客家女性角色與社會發展　世新大學社會發展研究所　碩士論文　李松根教授指導　2002 年 7 月　頁 61—62

103. 林毅夫　　臺灣人的甦醒——從黃娟作品探視其臺灣意識的發展過程　文學臺灣　第 44 期　2002 年 10 月　頁 208—218

104. 許素貞　　回土歸流的黃娟　2001 臺灣文學年鑑　臺北　行政院文建會
2003 年 4 月　頁 138—139

105. 高麗敏　　戰後桃園縣新文學代表作家作品——黃娟　桃園縣文學史料之分析
與研究　東吳大學中國文學系　碩士論文　陳明台教授指導
2003 年 7 月　頁 170—177

106. 蔡雅薰　　獨語與對話的複音合唱——黃娟移民小說語言新詮　修辭論叢　第
六輯　臺北　洪葉文化公司　2004 年 11 月　頁 295—331

107. 蔡易澄，蔡承翰　　黃娟小說中的人道關懷探討[3]　第 11 屆臺灣文學家牛津獎
暨黃娟文學學術研討會資料彙集　臺南　真理大學（麻豆校區）
語文學院臺灣文學系　2007 年 11 月　頁 16—30

108. 傅勤閔　　論臺灣六〇年代轉型期之社會問題——黃娟早期作品剖析[4]　第 11
屆臺灣文學家牛津獎暨黃娟文學學術研討會資料彙集　臺南　真
理大學（麻豆校區）語文學院臺灣文學系　2007 年 11 月　頁 32
—56

109. 陳錦玉　　從〈蓓蕾〉花開，到深耕《落土蕃薯》——探索黃娟文學之女性自
覺與臺灣意識[5]　第 11 屆臺灣文學家牛津獎暨黃娟文學學術研討
會資料彙集　臺南　真理大學（麻豆校區）語文學院臺灣文學系
2007 年 11 月　頁 103—122

110. 錢鴻鈞　　論黃娟的溫婉與理性風格——並談傳統與現代夾縫中的理想女性形
象[6]　第 11 屆臺灣文學家牛津獎暨黃娟文學學術研討會資料彙集

---

[3]本論文藉由分析黃娟的小說作品，分析作者隱伏在情節、文字之下的人道關懷精神。全文共 5
章：1.引言；2.作家簡介；3.黃娟文學的人道關懷；4.黃娟人道主義書寫的格局；5.結論。
[4]本論文以黃娟早期發表之作品為研究對象，將臺灣社會轉型期初切割成舊社會之桎梏與新社會之
萌芽兩大主題。並以文本對照方式，分別建構出作品中的社會問題與臺灣轉型歷程。全文共 4
章：1.前言；2.舊社會之桎梏；3.新社會之萌芽；4.結語。正文後附錄〈黃娟早期作品表〉、〈口述
歷史：關於「相親」〉、〈黃娟致筆者之書信（2007.9.19）〉。
[5]本論文旨在探討黃娟文學如何以女知識分子的觀點，刻畫女性的感情、婚姻、工作等，其女性自
覺既聯結了傳統女性形象，又開創新女性知性世界。以及移居美國後，如何觀察與面對臺美人生
活的困境，並落實臺灣意識的文學傳承。全文共 5 章：1.前言；2.臺灣女性自覺的啟蒙與新面貌；
3.海外臺灣女性的自覺與認同；4.臺灣意識與女性觀點的歷史小說；5.結論。
[6]本論文以風格的定位研究黃娟文學，探討其在修辭上的使用與題材運用、處理態度等，並藉由小
說中男性與女性形象的典型性分類與對比更深入了解。最後探討黃娟文學的時代意義。全文共 4

臺南　真理大學（麻豆校區）語文學院臺灣文學系　2007 年 11 月　頁 123—144

111. 林佳君　尋找失落的影子——論黃娟小說中的群體關懷　第 11 屆臺灣文學家牛津獎暨黃娟文學學術研討會資料彙集　臺南　真理大學（麻豆校區）語文學院臺灣文學系　2007 年 11 月　頁 163—172

112. 趙慶華，許倍榕　黃娟——榮獲第 11 屆臺灣文學家牛津獎　2007 年臺灣文學年鑑　臺南　國立臺灣文學館　2008 年 12 月　頁 135

113. 林皇德　黃娟——異鄉綻放的楊梅花　用愛釀成篇章：臺灣文學家的故事　臺南　國立臺灣文學館　2011 年 7 月　頁 115—118

114. 朱芳玲　權把他鄉作故鄉——八、九○年代的移民文學——臺美文學旗手：黃娟　流動的鄉愁：從留學生文學到移民文學　臺南　國立臺灣文學館　2013 年 8 月　頁 98—117

115. 葉石濤　兩年來的省籍作家及其小說〔黃娟部分〕　臺灣文學路——葉石濤評論選集　高雄　春暉出版社　2013 年 10 月　頁 34

116. 葉石濤　一年來的省籍作家及其作品〔黃娟部分〕　臺灣文學路——葉石濤評論選集　高雄　春暉出版社　2013 年 10 月　頁 54—55

分論

◆單行本作品

論述

《政治與文學之間》

117. 謝里法　文學家與政治體驗——序黃娟《政治與文學之間》　政治與文學之間　臺北　前衛出版社　1993 年 5 月　頁 3—6

118. 謝里法　文學家與政治體驗——評黃娟《政治與文學之間》　臺灣文藝　第 138 期　1993 年 8 月　頁 47—49

119. 謝里法　文學家與政治體驗——序黃娟《政治與文學之間》　政治與文學之

章：1.前言；2.風格的塑造與堅持；3.傳統與現代夾縫中的理想女性形象；4.結論。

　　　間　臺北　前衛出版社　1995 年 4 月　頁 3—6

小說

《愛莎岡的女孩》

120. 王鼎鈞　推介黃娟小姐的新作〔愛莎岡的女孩〕　徵信新聞報　1967 年 11
　　　月 2 日　第 9 版

121. 隱　地　評介〈愛莎岡的女孩〉　幼獅文藝　第 172 期　1968 年 4 月　頁
　　　224—231

122. 隱　地　評介《愛莎岡的女孩》　一個里程　臺北　華美出版社　1968 年
　　　6 月　頁 23—35

123. 隱　地　　評介《愛莎岡的女孩》　隱　地看小說　臺北　爾雅出版社
　　　1981 年 6 月　頁 269—279

124. 鍾肇政　臺美文學旗手——黃娟——序《愛莎岡的女孩》　愛莎岡的女孩
　　　臺北　前衛出版社　1996 年 4 月　頁 3—10

125. 鍾肇政　臺美文學旗手——黃娟　臺灣時報　1996 年 7 月 17 日　22 版

126. 鍾肇政　臺美文學旗手——黃娟和她的《愛莎岡的女孩》　鍾肇政回憶錄
　　　（二）　臺北　前衛出版社　1998 年 4 月　頁 233—242

127. 鍾肇政　臺美文學旗手——黃娟和她的《愛莎岡的女孩》　鍾肇政全集‧隨
　　　筆集 4　桃園　桃園縣文化局　2002 年 11 月　頁 194—201

128. 蔡雅薰　折疊生死之遺書　從留學生到移民：臺灣旅美作家之小說論析
　　　臺北　萬卷樓圖書公司　2001 年 12 月　頁 215—216

《世紀的病人》

129. 彭瑞金　睽違二十載，又見黃娟——評《世紀的病人》　文訊雜誌　第 38
　　　期　1988 年 10 月　頁 171—174

130. 李欣倫　「性」與不幸的寓言：黃春明、葉石濤、黃娟、紀大偉小說中的
　　　性病病例[7]　戰後臺灣疾病書寫研究　中央大學中國文學系　碩士

---

[7] 本文以黃春明、黃娟、葉石濤和紀大偉的小說論述為核心，解析性病／愛滋隱喻的面貌，及其背
　後的意識形態。全文共 5 小節：1.連結「性」與不幸的入口介面；2.父權／陽具神話的「不舉」：

論文　康來新教授指導　2003 年 1 月　頁 46—58

131. 李欣倫　「性」與不幸的寓言：黃春明、葉石濤、黃娟、紀大偉小說中的
性病病例　戰後臺灣疾病書寫研究　臺北　大安出版社　2004 年
11 月　頁 57—72

《邂逅》

132. 范亮石　延伸的土地和人民──讀黃娟《邂逅》有感　自立晚報　1990 年 5
月 19 日　14 版

《故鄉來的親人》

133. 彭瑞金　鱒魚返鄉的方式──讀黃娟長篇新作《故鄉來的親人》（上、中、
下）　民眾日報　1991 年 10 月 31 日，11 月 1—2 日　14 版，17
版，11 版

134. 彭瑞金　鱒魚返鄉的方式──寫在《故鄉來的親人》前面　故鄉來的親人
臺北　前衛出版社　1991 年 11 月　頁 3—10

135. 彭瑞金　鱒魚返鄉的方式──寫在《故鄉來的親人》前面　故鄉來的親人
臺北　前衛出版社　1995 年 4 月　頁 3—10

136. 彭瑞金　鱒魚返鄉的方式──讀黃娟長篇新作《故鄉來的親人》　瞄準臺灣
作家　高雄　派色文化出版社　1992 年 7 月　頁 193—202

137. 許維德　故鄉心──由《故鄉來的親人》談臺美人以及黃娟的政治意識　臺
灣公論報　1993 年 6 月 19 日　6 版

138. 許維德　故鄉心──由《故鄉來的親人》談臺美人及黃娟的政治意識　文學
臺灣　第 10 期　1994 年 4 月　頁 157—162

139. 許維德　故鄉心──由《故鄉來的親人》談臺美人以及黃娟的政治意識　故
鄉來的親人　臺北　前衛出版社　1994 年 6 月　頁 321—326

140. 謝里法　從政治邊緣切入的臺灣故事──評介黃娟的《故鄉來的親人》　故
鄉來的親人　臺北　前衛出版社　1994 年 6 月　頁 309—320

黃春明〈癬〉、〈鮮紅蝦〉；3.愛滋的沉默隱喻：黃娟《世紀的病人》；4.美學修辭的挑逗／鬥：紀大
偉〈香皂〉、葉石濤〈玫瑰項圈〉；5.深探文學的敏感帶。

141. 陳大道　　留美小說的背景——打工移民的辛酸故事　留美小說論——以 1960、70 年代《皇冠》、《現代文學》、《純文學月刊》短篇小說為核心　臺北　知書房出版社　2013 年 10 月　頁 91—92

《山腰的雲》

142. 彭瑞金　　從異鄉到故鄉路有多長——寫在黃娟小說集《山腰的雲》前面　臺灣新聞報　1992 年 4 月 23 日　13 版

143. 彭瑞金　　從異鄉到故鄉路有多長——寫在黃娟小說集《山腰的雲》前面　山腰的雲　臺北　前衛出版社　1992 年 6 月　頁 3—8

144. 彭瑞金　　從異鄉到故鄉路有多長？——寫在黃娟小說集《山腰的雲》前面　山腰的雲　臺北　前衛出版社　1995 年 4 月　頁 3—8

《黃娟集》

145. 鍾肇政　　女作家復出——談《黃娟作品集》　臺灣時報　1994 年 7 月 15 日　22 版

146. 鍾肇政　　女作家復出——談《黃娟作品集》　鍾肇政全集・隨筆卷 1　桃園　桃園縣文化局　2004 年 11 月　頁 195—161

合集

〔黃娟作品集〕

《我在異鄉》

147. 翁登山　　文學的伴侶——序黃娟的《我在異鄉》　我在異鄉　臺北　前衛出版社　1994 年 5 月　頁 3—7

《心懷故鄉》

148. 翁登山　　文學的伴侶——序黃娟的《心懷故鄉》　心懷故鄉　臺北　前衛出版社　1994 年 5 月　頁 3—7

《婚變》

149. 彭瑞金　　十年沉澱——序《婚變》　婚變　臺北　前衛出版社　1995 年 8 月　頁 3—9

150. 蔡雅薰　　旅美學人形貌〔《婚變》部分〕　從留學生到移民：臺灣旅美作

家之小說論析　臺北　萬卷樓圖書公司　2001 年 12 月　頁 119

151. 蔡雅薰　唐璜症候的二性自省〔《婚變》部分〕　從留學生到移民：臺灣旅美作家之小說論析　臺北　萬卷樓圖書公司　2001 年 12 月　頁 201

《彼岸的女人》

152. 鄭清文　祖國情懷——序《彼岸的女人》　彼岸的女人　臺北　前衛出版社 1996 年 4 月　頁 3—5

《瘂婚》

153. 鍾肇政　那個年代——簡談黃娟《瘂婚》[8]　臺灣日報　1998 年 4 月 9 日 27 版

154. 鍾肇政　序——談「那個年代」　瘂婚　臺北　前衛出版社　1998 年 4 月 頁 3—7

155. 鍾肇政　談「那個年代」——序黃娟著《瘂婚》　鍾肇政全集·隨筆集 1 桃園　桃園縣文化局　2004 年 11 月　頁 623—626

《虹虹的世界》

156. 鄭清文　序《虹虹的世界》　虹虹的世界　臺北　前衛出版社　1998 年 4 月　〔4〕頁

《失落的影子》

157. 芝　六〇年代的《失落的影子》，黃娟寫臺灣婦女的不幸　臺灣新聞報　2000 年 11 月 1 日　B8 版

158. 張典婉　女性發聲的年代〔《失落的影子》部分〕　臺灣客家女性　臺北 玉山社出版公司　2004 年 4 月　頁 146—150

《寒蟬》

159. 翁登山　讀《寒蟬》談「非典」——序楊梅三部曲第二部《寒蟬》　寒蟬 臺北　前衛出版社　2003 年 8 月　頁 3—8

---

[8] 本文後改篇名為〈序——談「那個年代」〉、〈談「那個年代」——序黃娟著《瘂婚》〉。

《落土蕃薯》

160. 李　喬　　臺灣人的啟蒙書——序楊梅三部曲第三部《落土蕃薯》　落土蕃薯
　　　　　　臺北　前衛出版社　2005 年 6 月　頁 3—5

多部作品

《世紀的病人》、《邂逅》

161. 葉石濤　　異地裡的夢和愛——評黃娟《世紀的病人》、《邂逅》　世紀的病
　　　　　　人　臺北　南方叢書出版社　1988 年 5 月　頁 11—20

162. 葉石濤　　異地裡的夢和愛——評黃娟《世紀的病人》、《邂逅》　邂逅　臺
　　　　　　北　南方叢書出版社　1988 年 6 月　頁 5—7

163. 葉石濤　　異地的夢和愛——評黃娟的小說集《邂逅》、《世紀的病人》　走
　　　　　　向臺灣文學　臺北　自立晚報社　1990 年 3 月　頁 218—222

164. 葉石濤　　異地裡的夢和愛——評黃娟小說集《世紀的病人》、《邂逅》　黃
　　　　　　娟集（臺灣作家全集）　臺北　前衛出版社　1993 年 12 月　頁
　　　　　　323—326

165. 葉石濤　　異地裡的夢和愛——評黃娟小說集《世紀的病人》、《邂逅》　邂
　　　　　　逅　臺北　前衛出版社　1994 年 5 月　頁 11—14

166. 葉石濤　　異地裡的夢和愛——評黃娟小說集《邂逅》、《世紀的病人》　葉
　　　　　　石濤全集・評論卷四　臺南，高雄　國立臺灣文學館，高雄市文
　　　　　　化局　2008 年 3 月　頁 129—132

167. 鍾肇政　　黃娟與我——跋黃娟《世紀的病人》、《邂逅》　世紀的病人　臺
　　　　　　北　南方叢書出版社　1988 年 5 月　頁 149—151

168. 鍾肇政　　黃娟與我——跋黃娟《世紀的病人》、《邂逅》　邂逅　臺北　南
　　　　　　方叢書出版社　1988 年 6 月　頁 143—145

169. 鍾肇政　　黃娟與我——跋黃娟《世紀的病人》、《邂逅》　邂逅　臺北　前
　　　　　　衛出版社　1994 年 5 月　頁 229—233

《彼岸的女人》、《愛莎岡的女孩》

170. 彭瑞金　永遠的文學──黃娟同步出版《彼岸的女人》及《愛莎岡的女孩》　民眾日報　1996 年 4 月 6 日　27 版

171. 彭瑞金　永遠的文學──跋黃娟的小說《彼岸的女人》及《愛莎岡的女孩》　彼岸的女人　臺北　前衛出版社　1996 年 4 月　頁 205─208

172. 彭瑞金　永遠的文學──跋黃娟的小說《彼岸的女人》、《愛莎岡的女孩》　愛莎岡的女孩　臺北　前衛出版社　1998 年 4 月　頁 203─206

《失落的影子》、《媳婦》

173. 林鍾隆　歪斜的島──序黃娟小說集《失落的影子》、《媳婦》　失落的影子　臺北　前衛出版社　2000 年 10 月　頁 3─8

174. 林鍾隆　歪斜的島──序黃娟小說集《失落的影子》、《媳婦》　媳婦　臺北　前衛出版社　2000 年 11 月　頁 3─8

175. 林鍾隆　歪斜的島──序黃娟小說集《失落的影子》、《媳婦》　文學臺灣　第 37 期　2001 年 1 月　頁 10─14

「楊梅三部曲」──《歷史的腳印》、《寒蟬》、《落土蕃薯》

176. 鄭清文　楊梅花開　民眾日報　2000 年 12 月 21 日　15 版

177. 鄭清文　楊梅花開　歷史的腳印　臺北　前衛出版社　2001 年 1 月　頁 3─5

178. 鄭清文　楊梅花開　寒蟬　臺北　前衛出版社　2003 年 8 月　頁 9─11

179. 鄭清文　楊梅花開　落土蕃薯　臺北　前衛出版社　2005 年 6 月　頁 7─9

180. 翁登山　關於「楊梅三部曲」　寒蟬　臺北　前衛出版社　2003 年 8 月　頁 13─17

181. 劉郁青　「楊梅三部曲」見證臺灣史　民生報　2005 年 6 月 10 日　A13 版

182. 陳希林　與生命賽跑，黃娟完成「楊梅三部曲」　中國時報　2005 年 7 月 4 日　D8 版

183. 陳金順　臺灣人的啟蒙書──「楊梅三部曲」　全國新書資訊月刊　第 79

期　2005 年 7 月　頁 35—36

184. 李魁賢　「楊梅三部曲」的虛擬與真實　Taiwan News 財經文化週刊　第
190 期　臺北　2005 年 6 月 16 日

185. 李魁賢　「楊梅三部曲」的虛擬與真實　詩的幽徑　臺北　臺北縣文化局
2006 年 12 月　頁 111—113

186. 許素蘭　關於臺灣女性的大河小說——黃娟「楊梅三部曲」　文學臺灣　第
62 期　2007 年 4 月　頁 25—27

187. 曾學佑　論《楊梅三部曲》的身分認同[9]　第 11 屆臺灣文學家牛津獎暨黃娟
文學學術研討會資料彙集　臺南　真理大學（麻豆校區）語文學
院臺灣文學系　2007 年 11 月　頁 58—84

188. 賴宛瑜　被殖民者的認同歷程——黃娟「楊梅三部曲」與珍奈《天使三部
曲》比較[10]　第 11 屆臺灣文學家牛津獎暨黃娟文學學術研討會資
料彙集　臺南　真理大學（麻豆校區）語文學院臺灣文學系
2007 年 11 月　頁 85—96

189. 陳昭利　離散‧敘述‧家國——論黃娟及其「楊梅三部曲」[11]　第 11 屆臺
灣文學家牛津獎暨黃娟文學學術研討會資料彙集　臺南　真理大
學（麻豆校區）語文學院臺灣文學系　2007 年 11 月　頁 145—
162

---

[9]本論文藉由黃娟的「楊梅三部曲」分析臺灣人從土地認同進展到具有民族性的身分認同之軌跡。
分別從日治時期多重身分認同、二二八事件的影響、旅美臺灣人身分認同之實踐探討。全文共 5
章：1.緒論；2.由《歷史的腳印》看日治時期臺灣人多重的身分認同；3.由《寒蟬》看戰後臺灣人
身分的確立過程；4.由《落土蕃薯》看旅美臺灣人對土地及身分的認同的實踐；5.結論。

[10]本論文以認同為主軸，討論珍奈以及黃娟在各自的三部曲當中如何呈現戰爭、父權與殖民帶來的
壓迫，又如何回應壓迫而得到自我認同。並比較兩部作品，為何會形成兩種完全兩極的心靈出口
表現。全文共 5 章：1.前言；2.《天使三部曲》與「楊梅三部曲」當中的父權表現；3.《天使三部
曲》與「楊梅三部曲」當中的殖民地經驗；4.女性的出走——珍奈與黃娟的旅行地圖——認同追尋
之旅；5.結論：對抗壓迫的兩種途徑：認同以及「鏡花海市」的成形。

[11]本論文以「離散」觀念探討黃娟作家的身分定位，以「域外書寫」探討「楊梅三部曲」的作品屬
性，兼論大河小說的定義。同時以儒文化濡染下的華文女性創作，探討「楊梅三部曲」的女性敘
述特質。全文共 6 章：1.前言；2.離散——黃娟作家身分的定位——臺灣作家抑或美國華人；3.離
散——「楊梅三部曲」的屬性——大河小說抑或離散文學；4.敘述——儒文化濡染下的華文女性創
作——微塵人生，以愛相隨；5.家國——身分認同——臺灣主體意識；6.結論。

《邂逅》、《故鄉來的親人》

190. 王靖雅　　從黃娟《邂逅》、《故鄉來的親人》看臺美人　第 11 屆臺灣文學家牛津獎暨黃娟文學學術研討會資料彙集　臺南　真理大學（麻豆校區）語文學院臺灣文學系　2007 年 11 月　頁 97—102

《虹虹的世界》、《山腰的雲》

191. 蔡雅薰　　地理鄉愁契入文化鄉愁〔《虹虹的世界》、《山腰的雲》部分〕從留學生到移民：臺灣旅美作家之小說論析　臺北　萬卷樓圖書公司　2001 年 12 月　頁 160—161

單篇作品

192. 林鍾隆　　讀〈野餐〉　純文學　第 41 期　1970 年 5 月　頁 2—5

193. 陳大道　　有婚姻關係的愛情故事類型——異國婚姻的悲歡離合〔〈野餐〉部分〕　留美小說論——以 1960、70 年代《皇冠》、《現代文學》、《純文學月刊》短篇小說為核心　臺北　知書房出版社　2013 年 10 月　頁 249—250

194. 顏元叔　　臺灣小說裡的日本經驗〔〈啞婚〉部分〕　中外文學　第 2 卷第 2 期　1973 年 7 月　頁 114

195. 鄭清文　　小說部分編後感〔〈何建國〉部分〕　一九九三臺灣文學選　臺北　前衛出版社　1994 年 2 月　頁 108

196. 蔡雅薰　　東西方宗教的相容與獨立性〔〈妻之死〉部分〕　從留學生到移民：臺灣旅美作家之小說論析　臺北　萬卷樓圖書公司　2001 年 12 月　頁 192

197. 蔡雅薰　　單音示現——懸想之示現〔〈黎瑛的遺書〉部分〕　從留學生到移民：臺灣旅美作家之小說論析　臺北　萬卷樓圖書公司　2001 年 12 月　頁 223

198.〔彭瑞金編〕　〈媳婦〉賞析　國民文選・小說卷 2　臺北　玉山社出版公司　2004 年 7 月　頁 294—295

199. 林秀蓉　　汙名與除名：臺灣小說「性病」之敘事意涵——愛滋魅影的流動——社會網絡的他者〔〈世紀末的病人〉部分〕　眾身顯影：臺灣小說疾病敘事意涵之探究（1929—2000）　高雄　春暉出版社　2013 年 2 月　頁 177—180

200. 陳大道　　有婚姻關係的愛情故事類型——在美成婚的女性決心與猶豫〔〈擒〉部分〕　留美小說論——以 1960、70 年代《皇冠》、《現代文學》、《純文學月刊》短篇小說為核心　臺北　知書房出版社　2013 年 10 月　頁 227—228

201. 陳大道　　影響愛情的親情故事類型——親友的關心與撮合〔〈擒〉部分〕　留美小說論——以 1960、70 年代《皇冠》、《現代文學》、《純文學月刊》短篇小說為核心　臺北　知書房出版社　2013 年 10 月　頁 176—177

202. 王梅香　　冷戰時代的臺灣文學外譯——美國新聞處譯書計畫的運作（1952—1962）〔〈相親〉部分〕　臺灣文學研究學報　第 19 期　2014 年 10 月　頁 242

多篇作品

203. 蔡雅薰　　文化衝突的模式與文化認同的深層結構〔〈安排〉、〈相輕〉、〈燭光餐宴〉、〈劉宏一〉部分〕　從留學生到移民：臺灣旅美作家之小說論析　臺北　萬卷樓圖書公司　2001 年 12 月　頁 189—190

作品評論目錄、索引

204. 許素蘭編　　黃娟評論引得　黃娟集（臺灣作家全集）　臺北　前衛出版社　1993 年 12 月　頁 333—334

205. 蔡淑齡　　有關「楊梅三部曲」之報章、期刊評論或報導　黃娟「楊梅三部曲」研究　彰化師範大學國文學系　碩士論文　王年雙教授指導　2007 年 6 月　頁 225

206. 蔡淑齡　　有關黃娟身世背景、文學理論之評論、報導或採訪　黃娟「楊梅

三部曲」研究　彰化師範大學國文學系　碩士論文　王年雙教授指導　2007 年 6 月　頁 225—228

207. 蔡淑齡　黃娟小說評論引得　黃娟「楊梅三部曲」研究　彰化師範大學國文學系　碩士論文　王年雙教授指導　2007 年 6 月　頁 283

208. 賴宛瑜　黃娟小說研究評論引得　臺美人與世界人的文學實踐——黃娟《楊梅三部曲》初探　清華大學臺灣文學研究所　碩士論文　陳萬益教授指導　2008 年 3 月　頁 110—114

209.〔封德屏主編〕　黃娟　臺灣現當代作家評論資料目錄（五）　臺南　國立臺灣文學館　2010 年 11 月　頁 3486—3495

國家圖書館出版品預行編目資料

臺灣現當代作家研究資料彙編. 110, 黃娟 / 張恆豪編選. -- 初版. -- 臺南市：臺灣文學館, 2018.12
　面；　公分
ISBN 978-986-05-7173-8 (平裝)

1.黃娟 2.傳記 3.文學評論

863.4　　　　　　　　　　　　107018459

【臺灣現當代作家研究資料彙編】110

黃娟

發 行 人　蘇碩斌
指導單位　文化部
出版單位　國立臺灣文學館
　　　　　地　　　址／70041 臺南市中西區中正路 1 號
　　　　　電　　　話／06-2217201　　　　　傳　　　真／06-2218952
　　　　　網　　　址／www.nmtl.gov.tw　　　電子信箱／pba@nmtl.gov.tw

總 策 畫　封德屏
顧　　問　林淇瀁　張恆豪　許俊雅　陳義芝　須文蔚　應鳳凰
工作小組　呂欣茹　沈孟儒　林暄燁　黃子恩　蘇筱雯
編　　選　張恆豪
責任編輯　林暄燁
校　　對　沈孟儒　林暄燁
計畫團隊　財團法人台灣文學發展基金會
美術設計　翁國鈞・不倒翁視覺創意
印　　刷　松霖彩色印刷事業有限公司

著作財產權人　國立臺灣文學館
　　　　本書保留所有權利。欲利用本書全部或部分內容者，須徵求著作財產權人
　　　同意或書面授權。請洽國立臺灣文學館研究典藏組（電話：06-2217201）

經銷展售　國立臺灣文學館藝文商店（06-2217201 ext.2960）
　　　　　國家書店松江門市（02-25180207）
　　　　　一德洋樓羅布森冊惝（04-22333739）
　　　　　三民書局（02-23617511、02-25006600）
　　　　　台灣的店（02-23625799）　　　　府城舊冊店（06-2763093）
　　　　　南天書局（02-23620190）　　　　唐山出版社（02-23633072）
　　　　　後驛冊店（04-22211900）　　　　五南文化廣場（04-22260330）
　　　　　蜂書有限公司（02-33653332）

初版一刷　2018 年 12 月
定　　價　新臺幣 330 元整
　　　　　第一階段 15 冊新臺幣 5500 元整　　第二階段 12 冊新臺幣 4500 元整
　　　　　第三階段 23 冊新臺幣 8500 元整　　第四階段 14 冊新臺幣 5000 元整
　　　　　第五階段 16 冊新臺幣 6000 元整　　第六階段 10 冊新臺幣 3800 元整
　　　　　第七階段 10 冊新臺幣 3200 元整　　第八階段 10 冊新臺幣 3600 元整
　　　　　全套 110 冊新臺幣 33000 元整

GPN　1010702073（單本）　　ISBN　978-986-05-7173-8（單本）
　　　1010000407（套）　　　　　　　978-986-02-7266-6（套）

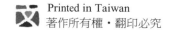